FANTASY

UNTER DER DUNKLEN SONNE

1. Die Gladiatoren von Tyr (24573)
2. Der Speer der Rache (24574)
3. Die scharlachrote Legion (24575)

In Vorbereitung:

4. Das Buch der Könige (24576)
5. Der Drache von Athas (24578)
6. Die vergessene Zitadelle (24579)

FANTASY

TROY DENNING

DIE SCHARLACHROTE LEGION

UNTER DER DUNKLEN SONNE 3

Aus dem Amerikanischen
von Karin König

GOLDMANN VERLAG

Deutsche Erstveröffentlichung

Das Buch erschien im Original unter dem Titel
»Dark Sun™/The Crimson Legion, Prism Pentad,
Book Two, Chapters 1–8«
bei TSR, Inc., Lake Geneva, WI, USA

Umwelthinweis:
Alle bedruckten Materialien dieses Taschenbuches
sind chlorfrei und umweltschonend.
Das Papier enthält Recycling-Anteile.

Der Goldmann Verlag
ist ein Unternehmen der Verlagsgruppe Bertelsmann

Published in the Federal Republic of Germany
by Wilhelm Goldmann Verlag, München
Umschlaggestaltung: Design Team München
Umschlagillustration: Schlück/Brom, Garbsen
Satz: IBV Satz- und Datentechnik GmbH, Berlin
Druck: Elsnerdruck, Berlin
Verlagsnummer: 24575
SN · Redaktion: Antje Hohenstein
Herstellung: Peter Papenbrok
Made in Germany
ISBN 3-442-24575-3

1 3 5 7 9 10 8 6 4 2

*Für meine Eltern,
die immer an mich geglaubt
haben.*

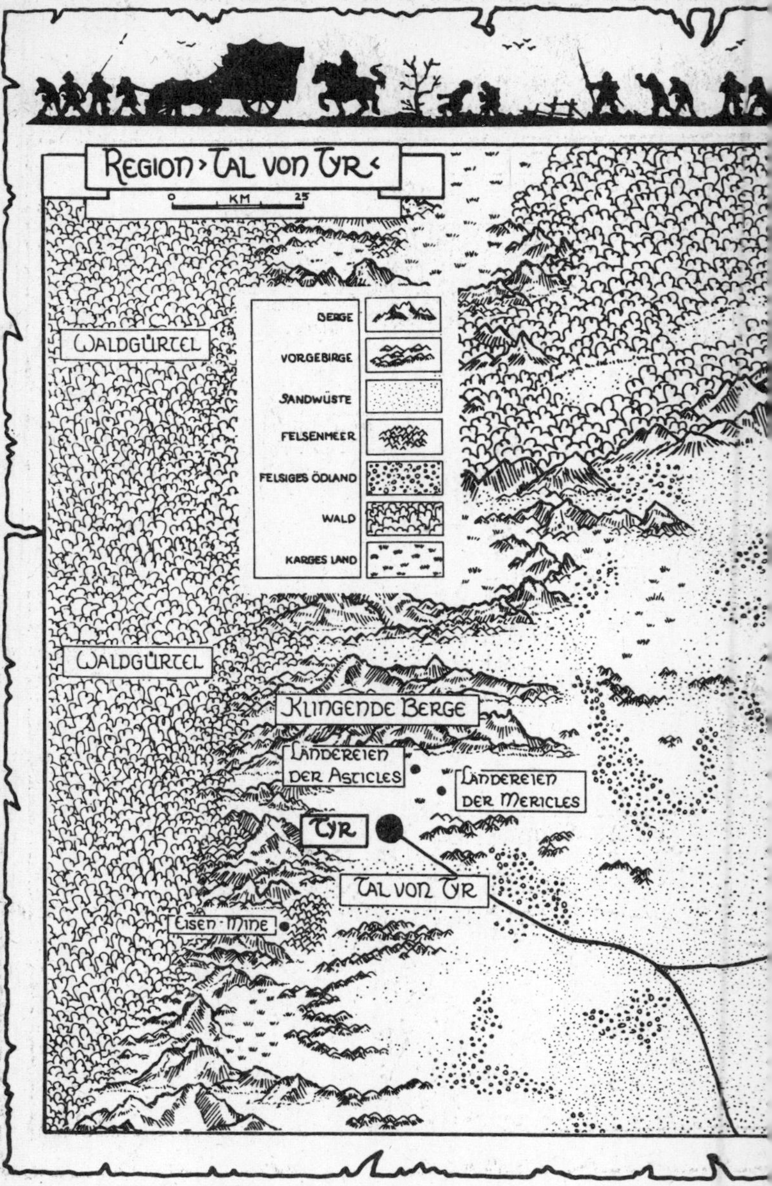
Region › Tal von Tyr ‹
0 KM 25
BERGE
VORGEBIRGE
SANDWÜSTE
FELSENMEER
FELSIGES ÖDLAND
WALD
KARGES LAND
Waldgürtel
Waldgürtel
Klingende Berge
Ländereien der Asticles
Ländereien der Mericles
Tyr
Tal von Tyr
Eisen-Mine

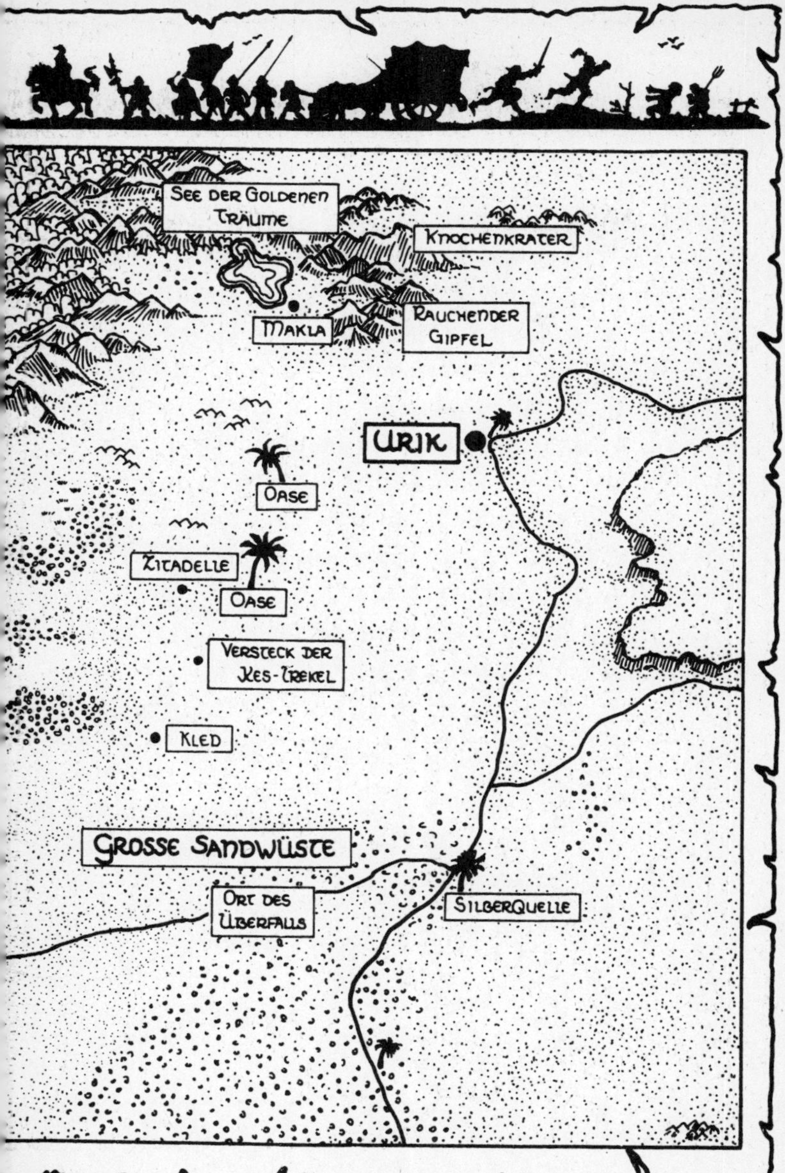
See der Goldenen Träume
Knochenkrater
Makla
Rauchender Gipfel
Urik
Oase
Zitadelle
Oase
Versteck der Kes-Trekel
Kled
Grosse Sandwüste
Ort des Überfalls
Silberquelle

Danksagung

Viele Menschen haben zu der Entstehung dieses Buches und dieser Reihe beigetragen. Ich möchte ihnen allen danken. Ohne die Bemühungen insbesondere folgender Menschen hätte Athas vielleicht niemals das Licht der karmesinroten Sonne erblickt: Mary Kirchoff und Tim Brown, die die Welt so wirklichkeitsnah gestalteten; Brom, der uns den Blick und das Gefühl gab; Jim Lowder für seine Inspiration und Geduld; Lloyd Holden von der AKF Martial Arts Academy in Janesville, WI, für seinen sachkundigen Beitrag zu den Kampfszenen; Andria Hayday für Unterstützung und Ermutigung; und Jim Ward für Enthusiasmus, Unterstützung und vieles mehr.

Vorwort

Konzentriere dich.

Eine weiße Kugel erschien in der schwarzen Grotte. Sie war der Geist König Tithians I. und warf ein strahlendes Licht über die schrägen Höhlungen und die düsteren Tiefen der weitverzweigten Grotte. Fledermäuse mit säbelartigen Schwingen und Vögel mit ebenholzfarbenem Gefieder – dunkle Gedanken, denen sein Geist Gestalt gegeben hatte – flatterten in düstere Winkel und Nischen davon, während sie ärgerlich schrien und zirpten. »Ich habe es getan!« berichtete Tithian.

Ihr habt nichts erreicht, solange Ihr es nicht übertragen könnt, erklang die Antwort, die im Geiste des Königs widerhallte.

Tithian öffnete die Augen. Vor ihm saßen die beiden körperlosen Köpfe, die ihn in der schwer faßbaren Kunst des Weges unterwiesen. Der eine hatte eine bläßliche Haut, eingesunkene Gesichtszüge und aufgesprungene Lippen, die wie ausgedörrtes Leder wirkten. Der andere war aufgedunsen, mit aufgeblähten Wangen und zu engen, dunklen Schlitzen verquollenen Augen. Bei beiden war das Haar in langen Büscheln zusammengenommen, und die Unterseite ihrer Hälse war mit einem dicken, schwarzen Faden zugenäht.

»Wo?« fragte Tithian.

Über der Arena, antwortete Sacha, der aufgedunsene Kopf.

»Ja. Es wird Zeit, daß Eure Untertanen Euch fürchten lernen«, stimmte Wyan ihm laut zu.

Während er darauf achtete, die Kugel in seinem Geist weiterhin glühen zu lassen, schaute Tithian in Richtung Stadion. Von seinem Podest auf dem Dach des Goldenen Turmes aus konnte er den größten Teil der riesigen Arena sehen, die zwischen dem Turm und den zerfallenen Ziegelsteinen der ehemaligen Zikkurata des Königs lag. Anstelle von Gladiatoren schwärmten in der riesigen Kampfgrube jetzt Handwerker und freie Bauern umher, die mit einer Vielzahl von Waren – Stechäpfeln, süßem Eidechsenfleisch, Keramikgefäßen und Messern und Löffeln aus geschnitzten Knochen – Tauschhandel trieben. Sie alle hatten ihre Waren mit zerschlissenen Umhängen und schäbigen Decken abgedeckt, denn ein heißer, stürmischer Wind fegte mit Sand und Staub über den Platz. Während er den Bazar betrachtete, stieg in dem König die Erinnerung daran auf, wie der Marktplatz entstanden war. Auf den Vorschlag seines Freundes aus Kindertagen, Agis von Asticles, hin hatte Tithian einen Erlaß herausgegeben, daß das Stadion in einen öffentlichen Marktplatz umgewandelt werden sollte. Als er ihn der Versammlung der Ratgeber zur Genehmigung gesandt hatte, hatten Agis und die anderen Ratsherren die Steuern, die der König für den Handel mit Waren hatte erheben wollen, unberücksichtigt gelassen. Ohne Tithian davon zu unterrichten, hatte die Versammlung den Erlaß dann in der ganzen Stadt bekanntgemacht. Als der König schließlich eine Ausgabe des Erlasses, den er selbst angeblich herausgegeben hatte, zu sehen bekam, wimmelte es im Stadion bereits von unternehmungslustigen Bürgern.

Von der Erinnerung aufgewühlt, breiteten Tithians

dunkle Gedanken ihre Schwingen aus und flatterten in seinem Geist umher. Er preßte die Augen fest zusammen und versuchte verzweifelt, das Licht heller werden zu lassen und die umherirrenden Tiere in ihre Nester zurückzubringen. Doch es gelang ihm nicht, und ärgerliche Gedanken strömten in unendlicher Anzahl aus ihren dunklen Höhlen. Sie tanzten um das Licht herum und heulten und schrien in rasendem Haß. Tithian wehrte sich, indem er soviel Energie wie möglich heraufbeschwor. Ein Wärmestrom erhob sich tief in seinem Körper und floß in die glühende Kugel. Gleichzeitig brach ein strahlendes Glühen unter den Augenlidern des Königs hervor, und ein ohrenbetäubender Donnerschlag traf den Goldenen Turm und erschütterte ihn von den Grundmauern bis zu den Zinnen. Das Dröhnen hallte in Tithians Brust wider wie ein Trommelwirbel und ließ seine Ohren klingen.

»Habe ich das getan?« keuchte er und öffnete die Augen wieder. Sacha rollte die Augen. »Wir bekommen einen Sturm.«

Der König schaute auf und sah, daß der Tag genauso dunkel geworden war wie seine Stimmung. Ein schwarzer Schleier windgeborenen Treibsands hing über der Stadt und verwandelte die karmesinrote Scheibe der Sonne in einen pinkfarbenen Schatten. Die wogende Masse aus Dunkelheit erinnerte Tithian an den Regensturm, den er vor zehn Jahren gesehen hatte, aber er wußte, daß es eine vergebliche Hoffnung war, daß ein Regenguß den Durst seiner Stadt heute stillen würde. Die Gewitterwolken über ihm waren mit Staub gefüllt, nicht mit Wasser.

»Ihr könntet nicht einmal einen Funken erzeugen, indem Ihr auf ein Stück Stahl schlagt, geschweige denn, daß Ihr einen Blitzschlag erschaffen könntet«, fügte Wyan hinzu. »Eure Meditationen sind armselig.«

Tithian schloß wieder die Augen. Die Lichtkugel in seinem Geist war verschwunden. In jener schwarzen Grotte war nur ein Wirbel düsterer Gedanken zurückgeblieben.

»Macht Euch nicht die Mühe, es erneut zu versuchen«, sagte Sacha.

»Es wird bald ein Bote zu Euch kommen«, erklärte Wyan. »Wenn Ihr seinen Bericht hört, wird Euer erbärmlicher Geist die Lichtkugel ohnehin schnell vergessen haben«, sagte Sacha, und sein spöttisches Grinsen entblößte eine Reihe abgebrochener gelber Zähne.

Weil er wußte, daß die boshaften Köpfe die Neuigkeiten des Boten auch dann nicht preisgeben würden, wenn er fragte, streckte Tithian seine schmerzenden Beine aus und ließ seinen hageren, nur mit einem Lendenschurz bekleideten Körper von dem Podest gleiten. Der König bedauerte, daß seine Faulheit ihn als jungen Menschen davon abgehalten hatte, den Weg des Unsichtbaren beherrschen zu lernen. Doch er wollte es wissen: »Bin ich wirklich so hoffnungslos schlecht?«

»Völlig«, antwortete Wyan.

»Absolut«, fügte Sacha hinzu.

Der König ergriff seine beiden Vertrauten an ihren Haarknoten und ging auf den Rand des Daches zu.

»Was habt Ihr vor?« fragte Wyan.

»Wenn ich keine Hoffnung haben kann, den Weg beherrschen zu lernen, dann werde ich niemals ein Hexerkönig werden«, grollte Tithian. »Das bedeutet, daß ich euch beide nicht brauche!« Er warf die beiden Köpfe vom Dach des Turmes hinab. Anstatt jedoch in die Moosbäume am Fuß des

Palastes zu fallen, hingen die Köpfe einfach in einem Dutzend Fuß Entfernung vom Dach in der Luft. Tithians Kinnlade sank hinab, denn er hatte Sacha oder Wyan noch nie schweben sehen. Trotzdem hätte er wissen müssen, daß sie nicht so leicht zu vernichten sein würden. Das Paar hätte nicht tausend Jahre lang überleben können, wäre es wirklich so hilflos gewesen, wie es den Anschein hatte.

»Sehr amüsant«, sagte Wyan und grinste Tithian an.

»Kalak hätte eine Axt geholt und uns in Stücke gehackt«, fügte Sacha hinzu. »Ihr seid nicht hart genug.«

»Dem kann abgeholfen werden«, warnte Tithian.

»Das bezweifle ich«, erwiderte Wyan. »Im Herzen seid Ihr ein Feigling.«

Bevor Tithian Wyan antworten konnte, fügte Sacha hinzu: »Ihr regiert Tyr jetzt seit sechs Monaten, und die Schatzkammer des Goldenen Turms faßt weniger als zu dem Zeitpunkt, als Ihr Kalak getötet habt!«

Tithian konnte Sachas Bemerkung nichts entgegenhalten. Statt dessen wandte er sich ab und betrachtete die Geschäftigkeit im Händlerbezirk der Stadt. Jetzt, wo die Eisenmine wieder geöffnet worden war, blühte der Handel in Tyr wieder auf, aber die Versammlung der Ratgeber nahm jede Münze der Karawanensteuer, um die bettelarmen Bauernhöfe rund um die Stadt zu unterstützen. Natürlich war das Agis' Werk – wie all die Programme, für die die Schätze herhalten mußten, die das Gewölbe des Königs hätten füllen sollen. Wyan las die Gedanken des Königs und schlug vor: »Ermordet ihn.«

Trotz seiner früheren Beziehung zu Agis war es nicht ihre alte Freundschaft, die Tithian zögern ließ. »Das würde die Dinge nur verschlimmern«, grollte er. »Rikus, Neeva und

Sadira würden im Handumdrehen Agis' Platz einnehmen. Ein selbstgerechter Adliger ist schlimm genug, aber Sklaven...« Er brach ab, wandte sich wieder den Köpfen zu und sah, daß sie auf das Dach zuschwebten.

»Tötet sie alle vier«, sagte Wyan.

»Du wirst doch nicht glauben, daß die Dinge so einfach sind«, grollte Tithian. »Halb Tyr hat gesehen, wie Rikus Kalak verwundet hat, und es ist allgemein bekannt, daß Agis und die anderen diese Aufgabe zu Ende geführt haben. Wenn ich sie töte, wird sich die Stadt gegen mich erheben.«

»Ich habe die Namen mehrerer Spielmänner, die sich mit Giften auskennen«, bot Wyan an, dessen eingesunkene Augen in blutrünstigem Leuchten brannten. »Kalak hat sie oft mit großem Erfolg eingesetzt.«

»Alle vier sollen an mysteriösen Krankheiten sterben? Für wie dumm hältst du eigentlich die Bürger von Tyr?« schnaubte Tithian. »Ich werde schon noch einen anderen Weg finden.«

Tithians Schatzmeisterin kam auf das Dach, und daher unterbrachen sie ihre Debatte. Sie war eine blonde Frau mit plastischen Proportionen, eisblauen Augen und ohne jeden Funken von Humor. Wie die meisten von Tithians Verwaltern war auch sie aus den Reihen jener Templer rekrutiert worden, die zuvor Kalak gedient hatten.

Hinter der Schatzmeisterin näherte sich ein magerer junger Mann in staubiger Reitkleidung. Obwohl er staubbedeckt war, konnte Tithian sehen, daß seine Kleidung erlesen war und sein Haar sauber geschnitten wurde. Er hatte eine aristokratische Nase und eine stolze Linie seines Kinns, das jetzt vor Überraschung herabsank, als er die schwebenden Köpfe sah.

»Ich möchte Euch Taiy von Ramburt vorstellen, den zweiten Sohn von Lord Ramburt«, sagte die Schatzmeisterin und betrachtete die schwebenden Köpfe mit hochgezogenen Augenbrauen.

»Wie könnt Ihr es wagen, in solchen Lumpen vor uns zu treten«, spottete Sacha. »Und hat Euer Vater Euch nicht gelehrt, Euch vor dem König zu verneigen?«

»Tötet ihn!« fauchte Wyan.

Alle Farbe wich aus Taiys Gesicht. »Vergebt mir, Ehrenwerter König«, stotterte der Junge und verbeugte sich.

»Ich vergebe Euch – im Moment«, erwiderte Tithian, den der Eifer des Jungen amüsierte. »Laß uns hoffen, daß deine Neuigkeiten meine Geduld rechtfertigen.«

Taiy schluckte schwer und richtete sich kerzengerade auf. »Ehrenwerter König, ich bin gerade von der Jagd im Drachenbecken zurückgekehrt.«

»Das liegt in der Nähe von Urik, nicht wahr?« fragte Tithian stirnrunzelnd.

»Ja, und das ist auch der Grund für meinen Besuch«, antwortete Taiy. »Als meine Gesellschaft wieder auf die Straße zurückkehrte, sahen wir eine riesige Staubwolke vom Horizont her näherkommen. Als ich dem nachging, fand ich ein Heer vor, das komplett mit Wurfmaschinen, einem Kampfgefährt, Halblingssphähern und fünfhundert Halbriesen ausgerüstet ist. Sie marschierten unter dem Banner des Löwen, der wie ein Mensch geht.«

»König Hamanus Krone!« zischte Wyan.

»Er begehrt unsere Eisenminen schon seit fünf Jahrhunderten«, fügte Sacha hinzu und grinste Tithian spöttisch an. »Wie wollt Ihr nun die Stadt verteidigen? Ihr habt ein leeres Schatzgewölbe und kein Heer.«

Tithian fluchte und hätte beinahe den jungen Adligen geschlagen, der ihm diese unheilvolle Nachricht überbracht hatte. Er hätte sich nicht die Mühe gemacht, sich zurückzuhalten, wenn seine Untertanen ihm nicht Agis' endlosen Strom von Reformen zugeschrieben hätten. Diesen Ruf, ein großmütiger Regent zu sein, hegte er sorgfältig.

Daher biß sich Tithian jetzt auf die Lippen und schaute über die Stadt hinweg. Schließlich erschien ein boshaftes Lächeln auf seinem Gesicht. Er hatte noch immer keine Vorstellung davon, wie er Hamanus Heer aufhalten sollte, aber ihm war die Möglichkeit in den Sinn gekommen, das Problem mit Agis und den drei Sklaven zu lösen, ohne sich an Wyans Spielmänner wenden zu müssen.

Tithian entließ Taiy mit einem Wink seiner Hand und wandte sich gleichzeitig an seine Schatzmeisterin. »Ruft die befreiten Sklaven Rikus, Neeva und Sadira zu mir! Und auch Agis von Asticles!« Der König empfand einen Stich des Bedauerns, als er den Namen seines alten Freundes aussprach, aber er tat dieses Gefühl achselzuckend ab und wandte sich wieder den naheliegenden Problemen zu. »Sagt ihnen, daß die Sicherheit Tyrs davon abhängt, daß sie schnell in meinem Audienzraum erscheinen.«

Der Überfall

Rikus schaute den steilen Abhang hinab und sah seine Krieger im Schatten des Sandsteinfelsens warten. Die zweitausend Tyrianer standen in einer schweigenden Kolonne da und dachten an den bevorstehenden Kampf. Es waren Menschen, Halbelfen, Zwerge, Halbriesen, Tarek und andere Rassen. Die meisten hatten als Gladiatoren in Tyrs Arena gekämpft, bis sie durch König Tithians Ersten Erlaß befreit worden waren. In ihren Händen hielten sie Äxte mit Doppelklingen, Säbel aus gesägten Knochen, gabelartige Lanzen, doppelseitige Speere und eine Vielzahl tödlicher Waffen, die genauso gewaltig waren wie die Entschlossenheit der Männer, die Angreifer zu töten. Rikus war sicher, daß sie eine gute Legion abgeben würden. Er stand da und hob seinen Arm über den Kopf, um den Angriffsbefehl zu geben. Seine Krieger stießen ihr Kampfgeschrei aus und griffen dann an. Als eine einzige brüllende Masse stürmten sie vor.

»Was tust du?« fragte Agis und trat an Rikus' Seite. Der Adlige war für einen Mann seiner Klasse sehr robust, mit kräftiger Statur und eckigen, ansehnlichen Gesichtszügen. Er hatte langes, schwarzes Haar, eindringliche, braune Augen und eine gerade, aristokratische Nase. Wir brauchen einen Plan!«

»Ich habe einen Plan«, antwortete Rikus einfach.

Er schaute zum Fuß des Hügels. Dort stand in dem sandigen Tal eine Reihe urikischer Halbriesen. Jeder trug eine rote

Tunika mit der Krone von Hamanus gelbem Löwen. Sie führten riesige Streitäxte mit Obsidianklingen mit sich, und ihr einziger Schutz bestand aus kleinen, runden Knochenschilden, die sie an ihre riesigen Unterarme gebunden hatten.

»Angriff!« schrie Rikus.

Mit diesen Worten eilte er über den Kamm des Hügels voran. Als er entdeckte, daß der Sandsteinabhang zu steil war, um ihn geschickt hinabzusteigen, ließ sich Rikus auf den Rücken fallen und setzte seinen Abstieg kontrolliert gleitend fort.

Wäre er ein vollständiger Mensch gewesen, dann hätte er vielleicht noch einmal über diese Art des Abstiegs nachgedacht, denn nur ein Hanflendenschurz schützte seine gebräunte Haut vor der rauhen Oberfläche des Sandsteins. Aber Rikus machte sich keine Gedanken darüber. Er war ein Mul, eine Mensch-Zwerg-Kreuzung, die gezüchtet worden war, um als Kampfsklave zu leben und zu sterben, und er war genauso an den Schmerz gewöhnt wie an den Tod. Von seinem zwergischen Vater hatte er ein grobknochiges Gesicht mit zerfurchten Gesichtszügen, eng anliegenden spitz zulaufenden Ohren und einen kräftigen Körper geerbt, der nur aus knotigen Sehnen und dicken Knochen zu bestehen schien. Von seiner menschlichen Mutter hatte er eine stolze Nase, eine gute Ausgewogenheit von Gliedern und Körper, die ihn nach den Vorstellungen aller Rassen zu einem gut aussehenden Mann machte, und eine geschmeidige, sechs Fuß große Gestalt, die so gelenkig war wie die eines elfischen Seiltänzers.

Rikus war erst wenige Meter hinabgestiegen, als Neeva, seine langjährige Kampfpartnerin, neben ihn glitt. Sie war eine Menschenfrau, aber sie wurde durch den Umhang aus Eidechsenschuppen, den sie trug, um ihre helle Haut vor der Sonne zu schützen, auch vor dem rauhen Gestein geschützt. In ihren Händen hielt die große Blonde eine stählerne Streitaxt, die fast so groß war wie jene, die die Halbriesen unter ihnen im Tal bei sich trugen. Die meisten Frauen hätten die Waffe nicht einmal anheben können, aber Neeva war fast so muskelbepackt wie Rikus und mehr als fähig, die mächtige Klinge zu schwingen, da auch sie früher Gladiatorin gewesen war. Trotz ihrer kräftigen Statur hatte sie eine entschieden feminine Figur beibehalten, und aus ihrem Gesicht leuchteten Augen, die so grün waren wie Saphire, und volle rote Lippen.

»Unsere Legion wird fünffach übertroffen!« rief sie aus.

Rikus wußte, daß sie nicht die Hunderte von Halblingen direkt unter ihnen meinte, sondern die Tausende von urikischen Kriegern in dem dahinterliegenden Tal. Die lange Reihe von Kriegern war bereits an ihnen vorbeigezogen und drängte mit beständigem Schritt weiter, wobei die Krieger sich darauf verließen, daß die Halbriesen ihnen Rückendekkung geben würden. Dutzende von Wurfmaschinen auf den Rücken von Driks, den kräftigen Kampfeidechsen, folgten den regulären Kriegern dichtauf. Das Ende der langen Reihe bildete die hoch aufragende Masse eines Kampfgefährts, ein riesiger Festungswagen, voll mit Waffen, Vorräten und Wasser.

Ihren Blick auf die lange Prozession gerichtet, fragte Neeva: »Wie denkst du dir das eigentlich?«

»Ein tyrianischer Gladiator ist soviel wert wie fünf urikische Krieger«, erwiderte Rikus und richtete seinen Blick auf die Halbriesen. Die riesigen Krieger hielten ihre Streitäxte umklammert und schauten herausfordernd den Felsen hoch, wo sich Rikus' Kämpfer mit wildem Geschrei näherten. »Außerdem ist das das Werk des Königs, nicht meines. Tithian wollte mir nur zweitausend Krieger geben.«

»Er hat dir nicht gesagt, daß du sie bei einem leichtsinnigen Überfall gleich töten lassen sollst«, konterte Neeva.

»Es ist nicht leichtsinnig«, antwortete Rikus.

Die beiden hatten keine Zeit mehr, dieses Thema weiter zu verfolgen, denn sie erreichten den Fuß des Abhangs im selben Moment, in dem sich die erste Welle von Gladiatoren in das sandige Tal ergoß. Rikus und Neeva waren nur wenige Dutzend Schritte von mehreren finster dreinblickenden Halbriesen entfernt heruntergekommen. Die hoch aufragenden Uriker blieben stehen und warteten auf den Angriff des Muls und seiner Partnerin. Rikus betrachtete zwei Halbriesen, die das Ende der feindlichen Linie deckten. Im Gegensatz zu den meisten ihrer Art waren sie von gedrungener Gestalt. Ihr Haar war aus ihren grobknochigen Stirnen zurückgestrichen, und ihre fliehenden Kinne zeigten keinerlei Anzeichen der sonst üblichen Schlaffheit ihrer Art. Sie waren sogar etwas größer als die meisten Halbriesen und mindestens zweimal so groß wie der Mul.

»Diese beiden gehören uns«, sagte Rikus und hob seine Waffen. Er trug zwei Cahulaks bei sich, die an flachklingige Enterhaken erinnern, die von einem Seile zusammengehalten werden. »Los geht's.«

Bevor Neeva widersprechen konnte, rannte er los. Er beschrieb einen Bogen, um die Halbriesen zu zwingen, ihre Linie zu verlassen. Zuerst fürchtete Rikus, sie würden auf seine List nicht hereinfallen, aber schließlich brüllte ein Offizier: »Schneidet ihnen den Weg ab!«

Ein fürchterliches Geklirr erklang von der Mitte der feindlichen Linie, als die erste Welle der Tyrianer dort angriff. Einige Halbriesen brüllten vor Schmerz und brachen auf dem heißen Sand zusammen, aber die meisten benutzten ihre kleinen Schilde, um die Angriffe der Gladiatoren abzuwehren. Die Uriker hoben gleichzeitig ihre schwarzklingigen Äxte, und die erste Welle der Angreifer aus Tyr verschwand in einem Blutregen.

Rikus spürte, wie sich sein Magen vor Angst verknotete, aber das Geräusch schwerer Füße, die durch tiefen Sand schlurfen, lenkte seine Aufmerksamkeit wieder auf seine eigenen Gegner. Die beiden Halbriesen, die er von der feindlichen Linie fortgelockt hatte, waren fast bei ihm und Neeva angelangt.

»Rechtsausbruch!« rief Rikus und nannte damit einen Trick, den er und Neeva oft angewandt hatten, wenn sie zusammen in der Arena von Tyr gekämpft hatten.

Neeva glitt sofort mehrere Schritte nach rechts und rannte dann los, um sich seitlich von dem Halbriesen, der hinter ihr herankam, zu plazieren. Rikus folgte ihr, und während er sich demselben Halbriesen näherte, schwang er einen Cahulak seitlich umher. Die Uriker griffen an und versuchten Rikus und Neeva davon abzuhalten, einen von ihnen gemeinsam anzugreifen. Der Mul schleuderte einen Cahulak gegen den Halbriesen, der Neeva angriff, ließ ihn aber absichtlich vorbeischießen. Die Waffe segelte über den Schaft der Streitaxt hinweg und schwang wieder zu Rikus herum, als sie das Ende ihres Seils erreicht hatte. Der Mul fing den Cahulak auf und duckte sich. Die Axt des Halbriesen war jetzt von dem Seil seiner Caluhak umschlungen. Mit präziser Zeiteinteilung zielte Neeva mit ihrer Stahlaxt auf den anderen Halbriesen, der Rikus gerade von hinten angreifen wollte. Der Mul hörte das Geräusch zerschmetternden Felsgesteins. Schwarze Obsidianstücke regneten auf seinen Rücken herab, und der Axtgriff des Urikers traf seine Schulter, ohne Schaden anzurichten. Neeva sprang über Rikus hinweg und holte mit ihrer Axt zu einem weiteren Schlag aus. Dann kündigte ein lauter Schrei an, daß ihre Klinge ihr Ziel gefunden hatte.

Neevas Gegner zu einem brüllenden Haufen zusammensank, sprang Rikus auf die Füße und riß dem anderen die Axt aus der Hand. Der Uriker versuchte jetzt, sich zurückzuziehen. Rikus folgte ihm und versenkte die Spitze eines Cahulak tief in den Oberschenkel des großen Kriegers. Wütend schwang der Halbriese seine riesige Faust, doch Rikus duckte sich und zog seinen Feind gleichzeitig von den Füßen. Der Uriker war kaum auf den glühenden Sand gesunken, als der Mul auch schon seinen anderen Cahulak in den Kopf des Halbriesen schlug.

Rikus versuchte, seine Waffe aus dem Schädel des Halbriesen herauszuziehen. Er mußte sich anstrengen, um sie freizubekommen.

Während er daran arbeitete, breitete sich plötzlich ein warmes Gefühl der Befriedigung in ihm aus. Das Gefühl war jedoch nicht darauf zurückzuführen, daß er über den Tod des Urikers zufrieden war, sondern er freute sich darüber, wie geschickt seine Kampfpartnerin und er zusammengearbeitet hatten. Rikus und Neeva hatten seit ihren Tagen als Gespann in der Kampfarena von Tyr nicht mehr zusammen gekämpft, und der Mul vermißte die Vertrautheit dieser Kämpfe. Wenn sie kämpften, bewegten sie sich und dachten wie ein Wesen und waren in ihren Gedanken und Gefühlen sogar fester verbunden als in ihrer Leidenschaft, wenn sie sich liebten.

Neeva trat an seine Seite und wischte ihre blutbefleckte Axtklinge an der roten Tunika des Halbriesen ab. Rikus sah das befriedigte Lächeln auf ihren vollen Lippen und wußte, daß sie dasselbe dachte wie er. »Wir haben unseren Kontakt nicht verloren«, sagte sie. »Das ist schön zu wissen.«

»Du hast doch wohl nicht gedacht, daß wir ihn verlieren würden?« fragte Rikus, der schließlich seine Waffe aus dem Kopf seines Gegners freibekommen hatte. »Egal was geschieht, wir werden immer den Kontakt halten.«

Ein triumphierendes Brüllen drang von der Mitte der urikischen Linie herüber. Rikus sah, daß die zweite Welle seiner Krieger genauso gut gekämpft hatte wie er und Neeva. Die feindliche Linie war völlig in Unordnung, und die Tyrianer drangen von allen Seiten auf die Halbriesen ein. Der größte Teil seiner Legion drängte jedoch durch die aufgesprengte Linie hindurch und eilte zur Mitte des Tales.

Dort waren die Driks und ihre Wurfmaschinen bereits nähergekommen, aber das Kampfgefährt kam erst jetzt an der Stelle des Angriffs an. Die bewegliche Festung war drei Stockwerke hoch, und an jeder ihrer Ecken erhob sich ein kleiner Turm, der mit bewaffneten Wächtern bemannt war. Pfeilscharten befanden sich an ihren Seiten, und ihre Tore waren fest verschlossen. Der wuchtige Wagen wurde von einem Gespann von vier Mekilloten gezogen, Riesenreptilien mit Körpern wie Hügel und felsenartigen Rückenschilden. Für Rikus wirkten die Tiere mehr wie bewegliche Bergreste aus solidem Gestein als wie lebende Wesen.

Rikus machte Neeva ein Zeichen und eilte auf den Trupp tyrianischer Krieger zu, die dem Kampfgefährt nachjagten.

Sie schlossen sich den jubelnden Gladiatoren an und bahnten sich ihren Weg zur Spitze dieser Menge.

Dort fanden sie Agis, der die Kämpfer unter Kontrolle zu halten versuchte, wobei seine Stirn vor Verärgerung gefurcht war. Als Rikus sich näherte, biß der Adlige die Zähne zusammen und schaute fort, als versuche er seinen Ärger zu beherrschen.

Neben Agis stand Sadira, deren schulterlanges, bernsteinfarbenes Haar zu einem losen Pferdeschwanz gebunden war und ein schönes, spitz zulaufendes Ohr freiließ. In ihren Händen trug die reizende Halbelfin einen hölzernen Stock mit einem Knauf aus schwarzem Obsidian.

Ein unbehaglicher Schauer rann Rikus beim Anblick ihrer Waffe das Rückgrat hinab. Diese Waffe war einer der magischen Gegenstände, die ihm und seinen drei Begleitern geliehen worden waren, damit sie Kalak töten konnten, den tausend Jahre alten Hexerkönig, der Tyr vor Tithian regiert hatte. Rikus hatte seinen Gegenstand, den Kernholzspeer, kurz nachdem sie Kalak getötet hatten, zu seinem Besitzer zurückgesandt. Sadira hatte den Rat ihrer Freunde jedoch ignoriert und beschlossen, den Stock zu behalten. Der Mul fürchtete im stillen, daß sie für die Entscheidung der Halbelfin alle teuer würden bezahlen müssen.

»Der Kampf ist bis jetzt gut verlaufen«, stellte Sadira fest. Sie sah Agis an und hob eine spitz zulaufende Augenbraue, als sie die ungewohnte Verärgerung des Adligen bemerkte. Dann fragte sie Rikus: »Und was jetzt?«

»Laßt uns das Kampfgefährt zerstören«, antwortete Rikus und richtete seinen Blick auf den riesigen Wagen.

»Und was ist mit dem Rest unserer Legion?« fragte Agis, der sein Schweigen nun doch brach. »Selbst du kannst nicht glauben, daß zweitausend Krieger nötig sind, um ein einziges Kampfgefährt zu zerstören.«

Rikus sah sich um. Die Halbriesen waren vollständig überrannt worden, und der Rest seiner Legion drang vorwärts, um den Angriff fortzuführen. »Wir befinden uns im Kampf«, antwortete er einfach. »Unsere Gladiatoren wissen, was zu tun ist.«

»Wir sind nicht alle Gladiatoren«, erinnerte Sadira ihn. »Was ist mit den Templern und Jaseelas Zwangsverpflichteten?«

»Es wäre besser, wenn sie aus dem Weg gingen«, antwortete Rikus grinsend. »Wir wollen nicht, daß sie verletzt werden.«

»Du bist zu selbstsicher, Rikus«, sagte Neeva. »Dies ist eine Schlacht, nicht einfach ein großes Handgemenge. Agis hat vielleicht recht damit, daß wir einen Plan machen sollten.«

»Ich habe einen Plan«, antwortete Rikus. Er ging auf das Kampfgefährt zu und beendete damit die Unterhaltung.

Die Gefährten brauchten nur Augenblicke, um den langsamen Wagen einzuholen. Mehrere hundert Krieger folgten ihnen, aber der größte Teil der tyrianischen Kämpfer handelte auf eigene Initiative und eilte hinter den Driks und den Wurfmaschinen her. Agis und Sadira schienen überrascht darüber zu sein, wie sauber sich die Legion geteilt hatte, aber Rikus war es nicht. Wenn es ans Kämpfen ging, vertraute er den Instinkten seiner Gladiatoren mehr als komplizierten Plänen und Befehlen.

Rikus umrundete den hinteren Teil des Kampfturms und hoffte, dessen Feuerkraft verringern zu können, indem er sich von der schmalsten Seite her näherte. Der Mul konnte erkennen, daß es trotz aller Vorsicht nicht leicht werden würde, sich Einlaß in den Wagen zu verschaffen. Die Seite war mit mindestens drei Dutzend Pfeilscharten bestückt, und die schwarzen Spitzen von Armbrusten ragten aus jedem der Schlitze hervor. Aus den Ecktürmen schrien die Wächter ständig Warnungen in den Wagen hinab.

Der Mul sah die Spitzen mehrerer Finger aus dem untersten Schlitz des Wagens hervorschießen und hörte dann, wie die Stimme einer Frau König Hamanu um die Magie anrief, die einen Zauber heraufbeschwören würde.

Rikus schrie über die Schulter: »Runter mit euch!«

Dann packte er Sadira, warf sie zu Boden und fiel gerade in dem Moment über sie, als ein gewaltiges Krachen aus dem Kampfgefährt hervorbrach. Ein fächerförmiger Strahl knisternden, roten Lichts blitzte über dem Sand auf. Hinter Rikus wurde ein Schreien laut, das genauso schnell, wie es angefangen hatte, auch wieder erstarb. Der Mul schaute über die Schulter und sah die kopflosen Körper von Dutzenden von Gladiatoren zu Boden stürzen.

Neeva streckte neben Rikus die Hand aus und schlug ihn auf den Hinterkopf. »Kampfpartner sollten einander schützen, nicht ihre Geliebten«, sagte sie. Obwohl ihre Stimme unbeschwert klang, zeigten ihre grünen Augen doch deutlich, wie verletzt sie darüber war, daß er Sadira und nicht sie geschützt hatte.

»Ich wußte, daß du selbst auf dich aufpassen kannst«, erklärte Rikus.

Das gedämpfte Rasseln von Dutzenden von Armbrusten drang aus dem Wagen hervor. Eine Welle schwarzer Striche schoß aus den Scharten hervor, und dann schrien Dutzende von Gladiatoren vor Schmerz auf.

Rikus betrachtete das Kampfgefährt jetzt mit Respekt. Er begann zu verstehen, warum die Festungswagen bei Karawanenreisen eingesetzt wurden. Jeder Räuberstamm konnte einen solchen Wagen einholen, aber ihn aufzuhalten mußte sich wohl oft als unmöglich erweisen.

Nachdem die Bolzen vorübergesegelt waren, deutete Neeva auf Sadiras Hand, die als einziges unter dem kräftigen Körper des Mul hervorsah. »Du solltest besser heruntersteigen, bevor sie erstickt.«

Sobald sich Rikus auf die Knie erhoben hatte, richtete Sadira ihre hellen Augen auf ihn und runzelte die Stirn. »Wie soll ich denn deiner Meinung nach den Zauber heraufbeschwören, während du mich plattdrückst?«

Bevor Rikus sich entschuldigen konnte, machte Sadira mit dem Stock eine Bewegung gegen das Kampfgefährt. *»Nok!«* rief sie, und ein purpurfarbenes Licht schimmerte tief im Innern des Knaufs auf.

Rikus zuckte zusammen. Er hoffte, daß das, was als nächstes geschehen würde, seine abergläubischen Gladiatoren nicht so sehr ängstigen, wie es die Uriker verletzen würde. Normale Magie bezog ihre Energie aus der Lebenskraft der Pflanzen, aber Sadiras Stock entzog seine Macht einer anderen Quelle. Sadira rief: *»Dämmerungsfeuer!«*

Rikus spürte ein unheimliches Kribbeln in seinem Bauch, und dann wurde ihm übel. Hinter ihm stöhnten die Gladiatoren und schrien erschreckt auf, als auch sie spürten, wie der Stock ihren Lebensgeistern Energie entzog.

Das Gefühl des Unwohlseins hörte kurz darauf auf, und eine Kugel scharlachroter Flammen schoß wirbelnd auf das Kampfgefährt zu. Sie breitete sich aus wie Nebel und versenkte die Rückseite des Wagens in ein rubinrotes Feuer. Die

Uriker in den Türmen stürzten sich herab und schrien vor heftigem Schmerz, und an einem halben Dutzend Stellen wurde die hintere Wand fortgebrannt wie Pergament.

Trotz des verheerenden Angriffs der Zauberin, zogen die Mekilloten das Kampfgefährt vorwärts, ohne darauf zu achten, was hinter ihnen geschah.

»In den Wagen!« schrie Rikus und setzte seinen Angriff fort – er hoffte, daß seine Gladiatoren von Sadiras Magie nicht zu abgelenkt waren, um ihm zu folgen.

Hunderte von Kampfrufen zeigten ihm, daß dies nicht der Fall war, und bald führte er eine Masse schreiender Männer und Frauen hinter dem rauchenden Kampfgefährt her. Nur noch wenige unterdrückt rasselnde Geräusche erklangen aus dem Wagen, aber Sadiras Angriff hatte seinen Tribut gefordert. Kaum mehr als ein halbes Dutzend schwarzer Bolzen schoß noch aus den Armbrustscharten hervor, und nur einer davon traf sein Ziel.

Rikus sprang über den verbrannten Körper einer Frau in der gelben Soutane der Templer Hamanus hinweg und holte das Kampfgefährt dann ein. Ohne seinen Schritt zu verlangsamen, wirbelte er seinen Cahulak herum und stieß ihn in eine der rauchenden Öffnungen über ihm. Nachdem er an dem Seil gezogen hatte, um die Klingen zurückzuziehen, schwang sich der Mul auf die unterste Ebene der hinteren Angriffsplattform.

Der furchtbare Gestank brennenden Fleisches erfüllte seine Nase. Rikus bekämpfte den Drang, sich zu übergeben, schaute sich um und sah, daß das Deck in einen Trümmerhaufen verwandelt worden war. Verkohlte Körper und zerschmetterte Waffen lagen überall verstreut. Flammen leckten an einem Dutzend Stellen der Rückwand, versengten sogar die gebräunte Haut des Mul und füllten seine Lungen mit brennendem Rauch. Durch den Rauch konnte Rikus einen Gang erkennen, der tiefer in das Kampfgefährt hineinführte. Zu beiden Seiten dieses Ganges führte je eine Leiter durch eine Öffnung in den Aufbau des Gefährts hinein.

Rikus wandte sich erneut der Rückseite des Wagens zu, kniete sich hin und half Neeva hinauf. Während sie auf die Ebene hinaufkletterte, spähte sie an seinen Beinen vorbei und sagte: »Zwei hinter dir.« Ihre Stimme war so ruhig, als ginge es um Vögel, die in der Dämmerung ihre Schlafplätze verlassen.

Der Mul fuhr auf dem Absatz herum und ließ seinen Cahulak in voller Länge des Seils vorwärtsschießen. Durch den Dunst sah er zwei rußbedeckte Uriker, die mit ihren Armbrusten auf ihn zielten. Rikus wich zur Seite, als die Krieger ihre Waffen abdrückten. Zwei Bolzen zischten an seinem Hals vorbei und krachten in das Holz der Rückwand des Wagens. Gleichzeitig ging der erste Wächter in die Knie, denn die Klinge der Cahulak war tief in ein Gelenk eingesunken. Der Mul zog an dem Seil und riß den Mann von den Füßen.

Der zweite Krieger griff nach dem Obsidiankurzschwert an seiner Seite. Rikus sprang ihn an und pflanzte seinen Fuß genau auf den Löwen auf der roten Tunika des Urikers. Der Mann fiel zu Boden und preßte die Hände gegen seine Brust.

Nachdem Rikus die beiden Krieger getötet hatte, die er zunächst nur kampfunfähig gemacht hatte, griff Neeva nach unten, um Agis in den Wagen zu helfen. Als der Adlige erst einmal oben war, half er Sadira hinauf, und ihr folgte ein Strom von Gladiatoren. Bald war die Ebene mit tyrianischen Kriegern angefüllt, die alle wegen des dichten Rauchs husteten und keuchten. Der Mul wies einige wenige an, die Leitern hinaufzusteigen, um alle Überlebenden auf den höheren Ebenen zu töten, und bedeutete seinen Freunden und den anderen dann, sie sollten ihm durch den hinteren Eingang folgen.

Nachdem sie ein halbes Dutzend Stufen hinabgestiegen waren, fanden sie sich in einem Gang wieder, in dem der Rauch nicht so dicht war. An den Wänden hingen mehrere Netze. Sie enthielten jeweils eine Glaskugel, die mit dem rhythmischen Schwanken des Wagens mitschwang und ein flackerndes, grünes Licht auf den Boden warf.

Der Gang führte zu beiden Seiten zwölf Meter weit und dann in einer Biegung auf die Vorderseite des Wagens zu. Der Mul bedeutete der ersten Gruppe von Gladiatoren, ihm und seinen Gefährten in den engen Gang zu folgen. »Sagt denen, die hinter euch gehen, daß sie die andere Richtung einschlagen sollen«, befahl er.

Sie gingen vorsichtig den Gang entlang. Als sie um die erste Ecke kamen, stand Rikus zehn Urikern gegenüber, die lederne Feuerdecken bei sich trugen. Der Mul tötete die ersten drei, bevor sie nach ihren Waffen greifen konnten, aber trotzdem konnten sie noch einen Alarmruf ausstoßen. Der Rest verfiel in tiefen Schlummer, als einer von Sadiras Zaubern eine blaue Wolke magischen Puders über ihre Köpfe senkte.

»Leichter, als ich dachte«, bemerkte Rikus. »Bald werden wir dieses Kampfgefährt als Siegestrophäe mit nach Tyr nehmen.«

Agis schüttelte den Kopf und sagte: »Deine Siegesgewißheit ist verfrüht. Der Kampf ist nur einfach annehmbarer geworden.«

Der Mul schaute nach vorn und sah einen hoch aufragenden Thri-Kreen auf sich zustapfen. Der riesige Insektenmann war so groß, daß seine kurzen Fühler die Decke streiften und sein gelber Rückenschild die glühenden Kugeln von beiden Wänden schlug, als er vorwärtsging. Er hielt Waffen in dreien seiner vier Vorderarme – eine Peitsche, ein Obsidiankurzschwert und eine Gythka, eine kurze Stange mit Klingen aus kristallinem Gestein an beiden Enden.

»Sadira?« fragte Neeva hoffnungsvoll.

»Wenn ich etwas tue, werde ich uns auch töten«, antwortete die Zauberin.

»Macht mir ein wenig Platz«, sagte Rikus.

»Ich werde dir mit dem Weg helfen«, sagte Agis und deutete dem Rest der Gruppe, um die Ecke zurückzuweichen.

»Das würde ich zu schätzen wissen.« Rikus lächelte den Adligen beunruhigt an und fügte dann hinzu: »Doch nicht, daß ich Hilfe brauchte.«

Trotz seiner mutigen Worte war der Mul genauso besorgt, wie seine Gefährten. So bedrohlich die vier Arme und die Waffen des Thri-Kreen auch waren, so stellte doch das Maul der Bestie die wirkliche Gefahr dar. In seiner Zeit als Gladiator hatte er viele solcher Insektenkrieger bekämpft, und er wußte, daß die Speichelflüssigkeit der Bestie ihn lähmen würde, wenn er nicht verhindern konnte, daß sie ihn überhaupt berührte.

Der Thri-Kreen watete durch die blaue Wolke von Sadiras Schlafzauber, ohne das leiseste Anzeichen von Benommenheit zu zeigen. Der Mul setzte seine Cahulaks in einem verflochtenen Muster in Bewegung und wartete dann ruhig darauf, daß sich sein Gegner näherte.

Fast ohne zu zögern, stach der Insektenmann mit der

Spitze seiner Gythka auf Rikus ein und schlug auch mit seiner Peitsche zu. Mit einem Cahulak stieß der Mul die Gythka beiseite und ließ zu, daß sich die Peitsche des Thri-Kreen um seinen anderen Cahulak wickelte. Dann rückte er vor, bis er in Angriffsweite seiner Waffen herangekommen war. Der Thri-Kreen bewegte ein Kurzschwert auf Rikus' Kehle zu, und der Mul duckte sich gerade rechtzeitig genug, bevor die Bestie ihm den Kopf abschlagen konnte. Er hatte sich noch nicht wieder aufgerichtet, als die zusammenklappenden Kiefer des Thri-Kreen auf seinen Hals herabstießen. Rikus fiel auf den Rücken und trat mit seinen Fersen aufwärts, womit er seinen Gegner genau in den Brustkorb traf. Der Stoß hätte die Brust eines Mannes zerschmettert, aber den Thri-Kreen schien er nicht einmal zu erschüttern. Nach einer kurzen Pause kamen die mahlenden Kiefer weiter herab und ließen Speichelflüssigkeit auf das Gesicht des Mul tropfen. Mit vor Angst heftig pochendem Herzen schwang Rikus beide Cahulaks gegen die hervorstechenden Augen seines Gegners.

Die Reichweite des Mul genügte nicht ganz, und die Knochenklingen prallten am Maul des Wesens auf, wobei sie dem Chitinpanzer kaum Kratzer zufügten. Dennoch hielt der Thri-Kreen nach diesem Angriff inne. Er zog seinen Kopf zurück und hielt seine empfindlichen Augen aus Rikus' Reichweite heraus. Der Mul hämmerte seine Cahulaks auf den Schild seines Gegners und trieb das riesige Insekt von sich fort.

»Töte ihn nicht, Rikus!« rief Agis.

»Warum nicht?« fragte Rikus und blieb stehen.

»Er ist nicht völlig feindselig«, erwiderte der Adlige. »Wenn ich ihm helfen kann, wird er uns helfen.«

Rikus betrachtete den Thri-Kreen vorsichtig und wartete darauf, daß Agis sein Versprechen wahrmachte. Der Insektenkrieger schien einen Moment lang verwirrt zu sein, schaute dann über die Schulter des Mul und bewegte sich vorwärts, wobei er seine Aufmerksamkeit jetzt auf Agis richtete. In der Erkenntnis, daß der mentale Kontakt des Adligen kaum mehr bewirkt hatte, als das Wesen zu beunruhigen, zog Rikus seinen Vorteil aus diesem Augenblick, indem er vorwärtsschoß und an die Seite des Thri-Kreen schlüpfte, wo es für seinen Gegner schwierig sein würde, ihn sowohl mit dem Kiefer als auch mit seinen Waffen zu erreichen.

Als er sah, daß Rikus an diese gefährliche Position glitt, hielt der Thri-Kreen in seinem Angriff inne und gebrauchte beide Arme, um den Mul an die Wand zu schmettern. Die Schläge preßten den Atem aus Rikus' Lungen und erfüllten seinen Körper mit einem dumpfen Schmerz. Der Insektenmann ließ seine Peitsche fallen und schlug mit den Klauen einer dreifingrigen Hand zu. Der Mul konnte gerade noch sein Auge retten, indem er den Kopf wegdrehte, aber der Thri-Kreen öffnete eine gezackte, tiefe Wunde an seiner Wange.

Rikus schlug auf den Kopf der Bestie ein und ließ den Cahulak so wirbeln, daß er Raum genug hatte, sein Ziel zu treffen. Dieses Mal mußte sich der Thri-Kreen ducken, und die Waffe strich an der Rückseite seines Halses vorbei. Als das Ende des Seiles erreicht war, drehte sich der Cahulak herum und erschien an der anderen Seite des Kopfes erneut. Der Mul packte den Schaft der Waffe und zog mit aller Kraft, wodurch er sich auf den Rücken des Wesens hinaufzog. Er wollte um Hilfe rufen, aber er bekam keine Gelegenheit dazu. Der Thri-Kreen stand aufrecht da und schmetterte ihn gegen die Decke. Der Schrei des Mul endete in einem erstickten Stöhnen. Rikus wollte erneut aufschreien, gab dann aber auf und kämpfte nur noch darum, seinen Halt zu bewahren. Der Insektenmann preßte den Rücken des Mul wieder und wieder gegen die Decke. Neeva nutzte diesen Augenblick und glitt mit erhobener Streitaxt um die Ecke. Agis packte sie an der Schulter und hinderte sie daran, vorwärtszustürmen. Rikus schrie: »Was denkst du, was du...«

Der Mul wurde wieder gegen die Decke gedrückt, und seine Frage brach abrupt ab. Sein Rückgrat fühlte sich bereits an, als sei es an einem Dutzend Stellen gebrochen, und seine Arme brannten vor betäubender Müdigkeit.

Agis trat neben Neeva. Er hielt seine Hände vor sich ausgestreckt, und seine braunen Augen waren auf die des Thri-Kreen fixiert. Ganz plötzlich hörte der Krieger auf, Rikus gegen die Decke zu drücken. Die Bestie sah Agis einen Moment lang an, ließ dann ihre Waffen fallen und legte sich auf den Boden. Der Adlige ging vorwärts und nickte dem Thri-Kreen schweigend zu.

»Warum habt Ihr Neeva aufgehalten?« fragte Rikus, der keuchend atmete. »Ich hätte getötet werden können!«

Als der Mul das Seil seines Cahulak vom Hals des Thri-Kreen löste, legte Agis seine Hand auf die Waffen und gebot Einhalt. »Aber du bist nicht getötet worden«, antwortete er und betrachtete noch immer den Krieger. »Der Thri-Kreen ist ein Sklave. Nachdem ich seinen Geist vom Zugriff seines Herrn befreit habe, wird er uns helfen.«

Rikus sah skeptisch aus und entzog seine Waffen dem Griff des Adligen.

»K... Kamerad«, krächzte der Insektenkrieger in urikischer Sprache. »Helfe euch.«

Weil er in den Sklavengruben eines urikischen Adligen geboren und aufgezogen worden war, verstand Rikus die Worte des Kriegers. Dennoch blieb er mißtrauisch.

»Niemand gibt einem Thri-Kreen-Sklaven Waffen«, sagte er. »Besonders wenn es sich um einen handelt, der so gut kämpft.«

»Der Kommandant des Kampfgefährts hat den Weg benutzt, um seinen Geist zu kontrollieren«, erklärte Agis, der die Waffen des Mul langsam von dem Thri-Kreen fortbewegte. »K'kriq wollte uns nicht angreifen.«

»Töte F-Fahrer, töte Ph-Phatim«, stotterte der Thri-Kreen. »Helfe euch.«

Als Rikus immer noch nicht einverstanden war, sagte Agis: »Ich war in seinem Geist. Ich werde für ihn bürgen.«

Rikus trat widerwillig von dem Mantiskrieger fort. »In Ordnung, wir kämpfen zusammen«, sagte er. Und fügte in der urikischen Sprache hinzu: »Aber du tust, was ich sage, und keine Waffen.« Der Thri-Kreen öffnete seine sechs Kiefer zu einer sternenförmigen Geste, die vielleicht sogar ein Lächeln sein sollte. »K-kein Bereuen«, antwortete er.

Der Mul schaute nach vorn, ohne etwas zu erwidern. Normalerweise hätte er einen früheren Feind nicht als Mitglied ihrer Gruppe akzeptiert, aber Agis war ein wahrer Meister des Wegs. Wenn er sagte, daß man dem Thri-Kreen trauen konnte, dann glaubte Rikus ihm das.

Der Mul führte sie auf die Vorderseite des Wagens zu. Während sie vorwärtsschritten, wälzte sich von der Rückseite des Kampfgefährts her dichter Rauch den Gang hinab. Innerhalb weniger Momente konnten sie kaum noch die glühenden Kugeln in ihren Netzen erkennen. Dicke Stücke brennenden Holzes fielen bereits von der Decke.

Bald erreichte die kleine Gruppe den vorderen Laderaum. Die äußeren Türen waren geöffnet worden, um den Rauch herauszulassen, und durch den dichter werdenden Qualm sah Rikus ein Dutzend Uriker, die Wache standen. Nachdem er eine geflüsterte Warnung hinter sich gerichtet hatte, schoß der Mul aus dem raucherfüllten Gang hervor und tötete den ersten Wächter von hinten. Neeva sprang an ihm vorbei und ließ ihre Streitaxt fliegen, womit sie zwei weitere Wächter tötete. K'kriq eilte an ihr vorbei und tötete, obwohl er unbewaffnet war, fünf weitere Wächter in einem Rausch aufblitzender Klauen und zuschnappender Kiefer. Die vier Überlebenden sprangen von dem Kampfgefährt hinab, bevor Agis oder Sadira zuschlagen konnten. Rikus warf einen beunruhigenden Blick auf die fünf Männer, die K'kriq getötet hatte und spähte dann aus der offenen Ladetür hinaus. In dem Sand seitlich des Wagens und genau vor dem Kriegsgefährt sah er watschelnde Driks und ihre Treiber, die versuchten, seiner Legion zu entkommen. Die Kampfeidechsen kamen schlecht voran. Ihre tiefliegenden Körper und schweren Schilde waren nicht für Geschwindigkeit geeignet. Die Langsamkeit dieser Wesen wurde dadurch verstärkt, daß sie Lasten trugen, Wurfmaschinen, die aus sonnengebleichten Mekillotknochen gemacht und so groß wie Bäume waren und zweimal so schwer.

Ein Dutzend Driks war bereits gestürzt. Sie schlugen mit den Köpfen und brüllten hilflos, weil sie ihre Flucht auf gelähmten Beinen nicht fortsetzen konnten. Ein weiteres Dutzend der Tiere hatte sich in den Sand eingegraben und versuchte sich gegen die tyrianischen Krieger zu verteidigen.

Der Mul erkannte erschreckt, daß keine regulären urikischen Krieger zu sehen waren. Da sich der Hauptteil der Krieger weit vor dem Angriff befunden hatte, fand Rikus es seltsam, daß diese nicht zurückgekommen waren, um sich an dem Kampf zu beteiligen.

K'kriq berührte die Schulter des Mul mit einer blutigen Klaue und deutete dann nach vorn. »Töte Phatim, h-halte die Uriker auf«, sagte der Thri-Kreen. »Kein Wasser, kein Essen, keine Wurfgeschosse.«

Rikus hob eine Braue und sagte dann: »Geh voraus.«

Agis ergriff den Thri-Kreen an einem seiner stockähnlichen Arme. »Nein«, sagte er. »Wir müssen den Kommandanten selbst finden.«

Der Insektenkrieger blieb beharrlich: »I-Ich töte Phatim.«

Der Adlige schüttelte den Kopf. »Wenn der Kommandant dich sieht, wird er deinen Geist wieder überwältigen. Bleib hier und hilf unseren Kriegern, die Vorräte zu vernichten – für den Fall, daß wir den Wagen nicht anhalten können.«

K'kriq ließ seine sechs Kiefer aufklappen, schloß sie ärgerlich, wandte sich dann um und begann auf die innere Ladetür einzuschlagen.

Rikus wies die Gladiatoren an, K'kriq zu helfen, und eilte seinen drei Gefährten voran. Obwohl der enge Gang raucherfüllt blieb, war er nicht annähernd so dunkel wie der Abschnitt hinter der Ladetür. Durch das Licht der hin- und herschwingenden, glühenden Kugeln konnte der Mul sehen, daß hier und dort Rauch durch die Bohlen der Decke drang.

Der Gang wandte sich der Mitte des Wagens zu, und sie kamen an zwei bronzene Türen, die sich an dem Gang gegenüberlagen. Beide waren mit schweren Eisenriegeln gesichert. Rikus deutete auf die Tür zu ihrer Rechten. »Neeva, du überprüfst die da.«

Die Frau nickte und brach die Tür dann mit einem einzigen Schlag ihrer Axt auf. Sie betrat den dahinterliegenden, dunklen Raum, und Sadira folgte ihr dichtauf.

Rikus trat die andere Tür ein und stürmte dann in den Raum dahinter. Er fand sich vor einer Leiter stehend wieder, die zu einem kleinen erhöhten Podest führte. Dicke Rauchwirbel bewölkten die Luft.

»Die Ebene des Kommandanten«, stellte Agis fest, der hustete und sich die Augen rieb.

Der Mul ging zur Leiter und kletterte hinauf. Als er höherstieg, glitt eine Rauchfahne herab und wand sich um seinen Hals. Rikus machte sich keine Gedanken darüber, bis die Ranke über seine Haut rieb wie ein rauhes Seil und sich dann plötzlich zusammenzog. Sofort spürte er den Blutandrang in seinen Ohren. Seine Augen fühlten sich an, als würden sie ihm aus dem Kopf springen, und er konnte keine Luft mehr bekommen.

Der Mul sprang von der Leiter und landete zu Agis' Füßen. Er fiel hin, ließ seine Cahulaks fallen und umklammerte die Ranke. Seine Finger sanken hindurch wie durch Luft.

»Rikus!« schrie Agis.

Die Stimme des Adligen schien weit entfernt und schwach. Rikus wurde es schwarz vor Augen.

Zu seiner Überraschung starb der Mul nicht. Statt dessen wandte sich sein Bewußtsein nach innen, es wandte sich seinem eigenen Geist zu. Er sah sich selbst auf einer gestaltlosen Schlammebene knien, als der riesige Tentakel eines schrecklichen Wesens aus der nassen Erde hervorkam und sich um seine Kehle schlang. Es versuchte, ihn in den sumpfigen Boden zu ziehen und ihn im Schlamm der Vergessenheit zu ersticken.

Rikus' Magen verkrampfte sich vor Angst. Er erkannte, daß er von Geist zu Geist angegriffen wurde, und dieses Wissen allein ängstigte ihn entsetzlich. Der Mul war ein Meister des physischen Kampfes, aber wenn es um den Weg ging, war er nicht einmal ein Anfänger.

Rikus wehrte sich, indem er sich vorzustellen versuchte, daß er den Tentakel aus dem Schlamm zöge. Egal wie kräftig er zog, die Bestie war zu stark für ihn. Sie riß seinen Rücken nach hinten und beugte sein Rückgrat, bis er Angst bekam, daß es brechen könnte.

Der Mul packte den Tentakel und zog mit soviel Kraft, wie sein nach Sauerstoff hungernder Körper aufbringen konnte. Langsam gelang es ihm, sich umzudrehen und einen Arm auf dem schlammigen Untergrund aufzustützen. Er versuchte mit dem anderen zu graben und hoffte, die schleimige Kreatur aus ihrem Erdloch herausheben zu können. Obwohl er ein mehrere Fuß tiefes Loch aushob, fand er nichts als eine endlose Ranke, die ihn weiterhin abwärts zog. Rikus biß das Wesen. Sein Blut brannte in seinem Mund wie Säure.

Auf einmal wurde sich der Mul lauter, schwappender Schritte bewußt, die sich von hinten näherten. Er fuhr herum und erwartete, daß sein Angreifer einen neuen Schrecken zu seiner Vernichtung gesandt hatte. Wenn noch Atem in seinen Lungen gewesen wäre, hätte er dann jedoch erleichtert geseufzt. Vor ihm stand ein vertrautes Wesen in der Gestalt eines hoch aufragenden Riesen.

»Agis?« gurgelte Rikus.

Der Riese nickte. »Was haben wir denn hier?« brüllte er und beugte sich vor, um den Tentakel zu ergreifen.

Der Riese Agis zog die Ranke mühelos aus dem Boden und

befreite so die Kehle des Mul. Das sich windende Ding war nichts weiter als ein langer, grauer Tentakel. Während Rikus hinsah, flachten sich seine beiden Enden ab, und eine Reihe von Augen erschien auf der Oberseite. Unter jedem Paar Augen öffnete sich ein langer Schlitz zu einem breiten Maul mit bösartigen Fängen.

»Die Schlange von Lubar!« keuchte Rikus. Die Bestie erinnerte ihn an den Kamm des Adligen, der den Mul aufgezogen hatte, an die Familie, in deren grausamen Gruben der junge Mul in der Kunst des Tötens ausgebildet worden war.

Während Rikus den lebenden Kamm seines ersten Besitzers betrachtete, wandten sich die beiden Schlangenköpfe zu Agis um und stießen gleichzeitig zu. Die Riesenarme des Adligen streckten sich aus, so daß die Fänge ihn nicht erreichen konnten. Die Schlange streckte ihren Körper, und die Arme streckten sich noch weiter aus. Ein zusätzliches Paar klauenbewehrter Hände wuchs aus dem Brustkorb des Riesen. Sie griffen die Schlange hinter jedem ihrer Köpfe und rissen blitzschnell tiefe Wunden in den Körper der Schlange. Nur noch eine blutige Masse aus zerbrochenen Schuppen und zerstückeltem Fleisch blieb von ihr zurück. Agis warf die Schlange in den Schlamm und beobachtete dann, wie sie zu einer ausgetrockneten Hülle verfiel. »Warum hast du dich nicht selbst verteidigt?« fragte er und sah Rikus an.

»Ich habe keine Übung im Weg«, antwortete Rikus, der sich durch den tadelnden Tonfall in der Stimme des Riesen getroffen fühlte.

»Du brauchst keine Übung, um eine grundsätzliche Abwehr aufzubauen«, konterte der Riese. »Sie kommt instinktiv – oder sollte es zumindest. Jeder hat gewisse

Fähigkeiten, den Weg zu gebrauchen. Dein Fehler war, daß du die Kraft über alles gestellt hast. Der Weg ist subtiler.«

Agis verwandelte sich von einem Riesen in einen Vogel mit ledernen Schwingen und einem scharfen, gekrümmten Schnabel. »Gebrauche beim nächsten Mal deine Vorstellungskraft.« Damit erhob er sich in die Luft und flog davon.

Rikus öffnete die Augen und sah, daß er sich wieder in dem Kampfgefährt befand und am Fuß der Leiter lag. Der Adlige hockte neben ihm und atmete in flachen Zügen.

»Agis!« keuchte der Mul. »Seid Ihr verletzt?«

Der Adlige lächelte und schüttelte den Kopf. »Erschöpft«, flüsterte er. »Geh voran, bevor sich der Kommandant erholt.«

Nachdem er den Gang hinunter geschaut hatte, um sicherzugehen, daß Agis nicht in Gefahr schwebte, verließ Rikus den Adligen, damit er sich erholen könnte, und stieg die Leiter hinauf. Unter der Decke war die Ebene des Kommandanten von dichtem Rauch erfüllt, der durch die Bohlen gesikkert war. Als er sich jedoch auf Hände und Knie niederließ, konnte Rikus vorwärtskriechen, ohne daß seine Lungen von den beißenden Dämpfen versengt wurden.

Rikus stellte fest, daß die Ebene des Kommandanten eine geräumige Plattform mit einer Seite aus dickem Glas war, die die Panzer der trägen Mekillote überragte. Vor dieser Glasfront stand ein gepolsterter Stuhl, auf dem ohne Zweifel der Kommandant sitzen würde, ein Meister des Weges, der speziell dazu ausgebildet war, die unterschiedlichen Wesen zu beherrschen. Der Mul arbeitete sich bis zu dem Stuhl vor und legte seine Cahulaks beiseite. Trotz seiner Angst vor dem Geistbeuger mußte er den Mann lebend erwischen, wenn er das Kampfgerät zum Anhalten zwingen wollte.

Nach dem, was er über Mekillote gehört hatte, würden sich die einfältigen Wesen, wenn sie plötzlich von ihren mentalen Zügeln befreit würden, entweder weiter vorwärtsmühen oder vielleicht einfach anhalten.

Eine lange, schwarze Klinge schoß blitzend auf Rikus' Augen zu, und ein undeutlicher Schatten, der Form nach ein Mann, fiel aus dem Rauch hinter ihr. Der Mul überkreuzte seine Handgelenke und reckte sie über seinen Kopf, womit er den Arm des Angreifers zwischen seinen Handrücken abfing. Bevor der Geistbeuger seinen Dolch zurückziehen konnte, drehte Rikus die Handflächen, ergriff den Arm seines Angreifers und schleuderte sein Opfer dann zu Boden.

»Auch wenn ich vermute, daß du dich mit meinen Gedanken befaßt, werde ich meine Arbeit beenden, Phatim«, drohte Rikus, ergriff den Obsidiandolch und drückte dessen Spitze an die Kehle des Mannes.

Die grauen Augen des Kommandanten weiteten sich, als sein Name in seiner eigenen Sprache ausgesprochen wurde. Der hagere Mann nickte, um zu zeigen, daß er verstanden hatte, und schaute dann an seiner gebogenen Nase entlang auf den Dolch an seiner Kehle.

»Wenn du am Leben bleiben willst, dann halte die Mekillote an«, sagte Rikus. »Aber ich warne dich...«

»Ich bin zu müde, um dich mit dem Weg zu hintergehen«, sagte der Kommandant.

Phatim schloß die Augen und konzentrierte sich einen Augenblick lang. Das Kampfgefährt kam mit einem Ruck zum Stehen. Rikus flog über den vornübergebeugten Körper des Geistbeugers und stieß gegen die Rückseite des Stuhls.

Der Kommandant war sofort über ihm, benutzte eine Hand, um die Hand des Mul, in der er den Dolch führte, auf den Boden zu drücken und zog mit der anderen ein kürzeres Messer aus seinem Stiefel. Rikus konnte seinen Kopf gerade noch wegziehen, als Phatims Stahlklinge funkelnd herabsauste.

»Stirb, Sklave!« zischte Phatim und besprühte Rikus' Gesicht mit warmem Speichel.

»*Befreiter* Sklave«, erwiderte Rikus.

Der Mul zog sein Knie hoch und stieß es in die Rückseite von Phatims Oberschenkel. Der Stoß warf seinen Gegner nach vorn und raubte ihm das Gleichgewicht. Im gleichen Moment befreite Rikus seinen Arm und stieß den Dolch unter Phatims Rippen. Der Kommandant schrie auf und wurde dann plötzlich still, als die Spitze der langen Klinge sein Herz gefunden hatte. Heißes, rotes Blut rann Rikus' Finger hinab, und Phatim brach zusammen. Rikus schob den leblosen Körper des Kommandanten von sich fort und schüttelte den Kopf über die Dummheit des Mannes. Der Mul hatte eigentlich gehofft, den Geistbeuger noch befragen zu können, warum er die Schlange von Lubar als Angriffsform gewählt hatte.

Phatims Tod trug wenig dazu bei, Rikus' Freude darüber, daß das Kampfgefährt gestoppt worden war, zu dämpfen. Ohne den Festungswagen und die Wurfmaschinen würde es für die Uriker weitaus schwieriger, vielleicht sogar unmöglich werden, Tyr einzunehmen. Der Mul wagte sogar zu hoffen, daß er dem Krieg gerade ein frühes Ende gesetzt hatte.

Nach einer schnellen Überprüfung, um sicherzugehen, daß nicht noch weitere Überraschungen auf der Ebene des Kommandanten lauerten, kehrte Rikus zu der Leiter zurück; er wollte sich vergewissern, daß es Agis gut ging. Auf dem Boden unter sich sah sowohl Neeva als auch Sadira bei dem Adligen stehen. In ihren Händen hielt Neeva ein grünes Tuch.

Rikus sammelte seine Cahulaks ein und stieg die Leiter hinab.

»Was habt ihr in dem anderen Raum gefunden?« fragte er.

»Es ist der Raum des Befehlshabers«, antwortete Sadira.

Rikus sprang die restliche Entfernung zum Boden hinab. »Habt ihr ihn getötet?« fragte der Mul eifrig.

»Er war nicht da«, sagte Neeva und reichte dem Mul das Tuch. »Dies hing über seinem Bett.«

Rikus breitete die Flagge auseinander. Sie war mit dem roten Emblem einer zweiköpfigen Schlange geschmückt, deren Mäuler an beiden Enden weit geöffnet waren und einen Mundvoll gebogener Fänge sichtbar werden ließen.

»Die Schlange von Lubar«, zischte Rikus, und seine Stimmung verwandelte sich von Siegesfreude in Wut.

Die schwarze Mauer

Der heiße Wind war verweht, und so stieg der Rauch aus dem brennenden Kampfgefährt in pfeilgeraden Bahnen himmelwärts. Rikus stand im Schatten des Festungswagens und trank aus einer der Wassertonnen, die seine Krieger aus dem Laderaum geworfen hatten. Außer ihm hatten sich Neeva, Sadira, Agis und die Befehlshaber der drei verschiedenen Trupps der Legion, nämlich der Templer Styan, die Adlige Jaseela und der befreite Halbriesengladiator Gaanon, um das Fäßchen versammelt. Der Thri-Kreen K'kriq wartete geduldig hinter dem Mul und zeigte keinerlei Interesse an dem Wasser oder an Gesellschaft.

Der Rest der Legion befand sich in der Nähe. Es waren Hunderte kleiner Gruppen von fünfzehn oder zwanzig Kriegern, und inmitten jeder Gruppe stand ein Fäßchen urikisches Wasser, an dem sich die Tyrianer labten. Bald würde Rikus den Befehl geben, die Tonnen in den öden athasischen Sand zu entleeren, und es war nur natürlich für sie, soviel der wertvollen Flüssigkeit zu verbrauchen wie möglich.

»Bist du verrückt, Rikus?« fauchte Agis und warf den hölzernen Schöpflöffel zurück in die geöffnete Wassertonne. Er deutete mit dem Arm auf die toten Halbriesen, die gelähmten Driks, und die zerstörten Wurfmaschinen, die den roten Sand des Tales übersäten. »Es ist eine Sache, ein Kampfgefährt zu verbrennen oder einige Driks zu töten, und es ist eine ganz andere Sache, eine Legion ausgebildeter Krieger anzugreifen.«

Rikus schaute westwärts zu dem sandigen Hügel, über den das Heer des Feindes kurz zuvor verschwunden war. Bis jetzt war keiner der Beobachter, die er hinter den Urikern hergeschickt hatte, zurückgekommen, und er nahm das als Zeichen dafür, daß das Heer weiterhin auf Tyr zustrebte. Der Mul war genauso beunruhigt wie überrascht darüber, daß der Feind nicht aufgehört hatte zu kämpfen. Für ihn war ihre Bereitschaft, die Wurfmaschinen und das Kampfgefährt aufzugeben, ein Zeichen dafür, daß sie darauf vertrauten, Tyr ohne diese Dinge einnehmen zu können.

»Unser Angriff erfolgt von hinten«, sagte Rikus mit zusammengekniffenen Augen. »Das verschafft uns einen Vorteil.«

»Den Feind fünf zu eins in der Überzahl zu wissen, ist kein Vorteil!« rief Agis aus. Die drei Befehlshaber der Trupps der Legion senkten ihre Blicke auf den festgetretenen Sand des Weges, denn sie wollten mit dem Streit zwischen Agis und Rikus nichts zu tun haben.

Agis fuhr mit gedämpfter Stimme fort: »Dies hat weniger damit zu tun, daß du Tyr beschützen wirst, als damit, daß du an der Familie Lubar Rache nehmen willst. Doch das ist jetzt unwichtig.«

»Die Rache eines Sklaven ist niemals unwichtig«, sagte Neeva.

»Das würdet Ihr wissen, wenn Euer Rücken jemals die Peitsche zu spüren bekommen hätte.«

Bevor sich der Streit ausweiten konnte, deutete K'kriq mit zwei chitinartigen Armen gen Himmel. »Wer das?« fragte er.

Rikus schaute nach oben und stöhnte. Weit über ihnen

hing dort in dem brennend heißen, pinkfarbenen Himmel der wolkenähnliche Kopf von König Tithian. Er sah aus, als bestehe er aus nebligem, grünem Licht, obwohl seine nebelhafte Beschaffenheit die scharfen Gesichtszüge und die habichtartige Nase des Königs nicht weniger deutlich erscheinen ließen.

Als Rikus' Gefährten sich umwandten, um zu sehen, wohin er schaute, begannen die tyrianischen Krieger in frohem Erstaunen aufzuschreien. Während sie den Kopf beobachteten, fiel er wie ein Meteor herab, bis er nur weniger als hundert Fuß über ihnen hing und einen so großen Teil des Himmels verdeckte, daß der Tag zu nicht mehr als purpurfarbenen Schattierungen einer Dämmerung wurde. Die gesamte Legion brach in ein brausendes Hurrarufen aus, das, wie der Mul wußte, nicht so bald enden würde. Wie der Rest von Tyr rechneten auch die Gladiatoren dem schlauen König hoch an, daß er sie befreit hatte. Sie wußten nicht, welche Rolle Agis gespielt hatte, als Tithian zu seinem berühmten Ersten Erlaß gezwungen wurde.

»Tithian! Was macht er hier?« fragte Neeva, die schreien mußte, um sich über den Lärm hinweg verständlich zu machen.

»Wie ist er hierher gekommen?« fragte Rikus. »Ich dachte, er wüßte nichts von Magie!«

»Das tut er auch nicht«, antwortete Sadira. Sie deutete auf die Erscheinung und formulierte einen Zauberspruch. Kurz darauf fügte sie hinzu: »Und das fühlt sich für mich auch nicht an wie normale Magie.«

»Es ist aber auch nicht der Weg«, sagte Agis und rieb sich die Schläfen. »Ich kann die Anwesenheit von Tithians Gedanken spüren, aber ihre Macht scheint auf einmal weitaus größer zu sein, als er jemals hervorzurufen in der Lage wäre.«

Agis und Sadira sahen sich eine Weile lang mit besorgtem Gesicht an, während Rikus und Neeva unruhig auf ihre Erklärung warteten. Schließlich wagte Agis die Möglichkeit zu formulieren, die sie alle befürchteten: »Es könnte Drachenmagie sein.«

»Drachenmagie? Was ist das?« fragte Jaseela. Die Worte der Frau mit den seidigen Haaren klangen undeutlich, denn bei einem Kampf, der dem Sturz des Hexerkönigs Kalak vorangegangen war, hatte ein Halbriese sie am Kopf verletzt. Jetzt hing ein haselnußbraunes Auge tief über einem zerschmetterten Wangenknochen, ihre Nase wand sich ihr Gesicht hinab wie der Schwanz einer Schlange und ihre vollen Lippen waren zu einer herunterhängenden Falte verzogen, die so tief hinunterführte, daß sie die durchbrochene Linie ihres Kiefers berührte.

»Drachenmagie ist Zauberei und der Weg zusammengenommen«, erklärte Sadira.

»Aber Tithian kann sie doch nicht anwenden, nicht wahr?« stöhnte Neeva.

Der König sprach und verhinderte so die Antwort. »Krieger von Tyr, ich habe euch beobachtet«, sagte Tithian. Seine Stimme hallte über das Schlachtfeld wie ein Donnerschlag und ließ die Krieger sofort verstummen. »Gut habt ihr meinen Plan ausgeführt!«

»*Seinen* Plan«, schnaubte Rikus. Aber seine Bemerkung ging in den Hochrufen unter, die aus den Reihen seiner Legion aufstiegen.

»Ihr habt einen großen Sieg für Tyr errungen«, fuhr Tithian fort.

»Wenn ihr zurückkehrt, werdet ihr eure Belohnung erhalten.«

Dieses Mal drang durch den Lärm der jubelnden Krieger nicht einmal mehr die Stimme des Königs.

Kurz darauf begannen sich Tithians dünne Lippen erneut zu bewegen, und die Legion wurde schnell ruhig. »Es wäre dumm von unseren Feinden, zurückzukehren«, donnerte er, und seine kleinen Augen wandten sich dem Hügel zu. »Ihr solltet die Uriker vertreiben – es sei denn, ihr zieht Elfen dem Drachen vor.«

Ein erschreckendes Murmeln rauschte durch die Reihen der Legion, als die Krieger westwärts schauten. Zu Rikus' Erstaunen erblickte er dort eine hohe Mauer absoluter Dunkelheit, die jetzt auf dem Kamm des kleinen Hügels entlangführte. Er konnte nicht erkennen, was dahinter lag, aber er vermutete sofort, daß die Uriker zurückgekehrt waren, um von ihren Wurfmaschinen und dem Kampfgefährt noch zu retten, was zu retten war.

Bevor der Mul den Befehl geben konnte, die Wassertonnen zu entleeren, fuhr Tithian mit seiner Ansprache fort. »Tötet die Uriker und denkt daran, was euch in Tyr erwartet!« rief der König, und seine leuchtende Gestalt löste sich in durchscheinende Streifen gelben Rauchs auf. »Mit der Strategie, die ich Rikus dargelegt habe, kann Tyr nicht verlieren!«

Aller Augen wandten sich dem Mul zu.

»Er hat mir nichts dargelegt«, sagte Rikus leise, so daß nur diejenigen, die in seiner Nähe standen, ihn hören konnten.

»Natürlich nicht«, sagte Agis, und seine braunen Augen glühten vor Zorn. »Er will, daß wir alle getötet werden.«

»So etwas würde der König niemals tun!« widersprach

Styan. Der Templer sah erschöpft aus, seine Augen waren eingesunken, und sein Haar hing ihm bis auf die Schultern herab. Wie seine Begleiter trug auch er eine schwarze Soutane, die ihn als ein Mitglied der Verwaltung des Königs auswies. »Zu behaupten, daß er es tun würde, ist Verrat!«

Rikus beobachtete, daß Styan, während er sprach, einen kleinen Kristall aus grünem Olivin in die Tasche seiner schwarzen Soutane gleiten ließ. Sofort wußte der Mul, wie der König so schnell von ihrem anfänglichen Triumph erfahren hatte. Er hatte einmal einen anderen von Tithians Spionen solch einen magischen Kristall gebrauchen sehen, über den er mit seinem Herrn kommuniziert hatte.

»Styan, hat der König etwa Euch seine Strategie dargelegt?« fragte Rikus.

»Nein. Wie sollte er das tun?« Wie die meisten Templer war auch Styan ein geübter Schwindler. Das einzige sichtbare Zeichen dafür, daß er die Wahrheit zurückhielt, war, daß er seine Hand aus der Tasche nahm.

»Dann wird wohl Agis' Vermutung bezüglich der Absichten des Königs richtig sein«, sagte Rikus. Er schaute westwärts und sah, daß die Mauer aus Dunkelheit langsam den Hügel herabglitt.

»Ich glaube auch, daß Agis recht hat«, stimmte Jaseela zu. Sie war eine der wenigen Bürgerinnen von Tyr, die die Wahrheit über den König instinktiv erahnten. »Ohne Agis und euch drei, die seinem Einfluß Widerstand leisten, würde es für Tithian leicht sein, seine eigennützigen Erlasse durch die Versammlung der Ratgeber hindurchzuzwingen.«

Rikus sah Agis, Sadira und Neeva an. »Ihr drei verlaßt das Schlachtfeld und kehrt zurück, um Tithian in Schach zu halten.«

»Und was willst du tun?« fragte Neeva.

»Die Uriker erledigen – und ihren Kommandanten töten«, antwortete Rikus und betrachtete den Hügel. Die Mauer aus Dunkelheit war mehr als die Hälfte hinabgelangt und nur noch weniger als eine Viertelmeile von seiner Legion entfernt. »Ich werde nach dem Kampf zu euch stoßen.«

Agis' Kiefer sank herab. »Ich kann nicht glauben, daß du das sagst«, keuchte der Adlige. »Wie kannst du erwarten, den Kampf zu gewinnen?«

»Weil ich es muß«, fauchte Rikus. »Selbst wenn ich die Gladiatoren davon überzeugen könnte, zurückzuweichen, würden die Uriker uns dennoch aufspüren. Wenn wir kämpfen, können wir euch wenigstens die Zeit verschaffen, die ihr braucht, um die Stadt zu erreichen.«

»Wir werden siegen«, erklärte Gaanon. Der Halbriese war sonnenverbrannt, mit einer abgeflachten Nase und einem Mund mit weit auseinanderstehenden Zähnen. Wie viele Halbriesen war auch er ein vollendeter Schauspieler, der die Gewohnheiten und Erscheinungen jener, die er bewunderte, nachzuahmen versuchte. Zur Zeit hatte er sich alle Körperhaare abrasiert und trug, genau wie Rikus, nur einen Hanflendenschurz. »Verlieren bedeutet sterben«, sagte Gaanon und wiederholte damit einen beliebten Gladiatorenspruch.

»Ich werde auch hierbleiben«, sagte Neeva.

»Und ich und meine Zwangsverpflichteten ebenfalls«, fügte Jaseela hinzu.

Der Mul sah Styan an. Zu seiner Überraschung nickte der Templer widerwillig. »Die Befehle des Königs waren deutlich«, sagte der alte Mann. »Wir müssen bei der Legion bleiben.«

»Was habt Ihr denn getan, um unseren wundervollen

König zu erzürnen?« fragte Jaseela und hob die Augenbraue über ihrem heilen Auge.

»Eure Scherze sind nicht besonders amüsant«, fauchte Styan.

Schließlich wandte sich Rikus K'kriq zu und erklärte ihm die Situation in urikischer Sprache, wobei er vorschlug, daß der Insektenkrieger Agis und Sadira zurück nach Tyr begleiten sollte.

»Nein!« rief der Thri-Kreen. »Bleibe bei den Jägern. Lenke Wagen für euch, zerstöre schwarze Mauer.«

»Du kannst das Kampfgefährt lenken?« fragte Rikus.

»Phatim hat K'kriq lenken lassen, wenn er schläft«, erklärte der Thri-Kreen. »Anfahren, anhalten, umdrehen.«

»Dann kannst du bleiben«, sagte Rikus und schlug dem Thri-Kreen herzlich auf den harten Rückenschild. Dann warf er einen prüfenden Blick auf die weiterrückende Mauer aus Dunkelheit und sah, daß sie den Fuß des Hügels erreicht hatte und nur noch zweihundert Meter von ihnen entfernt war. Er befahl Gaanon und den Gladiatoren, das Wasser der Uriker auf das brennende Kampfgefährt zu schütten und wandte sich dann Agis und Sadira zu. »Ihr zwei solltet jetzt besser gehen.«

»Schlagt euch tapfer«, sagte Agis und hielt seine Handflächen in einer formellen Abschiedsgeste nach oben. »Ich hoffe für euch, daß Hamanus Krieger das nicht tun.«

»Das spielt keine Rolle«, antwortete Rikus und erwiderte die Geste des Adligen, indem er beide aufwärts gerichteten Hände zusammenschlug. »Sie werden verlieren.«

»Das können wir nur hoffen«, sagte Sadira. Sie trat an die andere Seite des Mul und drückte seinen Arm. »Tu, was du tun mußt, Geliebter, aber sei vorsichtig.« Sie schaute zu

Neeva und fügte dann hinzu: »Ich möchte dich und Neeva lebend wiedersehen.«

»Es wird uns gut ergehen«, erwiderte Rikus. Er nahm ihren Kopf zwischen seine Hände und gab ihr einen langen Kuß. »Du und Agis, ihr seid diejenigen, die vorsichtig sein sollten. Immerhin sind wir nur in der Minderheit. Ihr beide tretet Tithian gegenüber.«

Nach diesen Worten entfernten sich Agis und Sadira. Rikus wandte sich Styan und Jaseela zu und wies den Templer an, mit seinen Begleitern die linke Flanke der Mauer aus Dunkelheit zu besetzen, und Jaseela, sich mit ihren Gefolgsleuten der rechten Flanke zuzuwenden.

Als er keine weiteren Instruktionen gab, fragte Styan: »Und was sollen wir dort tun?«

»Kämpfen«, antwortete Rikus stirnrunzelnd. »Was sonst?«

»Euer Schlachtplan scheint nicht sehr vollständig zu sein«, wagte Jaseela einzuwenden. »Sollen wir die Flanken in sich selbst zurückdrängen, vorbeischlüpfen, um von der Rückseite anzugreifen, unsere Positionen aufrechterhalten oder was?«

»Wie kann ich euch das sagen? Ich weiß nicht besser, was geschehen wird, als ihr«, antwortete Rikus und bedeutete ihnen, zu ihren Leuten zurückzukehren. »Ihr werdet schon wissen, was zu tun ist.«

Nachdem Jaseela und Styan gegangen waren, gab Rikus den Gladiatoren den Befehl, hinter dem Kampfgefährt herzugehen und wandte sich dann selbst ebenfalls dem Wagen zu. Das gedämpfte Zischen und Spucken erlöschender Feuer erklang aus dem Inneren und riesige Wolken weißen Dampfes drangen aus jeder Öffnung. Gaanons Helfer entleerten die großen Wassertonnen durch die Tür des Laderaums. Innen war der Dampf so dicht, daß Rikus kaum die Gestalt des Halbriesen ausmachen konnte, der ein Fäßchen ergriff und tiefer in den Wagen hinein verschwand.

Soweit Rikus sehen konnte, war die Rückseite des Wagens bis auf ihren Rahmen aus Mekillotknochen vollständig abgebrannt. Vor der Tür des Laderaums war das Kampfgefährt mehr oder weniger heil geblieben, wobei grauer Rauch von den oberen und Dampf von den unteren Ebenen aufstieg. Der Wagen würde sicherlich niemals wieder Vorräte befördern können, aber er konnte vielleicht dazu dienen, die Linien der Uriker zu durchbrechen – vorausgesetzt, daß sie es waren, die die Tyrianer auf der anderen Seite der dunklen Mauer vorfinden würden.

»Zerstört die Tonnen, und nehmt eure Waffen auf«, schrie Rikus und umfaßte mit einer Bewegung seines Arms die große Anzahl von Wassertonnen, die noch nicht in den Wagen entleert worden waren.

»Das Kampfgefährt wird für das, was wir tun müssen, lange genug zusammenhalten.«

Als die Krieger gehorchten, führte er Neeva und K'kriq in den dampfenden Wagen. Sie stolperten hustend und keuchend vorwärts, und fanden mit Hilfe von grünen Lichthöfen, die von den Glaskugeln an den Wänden produziert wurden, ihren Weg zur Ebene des Kommandanten. Obwohl Gaanon bereits die meisten der Flammen in diesem Teil des Wagens gelöscht hatte, waren die Wände und Böden noch immer von der orangefarbenen Glut schwelender Feuer gesprenkelt. Die Hitze in den Gängen war dicht und bedrükkend, versengte Rikus' bloße Haut und quälte seine Nase und Lippen bei jedem vorsichtigen Atemzug.

K'kriq, dem die Hitze nichts auszumachen schien, führte sie zur Ebene des Kommandanten hinauf. Als sie die Leiter hinaufstiegen, hörte Rikus das Zischen verdampfender Flüssigkeit und sah Gaanon Wasser aus einer großen Tonne versprühen, die er wie einen leichten Eimer trug. Die Bemühungen des Halbriesen hatten wenig Erfolg, denn das Feuer hatte sich bereits an mehreren Stellen durch die Rückwand gebrannt, und gelbe Flammen schossen an vielen weiteren Stellen durch die Planken. Glücklicherweise war die Luft auf dieser Ebene jetzt klar, denn aller Rauch, der in den Raum zog, wurde durch die Löcher in der Rückwand wieder abgesaugt.

»Das reicht, Gaanon«, rief Rikus. »Nimm deine Keule.«

Der Halbriese atmete erleichtert auf und zerschmetterte die Wassertonne, die noch halb gefüllt war, an der brennenden Wand. Gaanon verschwand in einer Dampfwolke, aber seine schweren Schritte verrieten dem Mul, daß sich der riesige Gladiator auf die Leiter zubewegte.

Rikus folgte K'kriq zum Stuhl des Kommandanten. Nachdem er lange genug innegehalten hatte, um Phatims halbverkohlten Körper zu zerstampfen, stand der Thri-Kreen bewegungslos da und starrte über die gewaltigen Rückenschilde der Mekillote hinweg. Fünfzig Meter hinter den großen Reptilien erhob sich der urikische Vorhang der Dunkelheit.

Nachdem sich der Thri-Kreen einen Moment lang konzentriert hatte, hoben alle vier Mekillote ihre mit Schilden versehenen Köpfe und begannen sich mühsam vorwärtszubewegen. Das Kampfgefährt schwankte einmal und verfiel dann in seinen vertrauten, schwingenden Rhythmus. Die Entfernung zwischen dem Wagen und der urikischen Mauer wurde schnell überwunden.

Als der schwarze Vorhang keinerlei Anstalten machte, dem heranahenden Kampfgefährt zu weichen, fragte Rikus: »Was ist los mit ihnen? Sie können uns doch nicht einfach durch ihre Reihen hindurchstoßen lassen.«

»Vielleicht können sie uns durch die schwarze Mauer nicht sehen«, vermutete Neeva. »Nach allem, was wir wissen, ist ja auf der anderen Seite vielleicht gar niemand.«

Ein greller Silberblitz brach aus der Mauer hervor, und Rikus erkannte, daß sie unrecht hatte.

»Magie!« schrie der Mul.

K'kriq fuhr herum und gebrauchte zwei seiner Hände, um die Gladiatoren zu ergreifen und in den Schutz seines Rükkenschildes zu ziehen. Im gleichen Augenblick erklang das Klirren von zerbrochenem Glas und erstickte sogar das Donnern des magischen Bolzens, der das Fenster zerstört hatte. Splitter kratzten an einer der Schultern des Mul entlang und eröffneten mehrere lange, aber flache Kratzer in seiner festen Haut. Neeva kam unverletzt davon.

Als der Angriff vorüber war, trat Rikus von K'kriq fort. Der stand knöcheltief in zerbrochenem Glas, aber es war nicht einmal ein Kratzer auf seinem harten Rückenschild zu sehen. Zwei rauchende, rote Kugeln schossen aus der dunklen Mauer hervor. Anstatt auf die Ebene des Kommandanten zuzufliegen, zischten die lodernden Kugeln direkt auf die Leitmekillote zu. Alle vier Reptilien verhielten ihren Schritt und zogen die Köpfe ein, als die karmesinroten Kugeln auftrafen. Riesige Flammenströme schwappten über ihre Rükkenschilde, dann rumpelte die Erde, und das Kampfgefährt kam schwankend zum Stehen, als die großen Tiere zu Boden fielen.

Die Mekillote blieben bewegungslos liegen, während Feuerstreifen über ihre Rückenschilde tanzten, aber die mächtigen Tiere schienen weder erschreckt zu sein, noch Schmerzen zu haben. Kurz darauf, nachdem die Flammen sich in Rauch aufgelöst hatten, stellten sich die Tiere wieder auf und zogen das Kampfgerät weiter vorwärts. Dieses Mal schlugen sie jedoch ein Tempo an, das für Mekillote einer Angriffsgeschwindigkeit gleichkam. Ohne die Tiere aus den Augen zu lassen, deutete K'kriq mit einem Arm zum Rand des Podestes.

»Geht«, sagte er. »Schlechter Platz für Weichhäute.«

»Und was ist mit dir?« fragte Rikus, während er Neeva bei der Hand nahm und zur Rückseite der Ebene zurückwich.

Als Antwort ließ sich der Thri-Kreen zu Boden fallen und zog die Beine unter seinen Rückenschild, so daß nur noch seine aus mehreren Teilen bestehenden Augen zu sehen waren.

Neeva stieg ohne ein weiteres Wort die Leiter hinab. Hinter ihr nahm sich Rikus die Zeit, durch das zerborstene Glas hinauszusehen. Die Leitmekillote hatten den Vorhang der Dunkelheit erreicht. Ihre Nasen waren kaum in der schwarzen Barriere verschwunden, als der Mul auch schon das Zischen und Spucken weiterer Feuerkugeln hörte.

Schreiend sprang er von der Ebene nach unten und stieß Neeva von der Leiter, als er an ihr vorbeifiel. Die Gladiatoren krachten kopfüber in Gaanons wuchtige Gestalt, und alle drei fielen in einem wirren Haufen zu Boden. Lautes Zischen erklang über ihren Köpfen, und lange Zungen karmesinroter Flammen schossen die Wand hinab, leckten an ihren Beinen und Rücken und hielten erst kurz vor dem Boden inne.

Als Rikus herumfuhr, sah er nichts als ein flammendes Inferno über sich. Da waren Flammen in allen Farben: Rot, Gelb, Weiß, Blau und, wie er dachte, sogar Schwarz. Er konnte die Wand oder die Decke nicht sehen, nur wütendes Feuer.

Trotzdem bewegte sich das Kampfgefährt weiterhin vorwärts.

Rikus und seine Gefährten sammelten ihre Waffen ein und erhoben sich. Der Mul konnte sich nicht vorstellen, wie der Thri-Kreen solch einen Feuersturm überlebt haben könnte, legte eine Hand auf seine Stirn und hielt sie dann der Stelle entgegen, wo er die verkohlten Reste K'kriqs zu wissen glaubte. »Du hast wie der Drache gekämpft«, sagte er und gewährte dem Mantiskrieger damit den höchsten Abschiedsgruß.

Nach diesen Worten führte der Mul die anderen den Weg zur Laderaumtür zurück. Sie erreichten sie gerade in dem Moment, als das Kampfgefährt von der tyrianischen Seite der schwarzen Mauer auf die urikische überwechselte. Von dieser Seite aus war die Barriere nicht dunkel. Sie hatte eher die durchscheinende Qualität einer Platte dünnen Obsidians, und die tyrianischen Gladiatoren waren auf der anderen Seite verschwommen als angreifende Schatten zu sehen.

Rikus erkannte sofort, daß der Einsatz des Kampfwagens die Schlachtpläne seines Gegners durcheinandergebracht hatte. Die urikischen Krieger hatten sich in langen Reihen hinter der schwarzen Mauer aufgestellt, und die meisten von ihnen stürmten jetzt wild auf den Wagen zu. Es waren bereits Hunderte in der Nähe des Kampfgefährts versammelt, um die tyrianischen Gladiatoren zu erwarten. Einige ihrer Speere waren auf den Wagen gerichtet und einige auf die ihm folgenden Gladiatoren, aber die Krieger bewegten sich ohne rechte Organisation, ja chaotisch durcheinander, und Rikus wußte, daß seine Gladiatoren die Reihen der Gegner schnell würden schwächen können.

Rikus konnte sehen, daß die Uriker am entgegengesetzten Ende des Tals ein wenig besser organisiert waren. Ein nicht zu großer Trupp marschierte auf Jaseelas Flanke zu. Er konnte nur ahnen, daß auf der anderen Seite des Wagens ein ähnlicher Trupp von Urikern auf Styans Templer zueilte.

Eine Reihe greller Blitze flammte nahe der Vorderseite des Wagens auf, sofort gefolgt von ohrenbetäubend lautem Krachen. Der Geruch brennenden Holzes und verkohlter Knochen setzte Rikus' Nase zu, und dann kam das Kampfgefährt abrupt zum Stehen. Als er nachsah, stieß der Mul auf eine kleine Gruppe gelbgekleideter Templer, die nahe der Vorderseite des Wagens standen. Ihre rauchenden Finger waren auf die dicke Stange gerichtet, die die Mekillote mit dem Wagen verband.

An der Rückseite des Kampfgefährts traten die ersten der Gladiatoren aus der Dunkelheit heraus, stießen ihr Kampfgeschrei aus und griffen die unorganisierten Uriker an.

»Laßt uns kämpfen!« schrie der Mul und hob seine Cahulaks. Rikus sprang von dem raucherfüllten Wagen in das karmesinrote Licht hinab. Er war kaum gelandet, als auch schon zwei urikische Krieger ihre Speerspitzen auf ihn zustießen und gleichzeitig die Schilde hoben, um ihre Gesichter zu schützen. Rikus schwang einen Cahulak und schlug ihnen die Waffen aus den Händen.

Bevor der Mul vorwärtsgehen konnte, um sie zu töten, dröhnte Gaanons erfreuter Kriegsschrei über seine Schulter. Der Halbriese schoß an dem Mul vorbei und ließ seine mächtige Keule auf die unbewaffneten Uriker herabsausen, wodurch er ihre kleinen Schilde wie Glas zerschmetterte. Der Schlag stieß die beiden zurück in die Menge und ließ ein halbes Dutzend Männer zu Boden gehen.

Neeva folgte Gaanons Angriff, zerschmetterte Knochen und zerfetzte sowohl mit den Vor- als auch mit den Rückschwüngen ihrer Axt die Haut ihrer Gegner.

Rikus konnte nur noch dafür sorgen, daß seine Gefährten nicht zwischen die urikischen Reihen gerieten. »Wartet!« schrie er und berührte mit den Griffen seiner Cahulaks ihre Schultern. »Überlaßt sie den anderen. Kommt mit mir.«

Rikus ging zur Vorderseite des Wagens, wo Hamanus gelbgekleidete Templer die Mekillote weiterhin mit Energieblitzen und Feuerkugeln attackierten. Obwohl sie nicht mehr mit dem Kampfgefährt verbunden waren, blieben die Reptilien an ihren Geschirren und wandten sich erneut den urikischen Linien zu.

Zu Rikus' Verblüffung kauerte die Gestalt eines Thri-Kreen auf der Mittelstange zwischen den hinteren Mekilloten. Sein Rückenschild war schwarz vor Ruß, und einer seiner vier Arme schien schlaff an seiner Seite herabzuhängen, aber der Insektenkrieger hatte die Reptilien anscheinend noch unter Kontrolle. Die Templer waren so damit beschäftigt, K'kriq aufzuhalten, daß sie Rikus und seine beiden Gefährten nicht einmal bemerkten, als sie sich von hinten näherten. Der Mul tötete vier von ihnen durch eine schnelle Reihe von Schlägen. In den wenigen Sekunden, die er dafür benötigte, töteten Neeva und Gaanon die anderen fünf.

Als die magische Barriere still wurde, spähte K'kriq zwischen seinen Mekilloten hervor. Er hob eine mit Klauen versehene Hand in Rikus' Richtung und rief: »Die Jagd ist gut!«

Die Mekillote des Thri-Kreen schnappten und stampften in die Reihen der Krieger, die sich in der Nähe des Kampfgefährts versammelt hatten, und rissen einen breiten Streifen der Verwüstung in die Menge. Unterstützt von der Verwirrung und Angst des Feindes, drangen die tyrianischen Gladiatoren in die feindlichen Reihen ein wie ein Wirbelsturm in ein Farofeld. Innerhalb weniger Momente erfüllte Geruch von Blut Rikus' Nase, und die Schreie sterbender Uriker klangen in seinen Ohren.

»Was jetzt?« fragte Gaanon.

Bevor er antwortete, nahm sich Rikus einen Moment Zeit, K'kriqs Vorrücken zu beobachten. Der Thri-Kreen wandte die Mekillote direkt auf die lange Reihe der auf den Kampfplatz eilenden Uriker zu. Hunderte von Gladiatoren folgten ihm. Das Manöver brachte den Angriff des Feindes abrupt zum Halten. Die Angreifer mußten jetzt um ihr Leben kämpfen. Die Krieger, die nicht den mächtigen, zuschnappenden Kiefern der Reptilien zum Opfer fielen, wurden schnell von Rikus' Kriegern getötet.

»Es scheint, als habe K'kriq diesen Teil des Kampfes gut im Griff«, sagte der Mul und wandte seinen Blick dem Gebiet hinter dem Kampfplatz zu. »Laßt uns den Kommandanten suchen.«

»Das ist jetzt nicht der Zeitpunkt, an Rache zu denken«, widersprach Neeva.

»Natürlich ist er das«, konterte Rikus. In der Ferne sah er auf einer kleinen Sanddüne eine Gruppe von Gestalten. Mehrere Boten liefen von dort aus auf das zunehmende Chaos vor K'kriqs Mekilloten zu. »Wir können höchstens einige Tausend Uriker töten. Der Rest wird fliehen, sich wieder sammeln und Tyr vielleicht später angreifen. Aber wenn wir ihren Kommandanten heute töten, werden wir den Kampf für immer beenden.«

Mit diesen Worten wandte sich Rikus wieder der Rückseite des Wagens zu und sammelte aus der langen Reihe der Gladiatoren, die noch immer durch die Mauer der Dunkelheit hindurchströmte, eine kleine Einheit um sich. Er schickte den Rest zur anderen Seite des Kampfgefährts, damit sie die Krieger unterstützten, die nicht von K'kriqs Mekilloten profitierten, und ging dann mit seinem Trupp auf die Sanddüne zu.

Sie erreichten den Fuß der Düne im Laufschritt und schwitzten stark. Rikus strebte direkt an der steilen Seite aufwärts, und hielt erst dann kurz inne, als sie nur noch wenige Dutzend Meter von der Spitze entfernt waren. Auf dem Kamm wartete eine kleine Gruppe Uriker, deren Speere auf die Gladiatoren gerichtet waren. Sie spähten über die oberen Ränder ihrer Schilde, während sie unruhig den tyrianischen Angriff erwarteten.

Rikus befahl den Gladiatoren, auszuschwärmen, und beschloß, die Uriker ihr Schicksal selbst bestimmen zu lassen und seinen Kriegern einige Momente der Ruhe zu gewähren. Er nahm die Gelegenheit wahr, um über die Schulter zu sehen, und erkannte, daß der Kampf besser verlief, als er zu hoffen gewagt hatte. Jaseela hatte eine Flanke vom Hauptangriffsfeld zurückgedrängt. Der Sand zwischen ihrem Trupp und dem Kampfgefährt war rot von urikischem Blut und mit mehr als zweitausend urikischen Kriegern übersät. Viele tausend weitere flohen in einem langen Strom vom Kampfplatz, dicht gefolgt von heulenden Haufen tyrianischer Gladiatoren.

Auf der anderen Seite des Kampfgefährts waren die Fronten nicht so einseitig. Selbst mit der zusätzlichen Verstärkung, die Rikus dorthin geschickt hatte, waren die Tyrianer erheblich in der Minderheit und konnten sich in dem furchtbaren Kampf kaum behaupten. Styan und seine Templer taten wenig, die Situation zu entschärfen, da sie die urikische Flanke lediglich mit halbherzigen Angriffen bedrängten, die dann leicht abgeschlagen wurden.

Dennoch machte sich der Mul keine Sorgen. Nachdem K'kriq die halbe feindliche Legion verjagt hatte, bewegte er sich jetzt, so schnell seine schwerfälligen Tiere ihn tragen konnten, auf jenes Chaos zu. Während Rikus die Szene beobachtete, führte der Thri-Kreen die Mekillote jedoch plötzlich in einen Haufen von Gladiatoren hinein. Die Reptilien begannen, nicht urikische, sondern tyrianische Krieger zu zerschmettern und zu beißen.

»Er hat uns hintergangen!« rief Gaanon und wich einen Schritt die Düne hinab zurück.

Rikus packte den Arm des Halbriesen. »Das ergibt keinen Sinn. Warum hätte er sich dann die Mühe machen sollen, zuerst uns zu helfen?« fragte der Mul. Er betrachtete die weitentfernte Gestalt des Thri-Kreen genauer und konnte undeutlich erkennen, daß K'kriqs Kopf dem Kamm der Düne zugewandt war.

Der Mul schaute wieder zur Düne hoch und fand schnell, wonach er gesucht hatte. Inmitten der feindlichen Linie, zwischen zwei kräftigen Leibwächtern, stand ein kahlköpfiger Mann von schwächlicher Gestalt und mit zarten Gesichtszügen. Seine blassen Lippen waren vor Konzentration fest zusammengepreßt, und seine grauen Augen waren auf K'kriqs Gestalt gerichtet. Er sah kränklich aus. Über dem bronzefarbenen Brustharnisch, der seine hagere Brust bedeckte, trug er einen grünen Umhang mit der zweiköpfigen Schlange von Lubar.

»Maetan!« zischte Rikus.

»Was?« fragte Neeva.

»Maetan von der Familie Lubar«, erklärte der Mul und deutete auf den kleinen Mann. Rikus hatte Maetan vor über dreißig Jahren zuletzt gesehen, als Fürst Lubar seinem kränklichen Sohn die Gladiatorengruben der Familie gezeigt hatte, aber der Mul hatte keine Probleme, das spitz zulaufende Kinn und die dünne Nase wiederzuerkennen, die das Gesicht des Jungen damals schon gekennzeichnet hatten. »Sein Vater war ein Meister des Weges. Ich vermute, daß auch er es ist.«

»Er hat die Kontrolle über K'kriqs Geist ergriffen«, vermutete Neeva.

Rikus nickte und winkte seine Gladiatoren dann vorwärts, weil er hoffte, die Konzentration des Geistbeugers unterbrechen und den Thri-Kreen wieder befreien zu können. »Angriff!«

Ein urikischer Befehlshaber bellte einen kurzen Befehl, und eine dunkle Wolke von Speeren segelte von dem Kamm über ihnen herab. Rikus duckte sich. Neeva tat es ihm gleich und gebrauchte ihren Axtgriff, um einen tieffliegenden Speer abzuwenden. Wie Dutzende anderer war auch Gaanon nicht so schnell. Einer der Speere traf ihn ins Bein und ließ den Halbriesen vor Schmerz brüllen.

Rikus fluchte, daß der Feind ihren Angriff so wirksam gestoppt hatte, und schaute über die Schulter in Gaanons Richtung. Der Halbriese lag auf dem steilen Abhang und umklammerte einen Speer, der sich in seinen Oberschenkel gebohrt hatte.

»Es geht schon«, sagte Gaanon und riß die Waffe aus seinem Bein.

»Laßt mir nur einen Moment Zeit.«

»Bleibt hier«, sagte Rikus und nahm ihm den Speer ab. »Ihr werdet sonst nur noch stärker verletzt.«

Er fuhr herum und warf die Waffe auf Maetan. Ein Leibwächter stieß den Geistbeuger zu Boden und stellte sich vor den Speer. Der Uriker stöhnte laut, ließ sich dann vom Kamm der Düne fallen und glitt hilflos den Abhang hinab.

Maetan sah Rikus einen Moment lang an, stand dann wieder auf und trat vom Kamm der Düne zurück, bis nur noch seine grauen Augen zu sehen waren. Der Mul beobachtete K'kriq lange genug, um zu erkennen, daß der Thri-Kreen und seine Mekillote unter der Kontrolle des Geistbeugers geblieben waren. Vor Verärgerung grollend, hob der Mul seine Cahulaks auf und führte seinen Angriff fort. Dieses Mal konnten die Uriker keine Speere mehr werfen, sondern nur noch zu ihren Obsidiankurzschwertern greifen und den Angriff abwarten.

Als er den Gipfel erreicht hatte, zog sich Rikus von der aufblitzenden Spitze einer niedrig gehaltenen Klinge zurück. Er konterte, indem er einen Cahulak gegen die Beine des Urikers schwang und die Sehnen in den Kniekehlen aufschlitzte. Als der schreiende Krieger nach seinen verletzten Beinen griff, zog Rikus ihn vom Kamm herab und ließ ihn den sandigen Abhang hinunterrollen.

Der urikische Befehlshaber erkannte die Nachteile dieses Platzes, änderte seinen Befehl, und die gesamte Linie trat zwei Schritte zurück. Gefolgt von Neeva und dem Rest der Gladiatoren, kletterte Rikus über den Kamm der Düne, wobei er darauf achtete, immer eine Hand zu seinem eigenen Schutz freizuhaben. Die Tyrianer hatten kaum den Grat erklommen, als der gegnerische Befehlshaber seine Männer auch schon anwies, erneut vorzustoßen, um die Gladiatoren von der Düne zu stoßen.

Seine Strategie hätte vielleicht gegen normale Kämpfer Erfolg gehabt, aber Gladiatoren waren daran gewöhnt, aus unvorteilhaften Positionen heraus zu kämpfen. Als die Krieger angriffen, schlugen die Tyrianer sie auf viele verschiedene Arten zurück. Rikus blockierte den Schwinger seines Angreifer mit einem Cahulak und hakte den anderen dann hinter den Rücken des Mannes, womit er den Schwung des Mannes nutzte, um ihn von dem Kamm hinabfallen zu lassen. Neeva schwang ihre große Axt und stieß ihren Gegner von den Füßen, bevor er zuschlagen konnte. Andere Gladiatoren rollten sich dem Feind vor die Füße, während sie sich mit einem Wirbel aufblitzender Klingen schützten. Wieder andere sprangen mit erstaunlicher Geschwindigkeit in die Luft und schlugen die erstaunten Krieger dann mit reiner Kraft zurück. Als der erste Zusammenstoß vorbei war, lag die halbe urikische Legion blutend im Sand, und nur eine Handvoll tyrianischer Krieger war von der Düne gestoßen worden.

Die Überlebenden zogen sich langsam zurück. Ihre Gesichter verrieten Angst, und die Gladiatoren standen mit triumphierendem Grinsen da und ließen die Angst der Uriker gegen sie arbeiten. Rikus benutzte die Ruhepause, um nach Maetans kleiner Gestalt Ausschau zu halten und erkannte den Geistbeuger, als er den ärgerlichen Blicken mehrerer feindlicher Krieger folgte. Maetan lief die sanft abfallende jenseitige Flanke der Düne hinab.

Der Mul schaute über die Schulter und sah, daß K'kriqs

Mekillote sich wieder gegen die Uriker wandten. Als er erneut die Linie der vor ihm stehenden, ängstlichen Uriker betrachtete, schrie er: »Tötet sie!«

Als die Gladiatoren vorwärtsdrängten, begannen die Uriker ihre Schilde fallenzulassen und ihrem fliehenden Kommandanten zu folgen. In ihrer Panik eröffneten sie eine erstaunlich große Lücke zwischen sich und den erschreckten Gladiatoren, die es nicht gewohnt waren, ihre Gegner entsetzt fliehen zu sehen. Der Befehlshaber der Leibwächter jagte wild hinter seinen Männern her, verfluchte ihre Feigheit und überrannte sie dann von hinten. Nachdem die erste Überraschung überwunden war, setzten die Tyrianer mit einem Chor begeisterten Geheuls zur Jagd an.

Maetan hielt nahe des Fußes der Düne inne und schaute zu der ihn verfolgenden Masse von Kriegern hinauf. Der Schatten des Geistbeugers begann sich zu verlängern und breitete sich über dem Sand aus wie ein dunkler Tintenfleck auf einem Stück Pergament. Er behielt die grundsätzliche Form eines Mannes bei, aber nicht die Proportionen. Seine Beine wurden lang und dünn, und er bekam einen schlangenförmigen Körper, der eher an eine Eidechse erinnerte als an einen Mann. Als der Schatten die vier- bis fünffache Größe von Maetan erreicht hatte, begann ein Paar saphirgrüner Augen in seinem Kopf zu leuchten. Eine lange azurblaue Wunde erschien dort, wo der Mund hätte sein sollen, und Ranken ebenholzfarbenen Gases drangen aus diesem Schlitz himmelwärts. Das Schattenwesen löste sich von Maetan, rollte sich auf den Bauch, und sein Körper begann sich zu verdichten. Allmählich begab es sich in eine kniende Position. Als es eine vollständige, dreidimensionale Form erreicht hatte, stand es auf. Das Wesen war so groß wie ein

Riese und ragte über die Männer unter ihm auf wie die riesigen Bäume des Waldes der Halblinge.

Die Uriker stoppten ihren Rückzug, und erschrecktes »Umbra!«-Murmeln entstieg ihren ungeordneten Reihen.

Neeva ergriff Rikus an der Schulter und hielt ihn auf. »Warte!« schrie sie. »Das kannst du nicht allein tun.«

Der Mul verlangsamte seinen Schritt genug, um sich umschauen und erkennen zu können, daß bei Umbras Erscheinen auch seine Gladiatoren ihren Schritt verhalten hatten. Die Krieger standen reglos auf dem Abhang, die Kiefer heruntergeklappt vor Erstaunen und ihre Augen auf das riesige Schattenwesen gerichtet. Rikus glaubte zwar nicht, daß sie besonders große Angst hatten, aber sie waren sichtlich fasziniert.

Umbra deutete mit einem Finger auf die Uriker und sagte dann mit einer bebenden und scheinbar bodenlos tiefen Stimme: »Kämpft! Haltet stand und kämpft, oder ich schwöre, daß ich euch mit mir nehmen werde, wenn ich in die Schwärze zurückkehren werde!«

Als wolle es die Drohung noch betonen, stieg das Wesen mit zwei Schritten halbwegs die Düne hinauf, griff dann hinab und schloß seine biegsamen Finger um die Körper zweier Uriker. Ihre Brustschilde und Taillen verschwanden in der Dunkelheit. Sie schrien umsonst um Gnade, während Umbras Schatten zu ihren Füßen hinunter, und zu ihren Köpfen hinauf kroch. Im Handumdrehen waren ihre Gestalten einfach mit dem schwarzen Umriß des Wesens verschmolzen.

»Jetzt formiert eure Linien!« rief Umbra. Er deutete auf die Tyrianer. »Zur Verteidigung Lubars und für den Ruhm von Urik, sterbt wie Helden!«

Die Uriker wandten sich um, richteten ihre Linien aus und deuteten mit ihren schwarzen Schwertern auf die Tyrianer.

»Für die Freiheit Tyrs!« schrie Rikus und griff an.

Neeva folgte dicht hinter ihm und schrie: »Für Tyr!« Kurz darauf riefen einhundert Stimmen das gleiche.

Rikus erreichte die Feinde, bevor die ihre Linie vollständig neu gebildet hatten, und stürmte hinein wie ein Mahlstrom wirbelnder Cahulaks und zutretender Füße. Fast bevor es ihm bewußt wurde, hatte er die Schwerter aus den Händen zweier Uriker gerissen und zwei weitere durch lähmende Tritte in die Knie gefällt. Rechts von Rikus hackte Neeva einen Feind fast entzwei und tötete dann einen weiteren mit dem Rückschwung, der zustande kam, als sie ihre Axt aus dem Körper des ersten zog.

Rikus und Neeva hatten ihre Gegner kaum getötet, als auch schon ein furchtbares Krachen über die Sanddüne hallte, als der Rest ihrer Gladiatoren die feindliche Linie vernichtete. Das Klingen von Knochen- und Obsidianwaffen erfüllte die Luft, gefolgt von einem anwachsenden Chor schmerzerfüllter Schreie. Eine Handvoll feindlicher Krieger warf ihre Waffen fort und wollte fliehen. Umbra verhinderte das Auseinanderfallen des Trupps, indem er die Feiglinge ergriff und sie in seinen Schatten einsaugte.

Rikus nahm eine schwarze Klinge wahr, die auf seine Rippen zustieß. Er blockte sie mit dem Schaft eines Cahulak ab und zog dann seine andere Waffe über die Kehle des Kriegers. Der Mann ließ sein Schwert fallen, wandte sich ab und faßte nach der blutenden Wunde unter seinem Kinn.

Der Mul fuhr herum, um denjenigen anzugreifen, der ihn in den Rücken gerammt hatte, hielt aber dann inne, als er erkannte, daß es eine Kämpferin aus seinen eigenen Reihen war, eine rothaarige Halbelfin namens Drewet, die in der Arena Ruhm erlangt hatte, als sie einen reinrassigen Riesen allein tötete. Am anderen Ende ihrer zweizinkigen Lanze hing ein keuchender Uriker, aber hinter ihr waren nur noch Tyrianer zu sehen.

Der Mul schaute in die andere Richtung und sah, daß Tyrs Gladiatoren neben Neeva gerade die letzten Uriker vernichteten. Maetan stand immer noch am Fuß der Düne und beobachtete den Kampf ohne irgendwelche Anzeichen von Besorgnis.

Rikus wollte gerade den Abhang hinabsteigen, als ein Aufbrausen erstaunter Schreie aus den tyrianischen Reihen aufstieg. Umbra hatte seinen blauen Mund geöffnet und sich dem Schlachtfeld zugewandt. Ein dünner Strom von Dunkelheit schoß zwischen den Lippen des Wesens hervor und ergoß sich über die Gladiatoren wie dichter, zäher Nebel. Als sich die wogende Masse über den Abhang breitete, schrumpfte Umbra zusammen, als spucke er seinen eigenen Körper über die Düne. Entsetztes Kreischen und ängstliche Schreie drangen von jenen herüber, die der schwarze Nebel schon berührt hatte.

»Lauft!« schrie Rikus. Er ergriff Neevas Handgelenk und rannte vorwärts, wobei er sich auf den Fuß der Düne zubewegte und von dem Nebel fortstrebte.

So schnell sie auch rannten, es hatte keinen Zweck. Der schwarze Nebel erwischte sie nach wenigen Schritten und umhüllte ihre Füße wie das Wasser eines Teichs. Sofort schoß eine eisige Welle von Schmerz durch Rikus' Füße und in seine Oberschenkel hinauf. Eine ähnliche Empfindung hatte Rikus erst einmal gehabt, als er im Hochgebirge gefrorenen Regen erlebt hatte, aber dieser Schmerz war hundertmal schlimmer. Der Regen war unangenehm gewesen und hatte ihn zittern lassen, aber die Dunkelheit stach in seine Haut und machte sein Fleisch bis auf die Knochen taub. Seine Gelenke versteiften sich und wollten sich nicht bewegen lassen, und seine Beine wurden dadurch zu toten, schmerzenden Gewichten.

Rikus spürte, wie er fiel, und neben ihm schrie Neeva auf. Er stieß sie mit aller Kraft vorwärts und warf sie damit ein halbes Dutzend Schritte vor sich zu Boden. Kurz darauf landete der Mul mit dem Gesicht voran im Sand.

Die Dunkelheit überwältigte jedoch nicht auch noch den Rest seines Körpers, und so lag er ausgestreckt auf der Düne und stöhnte laut, während sein Geist versuchte, einen Sinn in den widerstreitenden Empfindungen von glühendem Sand unter seinem Körper und eisiger Taubheit in seinen Beinen zu finden. Rikus schaute über die Schulter und sah, daß Umbra fort war, oder vielmehr seinen ganzen Körper über den sanft abfallenden Abhang gebreitet hatte. Der Mul lag am Rande der schattigen Gestalt, und seine Beine waren in der Dunkelheit verborgen. Außer ihm selbst waren auch Neeva, Drewet und eine Handvoll weiterer Gladiatoren der eisigen Wolke entkommen, wobei dies einigen von ihnen nur weitaus knapper gelungen war als dem Mul. Die meisten Krieger des Trupps waren verschlungen worden.

Neeva kam zu Rikus herüber, kniete sich neben seinen Kopf und fragte: »Bist du verletzt?«

»Ich kann meine Beine nicht spüren«, antwortete Rikus. Während er sprach, kam ihm ein furchtbarer Gedanke. »Zieh mich heraus, bitte!« Rikus spähte über seine Schulter auf die Dunkelheit unterhalb seiner Oberschenkel. »Meine Beine müssen fort sein!«

»Beruhige dich«, sagte Neeva und packte den Mul unter den Armen. »Alles wird gut werden.«

Sie zog ihn aus dem Schatten hervor. Seine Beine waren so weiß wie Elfenbein, aber zumindest befanden sie sich noch an seinem Körper. Der Mul legte eine Hand auf seinen Oberschenkel. Er war kälter als alles, was er jemals berührt hatte, und es war keinerlei Gefühl in dem Bein.

»Was ist mit ihnen?« rief der Mul und fragte sich, ob die Wärme jemals wieder in sein gefrorenes Fleisch zurückkehren würde. Während er sprach, schrumpfte Umbras Schatten auf die Größe eines normalen Mannes zusammen. Wo das Schattenwesen gelegen hatte, war der Sand sauber und glitzerte. Es war kein einziger Leichnam zu sehen, keine herumliegenden Waffen und auch keine Blutlache, die hätte erkennen lassen, daß jemals ein Kampf auf der Düne stattgefunden hatte.

Der Schatten glitt den Abhang hinab und nahm wieder seinen Platz zu Maetans Füßen ein. Der Kommandant der Uriker schien es kaum zu bemerken, sondern betrachtete den Platz mit angewidertem Gesichtsausdruck. Schließlich erhob sich eine Sandfontäne rund um seinen Körper und nahm dem Mul die Sicht auf den Geistbeuger.

Rikus stieß sich vom Boden ab, stellte sich auf seine tauben Beine und versuchte den Abhang hinabzulaufen. Seine Knie blieben so unbeweglich wie Gestein und ließen ihn mit dem Gesicht zuerst auf die glühende Düne stürzen.

Maetans Sandfontäne stieg noch höher vom Boden auf, trieb in das Tal hinaus und hing dann über den Köpfen eines Trupps urikischer Krieger, die von einer Gruppe blutdürstiger Gladiatoren verfolgt wurden. Einen Augenblick lang fürchtete Rikus, daß Maetan vielleicht auf eine Gelegenheit wartete, um einige verheerende mentale Angriffe zu führen, aber schließlich beschrieb der Wirbelwind einen Halbkreis in der Luft und schoß das Tal hinauf. Neeva half Rikus auf die Füße. »Ich hasse es, es zugeben zu müssen, und ich bin wirklich ein wenig überrascht«, sagte sie und zog seinen starken Arm über ihre Schulter. »Aber wir haben gesiegt.«

»Noch nicht«, sagte Rikus und beobachtete, wie die Sandfontäne außer Sicht schwebte. »Nicht, solange wir Maetan noch nicht haben.«

Das Dorf im Sand

Die durstigen Tyrianer standen unter einem Bogen aus goldenem Sandstein. Sie suchten dort Schutz vor der weiß-heißen Sonne und richteten ihre Blicke weit nach unten auf die sich langsam drehenden Flügel einer kleinen Windmühle. Mit jeder Umdrehung pumpte die Mühle einige Gallonen kühlen, klaren Wassers aus einem tiefen Brunnen herauf und ließ es in eine abgedeckte Zisterne laufen.

Unglücklicherweise stand die Zisterne inmitten eines kleinen Dorfes. Der Platz um sie herum war fast kreisrund, mit einer ausgezackten Stelle gewölbter Winkel, die an Flammenzungen erinnerten. Der Kreis war mit Kopfsteinen aus karmesinrotem Sandstein gepflastert. Das Ganze erinnerte Rikus nur allzu sehr an die sengende Feuerkugel, die am Mittagshimmel hing.

Die Hütten, die den Platz umstanden, glichen mit ihren abgerundeten, rot gefliesten Mauern ebenfalls der Sonne. Die Gebäude waren nur ungefähr fünf Fuß hoch, und keines war mit einem Dach gedeckt. Von seiner Position am Berghang konnte Rikus direkt in das Innere sehen und Steintische, Bänke und Betten erkennen, mit denen die Häuser möbliert waren. Natürlich bestand auf Athas kaum die Notwendigkeit, seinen Besitz vor Regen zu schützen, aber der Mul hielt es für dumm, daß die Bewohner sich und ihren Besitz den ganzen Tag der grausamen Sonne aussetzten. Die Hütten, die in mehreren Kreisen angeordnet waren, wurden von einer niedrigen Mauer aus roten Ziegeln umschlossen. Im Moment war die Mauer mit achthundert urikischen Truppen bemannt. Zweihundert weitere standen am Rande des Platzes, die Speere nach innen auf eine erschreckte Menge von Männern und Frauen gerichtet, die sich in dem Rund zusammendrängten. Die Gefangenen waren alle klein, reichten ihren Wächtern nur ungefähr bis zur Brust, und hatten eine gedrungene, kantige Gestalt, verglichen mit der sogar Rikus wenig muskulös wirkte. Ihre Körper waren vollständig kahl und von der Sonne zu einem tiefen Mahagoniton gebräunt, bis auf einen Flecken orangefarbener Haut, die einen Wulst dicker Knochen auf ihrem Kopf bedeckte.

Hoch über die Zwerge hinausragend standen in der Mitte des Rundes neben der Zisterne Maetan von der Familie Lubar und vier große Wächter. Obwohl Rikus auf die große Entfernung den Gesichtsausdruck der Uriker nicht erkennen konnte, bemerkte er jedoch sehr wohl, daß der Geistbeuger Wasser aus einer hölzernen Schöpfkelle trank und zu dem Bogen hinaufschaute, wo er und seine Gefährten standen.

Der Mul wandte den Blick von seinem Feind ab und musterte das Gebiet, das die Zwergenstadt umgab. An der nächstgelegenen Seite erhoben sich Platten orangefarben gestreiften Sandsteins, die mit purpurfarbenen Dornenkugeln und den silbrigen Fächern der Goldspitze gesprenkelt waren, in steilen Winkeln zu den Ausläufern der Klingenden Berge empor. Die andere Seite des Tales wurde von einem kargen Wall kupferfarbenen Sandes gesäumt. Durstige tyrianische Krieger saßen ungeschützt überall über die Düne und die Sandsteinplatten verteilt und schauten mit sehnsüchtigen Augen auf die Zisterne hinab. In den olivfarben schattigen Stunden kurz nach der Dämmerung hatte Rikus' Legion die Plätze rund um das Dorf eingenommen, und seitdem warteten alle auf den Befehl zum Angriff. Aber da die Uriker darauf warteten, daß seine Truppen den Anfang machten, hatte Rikus es nicht eilig, den Befehl zu geben.

»Wenn wir angreifen, tötet Maetan die Zwerge«, grollte der Mul, schüttelte den Kopf und sah die fünf Leute an, die bei ihm standen. »Wenn nicht, sterben wir vor Durst.«

Das tyrianische Heer hatte schon seit zwei Tagen kein Wasser mehr zur Verfügung gehabt, nachdem sie Maetan fünf Tage lang verfolgt und ständig darum gekämpft hatten, daß er das urikische Heer nicht wieder versammeln konnte. Dank seines Mulblutes, litt Rikus nicht sehr unter dem Wassermangel. Dasselbe galt für K'kriq, der in den besten Zeiten nur einmal in zehn oder zwölf Tagen etwas trank.

Leider waren seine restlichen Begleiter nicht so robust. Neevas volle Lippen waren aufgesprungen und bluteten, ihre grünen Augen waren eingesunken und grau geworden, und ihre Haut schälte sich in kleinen, roten Streifen ab. Jaseelas schwarzes Haar war steif wie Stroh, und die Spitze ihrer angeschwollenen Zunge sah aus dem herabgezogenen Winkel ihres Mundes hervor. Styans Kehle war so eingeengt, daß er kaum Luft bekam, wenn er zu sprechen versuchte. Gaanon hatte es jedoch am schlimmsten getroffen. Wegen seiner Größe brauchte er mehr Wasser als die meisten Krieger, und der Durst forderte seinen Zoll von ihm mehr als von jedem anderen. Seine Kehle war so angeschwollen, daß sie ihm den Atem abschnürte, wenn er sie nicht bewußt geöffnet hielt. Es war für seinen Körper schon zu anstrengend, nur ein paar Schritte zu tun, so daß er regungslos liegen bleiben mußte, um sein heftig schlagendes Herz zu beruhigen. Was seine Situation noch verschlimmerte, war, daß die Wunde am Oberschenkel des Halbriesen zu schwären begonnen hatte, und jetzt sickerte ständig gelber Eiter heraus. Rikus zweifelte nicht daran, daß Gaanon sterben würde, wenn er nicht bald Wasser bekäme.

»Ich weiß nicht, was wir tun sollen«, gab der Mul zu.

»Wir können nur eines tun«, flüsterte Styan. Noch immer mit der schwarzen Soutane bekleidet, war er der einzige der Gruppe, der mehr als einen Lendenschurz, einen Harnisch und ein leichtes Cape trug. Er behauptete, daß sein schwerer Umhang eine schützende Schweißschicht auf seiner Haut aufrecht erhielte, aber Rikus hatte seine Zweifel.

»Ja«, stimmte Jaseela zu. »Wir müssen weiterziehen.«

»Seid Ihr verrückt?« krächzte Styan.

»Ich will nicht für den Tod eines ganzen Dorfes verantwortlich sein«, konterte die Adlige und deutete mit der Hand auf den bevölkerten Platz unter ihnen.

»Es sind nur Zwerge«, widersprach Styan. »Und verrückter als die meisten, ihrem Dorf nach zu urteilen.«

Rikus hob eine Hand, um sie zum Schweigen zu bringen. Ihre Bemerkungen waren wenig hilfreich, denn er war sich der Situation bewußt: Entweder mußte die Legion sterben, oder aber die Zwerge. »Was meinst du?« fragte er Neeva.

Sie zögerte nicht. »Dies ist unser Kampf, nicht der der Zwerge. Wir können sie nicht opfern, um uns zu retten.«

»Wir retten auch Tyr«, wandte Styan ein.

»Ihr seid noch weniger um Tyr besorgt als um die Zwerge«, zischte Jaseela.

»Das reicht.« Rikus trat zwischen sie. »Ich weiß jetzt, was wir tun müssen.«

»Was?« keuchte der Templer. Aus seiner feindseligen Haltung konnte Rikus ersehen, daß Styan mit keiner Antwort zufrieden sein würde, die nicht Wasser bedeutete.

Rikus wandte sich erneut dem Dorf zu, wo Maetan Wasser vergeudete, indem er es über die Köpfe seiner Gefangenen goß. »Wir werden die Zisterne erobern – ohne daß Maetan jemanden tötet.«

»Ein guter Vorschlag«, sagte Styan, »aber wenn es um die praktische Durchführung geht...«

»Wir werden es versuchen!« bellte Rikus, der seinen Blick fest auf Maetan gerichtet hielt. Obwohl er nicht laut sprach, fürchtete er jedoch, daß Maetan das Zwergendorf auch dann auslöschen würde, wenn seine Legion weiterzöge. Zumindest würden die hungrigen Uriker die Zwerge soweit ausplündern, daß sie verhungern.

»Wie?« Jaseelas sanfte Stimme stellte diese Frage.

Der Mul wußte keine Antwort. Nicht zum ersten Mal an diesem Tag dachte er an Sadira und Agis, aber er versuchte schnell, sie aus seinem Geist zu verbannen. Jetzt hatten sie sicher schon den halben Weg nach Tyr zurückgelegt. Egal, wie sehr er die Hilfe der Magie der Zauberin oder die Beherrschung des Weges durch den Adligen vermißte, er und seine Legion mußten dieses Problem auf ihre Weise lösen.

Scheinbar eine Ewigkeit lang stand Rikus einfach da und beobachtete, wie Maetan Wasser über die Zwerge goß. Schließlich ersann der Mul einen Plan. »Wir werden uns ergeben«, sagte er und wandte sich seinen Gefährten zu.

»Was?« fragten sie alle gleichzeitig.

Rikus nickte. »Das ist die einzige Möglichkeit, zwischen die Uriker und die Zwerge zu gelangen, bevor der Kampf beginnt.«

»Das ist nicht zu glauben!« sagte Styan, dessen überanstrengte Stimme vor Verärgerung rauh war.

»Ohne Waffen werden wir erheblich im Nachteil sein«, sagte Jaseela. »Wir werden viele Krieger verlieren.«

»Nicht, wenn wir Gladiatoren vorausgehen«, schlug Rikus vor. »Bevor wir in den Gruben gelernt haben, mit Waffen zu kämpfen, haben wir gelernt, ohne sie zu kämpfen.« Er sah Neeva an und fragte: »Was meinst du?«

Die große Frau blieb mehrere Augenblicke lang still. Schließlich fragte sie: »Tust du das, weil du befürchtest, daß wir Maetan sonst nicht noch einmal erwischen können?«

»Wenn Maetan alles wäre, was ich will, hätten wir längst angegriffen«, fauchte Rikus. Neevas Frage schmerzte ihn mehr, als sie hätte schmerzen dürfen, und er erkannte, daß ein Körnchen Wahrheit an dem war, was sie angedeutet hatte. Dennoch glaubte er, die richtige Entscheidung getroffen zu haben. »Außerdem ist dies die einzige Möglichkeit, sowohl uns als auch den Zwergen eine Chance zum Überleben zu verschaffen.«

Als Neeva keinen weiteren Einwand vorbrachte, sagte Styan: »Die Templer werden sich nicht daran beteiligen.«

»Das ist Eure Entscheidung«, sagte Rikus. »Wenn Ihr glaubt, daß es eine schlechte Idee ist, werde ich Euch und Eure Männer nicht bitten, uns zu begleiten.«

»Wir sind bereit zu kämpfen, aber nur für Tyr – nicht für ein Zwergendorf«, höhnte der Templer, griff in seine Tasche und nahm den kleinen Olivinkristall heraus, der es ihm ermöglichen würde, Kontakt mit Tithian aufzunehmen. »Und ich glaube auch nicht, daß der König es gutheißen wird, wenn wir unsere Krieger für Zwerge opfern. Ich garantiere Euch, daß wir im Handumdrehen einen neuen Befehlshaber...«

Rikus packte die Hand dės Templers. »Das hat nicht der König zu entscheiden«, sagte er und nahm Styan den Stein. »Ihr habt nur zwei Möglichkeiten. Geht mit uns und helft uns, oder wartet hier und hofft, daß wir Erfolg haben.«

Styan sah Rikus an und befreite dann seine Hand aus dem Griff des Mul. »Ich werde warten.«

Rikus beachtete den Templer nicht weiter und ließ den Stein in seine lederne Gürteltasche gleiten. Dann legte er seine Cahulaks beiseite und ging los.

K'kriq trat neben ihn und schaute mit ihm zusammen den Sandsteinhang hinab. Rikus blieb stehen und schüttelte den Kopf. »Ich muß allein gehen, K'kriq«, sagte er. Obwohl der Thri-Kreen schnell Tyrianisch lernte, sprach Rikus Urikisch. Er wollte keine Mißverständnisse aufkommen lassen.

Der Thri-Kreen schüttelte seinen Kopf mit den blauen, hervorstehenden Augen und legte eine seiner Klauen auf die Schulter des Mul. »Gruppengefährten.«

Rikus schob die Klaue von seiner Schulter. »Ja, aber komm erst, wenn der Kampf beginnt«, sagte er und stieg weiter den Hügel hinab.

K'kriq ignorierte seinen Befehl und folgte ihm. Der Mul blieb stehen und sah den Thri-Kreen stirnrunzelnd an. So sehr er den Kampfesmut des Insektenkriegers auch schätzte, so erinnerte sich der Mul doch daran, wie leicht Maetan während des letzten Kampfes Kontrolle über K'kriqs Geist erlangt hatte. Er wollte nicht riskieren, daß das gleiche erneut geschah, bevor der Kampf überhaupt begonnen hatte.

In dem Entschluß, seinen Befehl in Worte zu kleiden, die K'kriq verstehen würde, deutete Rikus auf Gaanon. »Wenn ich ein Gruppengefährte bin, dann ist Gaanon das auch«, sagte er. »Bleibe hier und beschütze ihn.«

Der Thri-Kreen schaute von dem Mul zu dem Halbriesen. »Beschützen?« Seine Kiefer sanken verständnislos herab.

»Bewachen, wie deine Jungen«, erklärte der Mul.

»Gaanon kein Junges!« erwiderte K'kriq und neigte seinen Kopf Rikus zu. Trotzdem wandte sich der Thri-Kreen schließlich ab und trat an die Seite des Halbriesen, wobei er den Kopf schüttelte, als halte er den Mul für verrückt.

Erleichternd aufseufzend, stieg Rikus den Sandsteinhang allein hinab. Als er sich dem Dorftor näherte, das kleiner war als er selbst, hob er die Hände über den Kopf, um zu zeigen, daß er unbewaffnet war. Der Mul hätte auf die Dorfmauer gelangen können, ohne sich zu strecken und erreichte mit einem gelungenen Sprung das Falltor vor dem Wachhaus.

Als Rikus so weit herangekommen war, daß er sich gut verständlich machen konnte, ließ ein urikischer Krieger sein bärtiges Gesicht über der Mauer sehen. »Das ist weit genug«, rief er, wobei er einen fremden Dialekt anklingen ließ. »Was wollt Ihr?«

»Ich bin gekommen, um meine Legion Maetan von Urik zu übergeben«, antwortete Rikus. Er tat sein Bestes, sowohl reumütig als auch verärgert auszusehen.

»Maetan hat keinen Bedarf für Eure Legion – insbesondere als Sklaven«, erwiderte der Krieger, dessen dunkle Augen sich mißtrauisch verengten.

»Besser Sklaven als Leichen«, antwortete Rikus. Obwohl er das nicht hatte sagen wollen, steckten die Worte dennoch in seiner Kehle. »Wir haben seit Tagen kein Wasser mehr.«

»Hier drinnen gibt es viel Wasser«, antwortete der Krieger. Er grinste bösartig, betrachtete den Mul einen Moment und gab dann ein Zeichen, das Tor zu öffnen.

Rikus trat hindurch und ließ sich von dem Sprecher und

mehreren anderen Kriegern ergreifen. Sie banden seine Hände und ließen eine Würgeschlinge um seinen Hals gleiten. Dann führten sie ihn auf die Windmühle und die Zisterne in der Mitte des Dorfes zu. Sie kamen an einem Dutzend Rundhütten vorbei. Als er hineinspähte, sah Rikus, daß sie alle ähnlich eingerichtet waren. Auf einer Seite des Eingangs stand ein runder Tisch, der von drei abgerundeten Bänken umgeben war. Auf der anderen Seite stand ein einfacher Schrank, der eine Vielzahl von Werkzeugen und Waffen enthielt. Die Betten, Steinplattformen, die mit mehreren Schichten verschiedener Felle bedeckt waren, standen gegenüber der Tür. Der einzige Unterschied zwischen den einzelnen Häusern bestand in der Anzahl der Betten und darin, wie sauber die Bewohner ihre Häuser hielten. Als sie den Platz erreichten, stießen Rikus' Bewacher ihn durch den Kreis der Wächter hindurch und benutzten dann ihre Speerspitzen, um ihn auf Maetan zuzutreiben. Als Rikus an den gefangenen Zwergen vorbeikam, traten sie zur Seite und betrachteten ihn mit dunklen Augen, die sowohl Respekt als auch Verwirrung verrieten. Einige machten in ihrer gutturalen Sprache Bemerkungen, wurden aber durch scharfe Stöße von Rikus' Bewachern schnell ruhiggestellt.

Inmitten des Platzes wartete Maetan von Urik neben der Steinzisterne und hielt noch immer die Schöpfkelle in der Hand. Sein Umhang war so mit Schmutz und Ruß bedeckt, daß er eher braun als grün wirkte, und sogar die Schlange von Lubar auf seinem Umhang hatte sich von einem Rotton zu hellem Orange verfärbt. Die dünnen Lippen des Geistbeugers waren aufgesprungen und rissig, und seine feinen Gesichtszüge schienen blasser und fahler, als Rikus sie von dem Kampf her in Erinnerung hatte.

Als die Krieger Rikus' an die Seite ihres Befehlshabers stießen, traten die vier muskulösen Leibwächter des Urikers vor und umringten den Gefangenen. Es waren Menschen, und sie trugen alle Lederharnische und Stahlschwerter. Rikus hob beim Anblick so vieler schimmernder Klingen eine Augenbraue, denn jede war soviel wert, wie ein Dutzend meisterhafter Gladiatoren. Auf Athas war Metall wertvoller als Wasser und seltener als Regen.

Nachdem Maetan Rikus' Bewachern einige Zeit lang in die Augen geschaut hatte, bedeutete er den Kriegern, sie könnten gehen. »Woher kennst du meinen Namen, Junge?« fragte der Geistbeuger und sprach Rikus somit auf dieselbe Art an, wie ein Herr seinen Sklaven anspricht.

Rikus war von der Frage überrascht, denn seine Bewacher hatten ihrem Befehlshaber bisher nicht Bericht erstattet. In der Erkenntnis, daß Maetan die Krieger mit Hilfe des Weges befragt haben mußte, erinnerte sich Rikus daran, seine eigenen Gedanken sorgfältig zu hüten, und beantwortete dann die Frage. »Wir sind uns schon einmal begegnet. Vor vielen Jahren.«

»Tatsächlich?« fragte Maetan, seine kalten, grauen Augen auf Rikus' Gesicht gerichtet.

»Ihr wart zehn Jahre alt. Euer Vater brachte Euch mit, um die Gladiatorengruben zu besichtigen«, sagte der Mul, der sich so deutlich an das Zusammentreffen erinnern konnte, als sei es erst gestern gewesen.

Bis er Maetan das erste Mal gesehen hatte, hatte Rikus geglaubt, daß alle Jungen zu Gladiatoren ausgebildet würden und sich durch die Ränge hinaufarbeiten müßten, bis sie Lehrmeister und vielleicht sogar Fürsten würden. Als Fürst Lubar seinen kränklichen Sohn zu den Gruben gebracht hatte, hatte Rikus einen Blick auf die seidenen Gewänder des Jungen geworfen und plötzlich den Unterschied zwischen Herren und Sklaven begriffen.

Maetan betrachtete den Mul eine Zeitlang und sagte dann: »Ach, Rikus. Das ist lange her. Vater hatte große Hoffnungen auf dich gesetzt, aber soweit ich mich erinnere, hast du deine ersten drei Kämpfe nur knapp überlebt.«

»In Tyr habe ich besser abgeschnitten«, antwortete der Mul bitter.

»Und jetzt willst du zur Familie Lubar zurückkehren«, stellte Maetan fest. »Als Sklave?«

»So ist es«, sagte der Mul und schluckte seinen Ärger hinunter. »Wenn wir kein Wasser bekommen, werden meine Krieger bis zum morgigen Sonnenuntergang sterben.«

Maetans Blick glitt über die Reihe der Gladiatoren hinweg, die das Dorf umringten. »Warum kommt ihr nicht und holt es euch?« fragte er. »Ich frage mich schon seit Stunden, warum ihr nicht angreift. Wir würden euch nicht aufhalten können.«

»Ihr wißt warum«, antwortete Rikus und wandte seinen Blick den Zwergen zu.

Der Uriker verzog seine blutleeren Lippen zur Andeutung eines Lächelns. »Natürlich, die Geiseln«, höhnte er.

»Wenn Ihr aufgebt, wird das Kled nicht retten, Tyrianer«, erklang die Stimme eines alten Zwerges in der Sprache Tyrs.

Maetans Kopf fuhr zu dem Sprechenden herum, einem betagten Zwerg mit Wangen, die so schlaff waren, daß sie von seinem Kinn herabhingen wie ein Bart. »Habe ich dem Mann die Erlaubnis erteilt zu sprechen?«

Ein Leibwächter bahnte sich seinen Weg durch die Menge auf den Alten zu. Als der Uriker ihn ergriff, machte der alte

Zwerg keinerlei Anstalten, sich zu widersetzen oder zu fliehen. Statt dessen sagte er: »Seht Ihr? Nichts Gutes kommt...«

Der Knauf des Urikers fuhr auf den Hinterkopf des Sprechers hinab. Der alte Zwerg brach zusammen und traf mit einem scheußlichen, dumpfen Schlag mit dem Kopf auf den harten Fliesen auf. Empörte Rufe des Erstaunens und der Verärgerung liefen durch die Menge. Ein kampflustiger Zwerg trat auf den Wächter zu, die Fäuste fest zusammengeballt und die rostfarbenen Augen auf das Gesicht des Leibwächters gerichtet. Abgesehen von der Farbe der Augen, sah der Zwerg auch sonst anders aus, denn er war fast fünf Fuß groß und trug die Tätowierung einer karmesinroten Sonne auf seiner Stirn. Außerdem erinnerte seine Erscheinung nicht so sehr an einen Felsblock wie die seiner Kameraden.

»Sei still, oder ich werde ihm den Kopf ganz abreißen lassen«, fauchte Maetan im Singsang der Handelssprache.

Der Zwerg hielt inne, obwohl Verärgerung und Haß nicht aus seinen Augen wichen. Gleichzeitig lief ein bedauerndes Murmeln durch die Menge, als die Zwerge, die die Worte des Urikers verstanden hatten, die Drohung für ihre Kameraden wiederholten. Der Platz verfiel schnell wieder in Schweigen.

Nach einer Pause, in der er den rotäugigen Zwerg höhnisch betrachtete, wandte Maetan seine Aufmerksamkeit wieder Rikus zu. »Also wird sich die tyrianische Legion zugunsten der Zwerge von Kled ergeben?«

»Ja«, sagte Rikus. »Dies ist nicht ihr Kampf. Wir wollen nicht, daß ihnen Schaden zugefügt wird.«

»Du wirst verstehen, daß ich zögere, dir zu glauben«, sagte Maetan.

»Es sollte niemanden verwundern, daß die befreiten Männer von Tyr der Gerechtigkeit einen höheren Wert zumessen als die Adligen von Urik«, konterte Rikus. Einer der Leibwächter zog die Würgeschlinge um den Hals des Mul fester an, doch Maetan selbst reagierte nicht auf diese Beleidigung. Rikus fuhr fort: »Wenn wir hätten angreifen wollen, hätten wir es längst getan.« Wegen des Seils um seine Kehle war er gezwungen, nach Atem zu ringen.

»Sicherlich wirst du mir erzählen wollen, was ich damit gewinne, wenn ich eure Kapitulation annehme. Warum sollte ich nicht einfach hierbleiben und deine Legion verdursten lassen?« Der Geistbeuger bedeutete dem Wächter, den Druck auf die Kehle des Mul zu verringern.

»Aus zwei Gründen«, sagte Rikus und schluckte hart. »Als erstes tätet Ihr gut daran, wenigstens mit zweitausend Sklaven nach Hause zurückzukehren. Denn das wird alles sein, was Ihr aus Tyr mitbringen werdet.«

Maetans dünne Lippen verzogen sich ärgerlich, aber er ließ keinerlei weitere Anzeichen seiner Gefühle sichtbar werden. »Und der zweite?«

Rikus deutete mit dem Kinn auf seine Krieger, die das Dorf umzingelt hielten. »Selbst die tyrianische Sorge um Gerechtigkeit hat ihre Grenzen.«

Maetan überraschte Rikus mit einer schnellen Antwort. »Ich nehme an.« Der Geistbeuger deutete auf den großen Zwerg mit den rostfarbenen Augen und bedeutete ihm, er solle vortreten. Als der Mann mit herausforderndem Blick gehorchte, sagte Maetan: »Caelum spricht Tyrianisch. Er wird deine Worte an die Gladiatoren weitergeben.«

Der Unterkiefer des Zwerges sank hinunter. »Wie konntet Ihr...«

»Das brauchst du nicht zu wissen«, bellte ein Leibwächter und stieß den Zwerg auf Rikus zu.

»Euer Mut und der Eurer Männer ist bewundernswert, aber nicht sehr klug«, sagte Caelum und sah dem Mul in die Augen. Sein Kiefer, sein Kinn und seine Wangen waren klar abgegrenzt und ausgeprägt, aber seine Züge waren nicht so wuchtig wie die der meisten Zwerge. Es war sogar eine gewisse Symmetrie und Anmut der Proportionen seiner Nase und des Rests seines Gesichts zu erkennen, und die Lachfalten um die Mundwinkel und um die Augen waren ganz untypisch für einen Zwerg.

»Wenn du das tust, kann nichts die Uriker mehr daran hindern, uns alle zu töten.«

»Wir haben keine Wahl«, sagte Rikus, wobei er den roten Augen des Zwerges bewußt auswich. Wenn Maetan in der Lage war, in Caelums Geist zu lesen, wollte der Mul keinerlei Andeutung davon, was er plante, in ihn einpflanzen. Statt dessen deutete er auf den Sandsteinbogen auf der Bergspitze über ihnen. »Überbringe die Botschaft einfach meinen Leuten dort oben.«

Als der Zwerg erst einmal außer Sicht war, sah Maetan Rikus höhnisch an. »Deine Männer werden in die Sklaverei verkauft werden, wie du es wolltest«, sagte er. »Du jedoch sollst einen langsamen und bitteren Tod sterben. Zum Vergnügen von König Hamanu.«

Im Vertrauen darauf, daß er seine Rache später bekommen würde, blieb Rikus ruhig, während Caelum zu dem Bogen hinaufstieg. Der Mul war beunruhigt, weil Maetan ihre Kapitulation so schnell angenommen hatte. Er hatte erwartet, daß der Uriker mißtrauischer reagieren und den Vorschlag einige Zeit überdenken würde. Seine sofortige Zustimmung ließ den Schluß zu, daß sich der Geistbeuger bereits sehr wohl der Risiken bewußt war, die er auf sich nahm, wenn er die tyrianische Kapitulation annahm. Dennoch hatte Rikus nicht die Absicht, von seinem Plan abzuweichen. Ob Maetan ihn erahnte oder nicht, so war dieser Plan doch immer noch die einzige Möglichkeit, sowohl seine Legion als auch das Zwergendorf zu retten. Wenige Minuten nach Caelums Aufbruch betraten die ersten Tyrianer das Dorf. Sie blieben ungefesselt, denn soviel Seil, wie es erfordert hätte, sie alle zu fesseln, gab es in ganz Kled nicht. Als der Platz sich zu füllen begann, ging Maetan mit Rikus zum anderen Ende und befahl den Zwergen, in ihre Häuser zurückzukehren und dort zu bleiben, wenn sie nicht den Tod erleiden wollten.

Bald war das Rund gedrängt voll von unbewaffneten Tyrianern, die alle nach Wasser schrien und darum kämpften, die Zisterne in der Mitte des Platzes zu erreichen – wie die Feldherren des Mul es ihnen aufgetragen hatten. Die Uriker, die zuvor an der Mauer von Kled Wache gehalten hatten, waren jetzt um den Platz herum verteilt und hielten ihre Schilde und Speere auf Rikus' Krieger gerichtet.

Nachdem die letzten Tyrianer auf den Platz gekommen waren, wurden Jaseela und Neeva zusammen mit Caelum neben Rikus geführt. Nur K'kriq und die Templer, die in einer kleinen Gruppe unter dem Bogen zusammenstanden, blieben außerhalb des Dorfes.

Maetan ignorierte ihr Fehlen zunächst und spähte zwischen zwei kräftigen Leibwächtern hindurch zu Neeva hinüber. »Ein außerordentliches Mädchen«, sagte er und begegnete Rikus' Blick mit seinen kleinen grauen Augen. »Stammt sie auch aus den Hütten meines Vaters? Oder erlaubt dir dein Mulgehirn nicht, dich daran zu erinnern?«

Als der Geistbeuger die Frage stellte, blitzte eine unangenehme Erinnerungen aus den Gruben der Familie Lubar in Rikus' Geist auf. In einer dunklen Ecke stand ein Muljunge, dessen Körper bereits mit Muskeln übersät und mit Narben bedeckt war, allein vor einem mannsgroßen Klotz aus weißem Bimsstein, in den die Gestalt eines Gladiators gemeißelt worden war.

»Schlage ihn«, grollte eine bekannte Stimme.

Der Junge, Rikus im Alter von zehn Jahren, schaute über die Schulter. Neeva stand hinter ihm mit einer sechsschwänzigen Peitsche in Händen. Er wollte sie fragen, was sie zu einer Zeit, in die sie nicht hineingehörte, in seiner Erinnerung zu suchen habe, aber sie verwandelte sich vor seinen Augen von einer attraktiven Frau in einen fetten, schwitzenden Schweinehund von Lehrmeister.

Rikus schüttelte den Kopf und versuchte sich von der Erinnerung zu befreien. Schon einmal war ein Geistbeuger in seinen Kopf geschlüpft, indem er sich hinter einer Erinnerung verborgen gehalten hatte. Nach Neevas unverständlichem Auftauchen hatte der Mul keinen Zweifel daran, daß Maetan jetzt einen ähnlichen Angriff auf ihn gestartet hatte.

Der Lehrmeister schlug den jungen Rikus seitlich an den Kopf und knurrte: »Tu, was ich dir gesagt habe, Junge.«

Rikus versuchte den Lehrmeister zu ignorieren und seine Gedanken auf die Gegenwart zu konzentrieren, aber seine Erinnerung hatte ein Eigenleben. Der Gladiator war immer noch der Muljunge, der einer Feindattrappe gegenüberstand und sie mit seiner Faust bearbeitete. Die rauhe Oberfläche verletzte die weiche Haut an seiner Hand und eröffnete eine Reihe kleinerer Schnitte über seinen Knöcheln.

Die sechs Schwänze der Peitsche des Lehrmeisters schlugen über Rikus' bloßen Rücken und rissen zahlreiche Wunden, die wie Schlangenbisse brannten. Der Junge biß die Zähne zusammen und schrie nicht auf. Er hatte bereits gelernt, daß es noch mehr Schläge nach sich zog, wenn man Schmerz zeigte.

»Fester!« schrie der Lehrmeister. »Ich schwöre, daß ich dir die Haut von deinen dürren, kleinen Knochen ziehen werde.«

Rikus schlug erneut auf die Attrappe ein, dieses Mal so kräftig, wie er konnte. Der Schlag riß ihm die Haut von seinen Knöcheln ab und ließ einen scharfen Schmerz von seiner Hand bis zum Ellenbogen hinaufschießen.

»Noch einmal!« höhnte der Lehrmeister. Seine Peitsche knallte und riß einen weiteren Streifen Haut vom Rücken des Jungen. Der junge Mul schlug erneut auf die Attrappe ein. Diesmal stellte er sich vor, den Lehrmeister vor sich zu haben. Er schlug wieder und wieder zu und legte sein ganzes Gewicht in jeden Schlag. Bald waren seine Hände nur noch gefühllose Massen rohen Fleisches und färbten die Attrappe mit seinem Blut rot.

Rikus wurde sich wieder der Gegenwart bewußt, und Maetan schaute fort. Unglücklicherweise blieb die Kontrolle des Geistbeugers so stark, daß der Mul die schmerzvollen Bilder nicht aus seinem Geist verdrängen konnte.

Maetan schaute zu Neeva und Jaseela hinüber und deutete dann auf den Bogen, unter dem Styan und seine Männer warteten. »Sind deine Templer nicht durstig?«

»Sie werden solange nicht herunterkommen, bis sie sehen, wie Ihr uns behandelt«, erklärte Jaseela.

»Alle anderen sind jedoch hier«, fügte Neeva hinzu und sah Rikus an.

Der Mul wußte, was seine Kampfpartnerin andeuten wollte: Die Tyrianer waren zum Angriff bereit. Rikus öffnete den Mund, um den Befehl zu geben, aber da fuhr Maetans Kopf herum, und der Geistbeuger richtete seine grauen Augen auf die des Mul.

In Rikus' Geist legte der fette Lehrmeister eine schwammige, schmutzige Hand über den Mund des jungen Mul. Rikus packte den Arm und versuchte ihn fortzuziehen, aber er war noch jung und weit davon entfernt, den Bärenkräften des älteren Mannes wirklich gewachsen zu sein. Der Lehrmeister öffnete den Mund zum Sprechen und zeigte einen Mund voller verfaulter, abgebrochener Zähne.

»Vergiß den Plan«, sagte der Lehrmeister. »Wir ergeben uns wirklich.«

Zu Rikus' Überraschung hörte er sich die Worte wiederholen. Neeva runzelte verärgert die Stirn, und Jaseelas Kinn sank herab.

»Was?« fragten sie.

Caelum schaute von dem Mul zu den beiden Frauen, wobei er mit einer Hand über den knochigen Wulst auf seinem Kopf rieb.

In der Hoffnung, die beiden Frauen auf seine unangenehme Lage aufmerksam machen zu können, versuchte Rikus den Kopf zu schütteln – aber er merkte, daß er sich nicht bewegen konnte. In seinem Geist lag die starke Hand des fetten Lehrmeisters um sein Kinn, so daß er seinen Mund nicht aufbekam.

Rikus beschloß, seine Taktik zu ändern. Er dachte daran, wie Agis ihn vor dem mentalen Angriff von Phatim gerettet hatte und ersetzte das Bild, das Maetan in seinen Geist eingepflanzt hatte, durch ein eigenes Bild. Anstatt sich als kleinen Jungen zu sehen, sah er sich jetzt als erwachsenen Gladiator, der stärker war als sein Lehrmeister und durch Hunderte von Kämpfen abgehärtet.

Er empfand Übelkeit, als sich ein Energiestrom tief aus ihm selbst erhob und den jungen Mul in seinen Gedanken von einem Jungen zum Mann werden ließ. Dieser neue Rikus schlug mit einer Hand auf die schmutzigen Finger auf seinem Mund und benutzte dann den Handballen der anderen Hand dazu, den Ellenbogen des Mannes, der ihn gefangen hielt, aufwärts zu zwingen. Während er die schwammige Hand erst noch auf seinen Mund gepreßt ließ, duckte sich der Mul unter dem Arm seines Gegners hinweg und brach ihn dann am Ellenbogen, indem er ihn mit der einen Hand hinunterdrückte und mit der anderen hochzog.

Sobald die Hand des Lehrmeisters von seinem Mund abgeglitten war, schrie Rikus: »Jetzt, Neeva!« Die Worte waren sowohl in Rikus' Geist als auch in dem Zwergendorf zu hören.

Neeva hob eine Braue, und Jaseela schüttelte verwirrt den Kopf. Caelum sah den Mul an, als sei er durch die Sonne verrückt geworden, und richtete seinen Blick dann langsam auf Maetan. Der Geistbeuger krümmte sich, als sei sein eigener Arm gebrochen worden.

In der Hoffnung, seine Gefährten zum Handeln anspornen zu können, trat Rikus nach Maetans Wächtern und keuchte: »Er hat meinen Geist über...«

Der Angriff des Mul und seine Erklärung wurden abrupt unterbrochen, sobald Maetan sich von dem Schreck über Rikus' mentalen Gegenangriff erholt hatte. Im Geist des Mul wirbelte der Lehrmeister herum und verwandelte sich in eine haarige Spinne. Das riesige, knollige Wesen ließ zwei mit Klauen versehene Beine hervorschießen und zwang Rikus, sich zurückzuziehen. Dann schnappte es mit zwei Scheren nach ihm, von denen braunes Gift troff.

Rikus sprang zur Seite und versuchte, sich in einen ähnlich großen Skorpion zu verwandeln. Der Versuch war zuviel für ihn. Ein Energieschub stieg aus den Tiefen seines Bauches auf und wurde plötzlich schwächer. Der Mul empfand Übelkeit und fühlte sich schwach. Seine Beine zitterten vor Erschöpfung, und sein Herz hämmerte gegen seine Rippen wie ein Schmiedehammer. Er konnte sich kaum auf den Füßen halten, als die Spinne erneut angriff. Allmählich erkannten Neeva und Jaseela, was da geschah. Neeva renkte dem ihr am nächsten stehenden Leibwächter mit einem blitzschnellen Tritt das Kniegelenk aus und riß ihm dann das Stahlschwert aus den Händen. Sie zog die Klinge über das Seil, das Rikus' Hände band, befreite ihn und wandte sich dann um. Mit einer einzigen flüssigen Bewegung schlitzte sie einen weiteren Wächter auf. Jaseela ergriff die Klinge des Mannes, hob sie gen Himmel und rief: »Jetzt, ihr Krieger von Tyr!«

Ein gewaltiger Aufschrei erklang von ihren Gefolgsleuten und den Gladiatoren her. Der Platz brach in einen Tumult von dumpfen Schlägen, Krachen und schmerzerfüllten Schreien aus, als die Tyrianer ihren Wächtern die Waffen aus den Händen rissen. Als er dies sah, hob Caelum eine Hand zur Sonne und flüsterte eine Reihe von Worten in einer fremdartigen, rauhen Sprache, die vage an das Geräusch knisternden Feuers erinnerte. Sein bronzefarbener Arm wurde flammend karmesinrot. Er deutete auf Rikus' Kopf und sagte: »Das wird dich schützen, Tyrianer.«

Rötliches Licht strömte aus den Fingern des Zwerges und

sammelte sich als flimmernde Kugel um Rikus' Kopf. In Rikus' Geist erhob sich genau in dem Moment eine glühende Mauer zwischen ihm und der Spinne, als das entsetzliche Wesen auf ihn zusprang. Die Bestie verschwand in den Flammen und schrie verärgert auf. Sofort war Rikus' Geist vom Angriff des Geistbeugers erlöst, und seine Aufmerksamkeit kehrte wieder auf den Platz und in die Gegenwart zurück. Seine Beine fühlten sich schwer an wie Eisen, sein Atem war ein tiefes Keuchen, und seine Arme schmerzten vor Müdigkeit – aber er konnte jetzt frei handeln.

Rikus schaute an den beiden überlebenden Leibwächtern vorbei und grinste Maetan an. »Jetzt bin ich an der Reihe«, sagte er und trat vorwärts.

Das Gesicht des Urikers, das bereits von den Schmerzen gezeichnet war, die ihm in Rikus' Geist zugefügt worden waren, wurde bleich. »Tötet ihn!« befahl Maetan und trat zurück. »Den Zwerg auch!«

Rikus wich dem schwerfälligen Stoß von Maetans erstem Wächter aus, so daß das Schwert an seinem Körper vorbeistieß. Er ergriff den Arm des Mannes mit beiden Händen und hielt ihn fest, während er ein Knie hob, um den Knochen zu brechen. Dann fing er das Schwert auf, als es zu Boden fiel. Gleich darauf fuhr er herum und schmetterte den Knauf des Schwertes gegen das Kinn des nächststehenden Urikers. Der Krieger brach bewußtlos zusammen.

Als er bemerkte, daß sein Rücken ungedeckt geblieben war, schaute Rikus über die Schulter und sah den letzten Leibwächter mit erhobenem Schwert auf sich zukommen. Ohne sich die Mühe zu machen, sich seinem Angreifer zuzuwenden, versetzte der Mul dem Mann einen gezielten und mit aller Kraft ausgeführten Tritt in die Rippen. Der

Uriker stolperte rückwärts, rang keuchend nach Atem und hielt sich die Seite.

»Das hätte ihn eigentlich vernichten sollen«, murmelte Rikus. Zum ersten Mal erkannte er, wieviel Energie ihn sein mentaler Kampf gegen Maetan gekostet hatte.

Der Mul trat auf den keuchenden Uriker zu, der sein Schwert abwehrbereit vorstreckte. Verächtlich schnaubend täuschte Rikus einen Angriff vor und schlug dem Leibwächter dann die Hand vom Handgelenk. Mit einem zweiten wuchtigen Hieb tötete er ihn.

Rikus sah sich um und sah, daß er nicht mehr in Gefahr schwebte. Auf allen Seiten des Platzes zogen sich die Uriker bereits in die engen Straßen zwischen den Zwergenhütten zurück, hart bedrängt von den tyrianischen Kriegern, die ihnen ihre Speere und Obsidiankurzschwerter abgenommen hatten. Immer wieder erklangen schmerzerfüllte Schreie aus den Tiefen des Gewirrs der Steinhütten und verrieten, daß die Zwerge Rache an ihren ehemaligen Wächtern nahmen.

Rikus wandte seine Aufmerksamkeit wieder seiner unmittelbaren Umgebung zu und sah sich nach Maetan um. Er erblickte den verhaßten Geistbeuger in fünfzig Meter Entfernung am Ende eines der gewölbten Winkel des sonnigen Platzes. Er stand dort zwischen zwei Hütten, die grauen Augen auf den Mul gerichtet.

Als Rikus auf den Geistbeuger zutrat, hallte Maetans verbitterte Stimme in seinem Kopf wider. *Sei kein Narr, Junge.* Noch während er sprach, wurde der zerbrechlich wirkende Körper des Urikers vor Rikus' Augen durchscheinend. *Ich werde dich finden, wenn ich dazu bereit bin, unseren Kampf zu beenden.*

Mit diesen Worten verschwand Maetan vollständig außer Sicht. Rikus wollte ihn zuerst suchen lassen, entschied sich dann aber dagegen. Als er sich daran erinnerte, wie der Geistbeuger nach ihrem ersten Kampf auf einem Wirbelwind davongeritten war, erkannte er, daß der Uriker sich nicht gezeigt hätte, wenn er sich nicht sicher gewesen wäre, entkommen zu können. Es würde mehr dazu nötig sein, Fürst Lubar zu töten, als einen Teil der urikischen Legion in die Enge zu treiben.

Caelum trat an die Seite des Mul. »Nur in den Berichten unserer Geschichtenerzähler habe ich von Männern gehört, die so kämpfen wie Ihr, Tyrianer«, sagte er. Er streckte Rikus seine Hände entgegen, die Handflächen als Zeichen der Freundschaft nach oben gerichtet. »Man nennt mich Caelum.«

»Ich bin Rikus«, sagte der Mul und steckte sich das Schwert unter den Arm, damit er den Gruß des Zwerges erwidern konnte. »Ohne Eure Hilfe wäre ich tot. Ich schulde Euch ein Leben.«

»Und wir schulden Euch viele«, erwiderte der Zwerg und deutete auf den Platz.

Nachdem sich der Kampf von dem Rund fortverlagert hatte, konnte Rikus sehen, daß ihr schneller Sieg seinen Preis gekostet hatte. Fast zweihundert Gladiatoren und viele von Jaseelas Zwangsverpflichteten, lagen blutend und stöhnend am äußeren Rand des Platzes. Die Zwergenmänner und -frauen, die dem Platz am nächsten wohnten, brachten bereits Verbände und Heilkräuter herbei, um den Verwundeten zu helfen.

Während sie über den Platz schauten, schrie Neeva, die einige Meter entfernt stand, plötzlich: »Vorsicht!«

Sie entriß einem toten Uriker seinen Speer und warf ihn in Caelums Richtung. Die Waffe streifte einen Meter hinter dem Zwerg den Boden und traf etwas Weiches. Ein Mann schrie vor Schmerz auf, und dann fiel an den Fersen des Zwerges ein Obsidiandolch klappernd zu Boden.

Rikus spähte über Caelums Schulter und sah, daß seine Kampfpartnerin den Leibwächter getötet hatte, der vorher bewußtlos geschlagen worden war. Offensichtlich hatte der Uriker sich gerade darauf vorbereitet, den Zwerg von hinten anzugreifen. Caelum schaute von dem sterbenden Krieger zu Neeva hinüber, den Mund vor Erstaunen weit geöffnet. »Ich bin von einer Königin gerettet worden!«

»Nicht ganz«, kicherte Rikus und winkte Neeva heran.

Sie hatte sich kaum zu ihnen gesellt, als Caelum auch schon ihre Hand ergriff und auf die Knie fiel. »Ihr habt mein Leben gerettet«, sagte er und küßte ihre Handflächen. »Nun überlasse ich es Euch.«

»Ihr könnt es zurückhaben«, sagte Neeva, die den Zwerg mit einem sowohl amüsierten als auch mißtrauischen Gesichtsausdruck betrachtete. Sie entzog ihm ihre Hände und fügte dann hinzu: »Ihr hättet für mich dasselbe getan.«

»Für Euch würde ich das und noch viel mehr tun«, erwiderte Caelum, ohne sich zu erheben. »Ihr müßt mein Geschenk annehmen. Ich könnte nicht mehr leben, wenn ich es Euch nicht vergelten würde...«

»Vielleicht gibt es eine Möglichkeit, das zu tun«, sagte Rikus, nahm den Zwerg beim Arm und zog ihn auf die Füße. »Der Geistbeuger, der mich angegriffen hat, benutzte seine Kunst, um zu verschwinden. Könnt Ihr ihn für mich finden?«

Caelum löste seine roten Augen widerwillig von Neeva

und schüttelte dann bedauernd den Kopf. »Ich kann Euch einigen Schutz vor dem Weg gewähren, aber meine Mächte sind die der Sonne. Sie sind bei der Suche nach einem Geistbeuger, der im Verborgenen bleiben will, kaum von Nutzen – obwohl ich wünschte, die Dinge lägen anders. Aber für das, was er unserem Dorf angetan hat, muß der Uriker bestraft werden.«

»Das wird er«, versprach Rikus. »Er wird für das bezahlen, was er Kled angetan hat, und für vieles, vieles mehr.«

Der Turm von Buryn

Rikus' Augen waren auf Caelums Hand gerichtet, die rot glühte und Rauch aus den Fingerspitzen entließ. Sie glühte so hell, daß sie bis auf ein dunkles Netz aus dicken Knochen, die unter der Haut verborgen lagen, durchscheinend war.

»Haltet ihn fest«, sagte der Zwerg. »Für ihre Magie fordert die Sonne Bezahlung in Form von Schmerzen.«

Rikus zog Gaanon auf seinen Schoß, ließ seine Hände unter die wuchtigen Arme des Freundes gleiten und schloß seine Oberschenkel um die breite Taille des Halbriesen. »Seid Ihr sicher, daß das funktionieren wird?« fragte der Mul.

Caelum schaute zu der Feuerscheibe, die am olivfarbenen Himmel hing. »Bezweifelt Ihr auch jeden Morgen, daß sich die Sonne aus der Treibsandsee freibrennen wird?«

»Nein, aber dies ist...«

»Darf ich fortfahren?« unterbrach Caelum ihn und deutete mit seiner freien Hand auf die glühende Handfläche. »Dies ist für mich fast genauso schmerzhaft, wie es für Euren Freund sein wird.«

Darauf ergriff Neeva jetzt je einen Knöchel von Gaanon und barg ihn unter ihren muskulösen Armen. »Ich bin bereit.«

Rikus nickte Caelum zu, und der Zwerg tauchte zwei rauchende Finger in die schwärende Wunde des Halbriesen. Feuerzungen schossen wie Fäden eines Spinnennetzes aus der Wunde. Gaanons Beine wurden so durchscheinend wie Caelums Hand, und seine Venen wurden durch die Haut hindurch sichtbar wie dicke Schnüre.

Der Gladiator riß die Augen auf. Ein donnerndes Brüllen kam über seine Lippen und hallte von den Hütten Kleds wider. Er versuchte sich instinktiv aufzusetzen, und Rikus brauchte all seine Kraft, um ihn hinabzudrücken. An den Knöcheln des Halbriesen schlug Neeva bei dem Versuch, seine Beine möglichst ruhig zu halten, mehrfach auf den Fliesen auf.

Gaanon kämpfte gegen Rikus' Arme an und versuchte hinabzugreifen und den Zwerg von seiner Wunde fortzustoßen. Der Mul hielt ihn fest, aber es gelang ihm nur mühsam. Ein wachsames Auge auf den schreienden Halbriesen gerichtet, hielt Caelum seine Finger weiterhin in die Wunde. Langsam verblaßte die Farbe seiner Hand, und die Haut wurde wieder undurchsichtig. Als alles Feuer aus seinen Fingern herausgeströmt war, zog der Zwerg sie zurück und legte dann einen Stoffverband über die frisch ausgebrannte Wunde.

Die Beine des Halbriesen glühten weiterhin, und Rikus bildete sich ein, kleine Flammen die Sehnen und Venen entlangflackern sehen zu können. Gaanon hörte auf zu schreien und legte seinen Kopf in Rikus' Arme zurück. Kurz darauf schloß er die Augen und begann in den gleichmäßigen Zügen tiefen Schlummers zu atmen.

»Ihr könnt ihn jetzt unbedenklich loslassen«, sagte Caelum. Er sicherte den Verband am Bein des Halbriesen, indem er eine Binde um das Bein wickelte und sah dann Neeva an. »Ihr seid sehr stark. Weil Ihr ihn so gut festgehalten habt, war meine Arbeit viel leichter, als sie hätte sein können.«

Neeva hob eine Augenbraue und antwortete nicht, da sie nicht wußte, wie sie mit dieser Bemerkung umgehen sollte.

»Was jetzt?« fragte Rikus und bettete den Kopf des Halbriesen auf den Boden. »Sollen wir ihm Wasser einflößen?«

»Zu früh«, sagte Lyanius und deutete mit einem verkrümmten Finger in Rikus' Richtung. Der betagte Zwerg, der einen blutigen Verband um den Kopf trug, war derjenige, der sich Rikus gegenüber dagegen ausgesprochen hatte, daß er sich ergab. Lyanius war Caelums Vater und der *Urhnomus* des Dorfes, eine respektvolle Bezeichnung, die manchmal die Bedeutung »Großvater« zu haben schien, aber auch »Gründer« bedeuten konnte.

Lyanius nahm Rikus am Arm und zog den Mul auf die Füße. »Ihr werdet einen Tag lang warten müssen, bevor er erwacht.«

»Einen Tag?« keuchte Rikus. »Das ist zu lang.«

K'kriq, dem die Leitung der Fährtensucher übertragen worden war, hatte bereits einen Läufer zu ihnen gesandt, der berichtete, daß sich die Überlebenden des morgendlichen Kampfes einer großen Gruppe von Versprengten aus der ersten Schlacht näherten. Es gab keinen Hinweis darauf, daß Maetan bei dem urikischen Heer war, aber jetzt, wo die Legion die Wasserschläuche gefüllt hatte, wollte Rikus so bald wie möglich die Verfolgung aufnehmen.

»Die Sonne wird ihre Arbeit zu ihrer Zeit tun«, sagte Caelum. »Es tut mir leid, aber ich kann nichts dazu beitragen, den Heilungsprozeß Eures Freundes zu beschleunigen.«

»Belegt ihn mit einem weiteren Zauber«, bat der Mul. »Selbst wenn Ihr einige Stunden benötigt, um ihn aus Eurem Zauberbuch herauszusuchen und Euch wieder in Erinnerung zu rufen...«

»Ich bin kein Zauberer«, fauchte der Zwerg, und seine Mundwinkel zogen sich ungehalten abwärts. »Ich bin der Priester der Sonne.«

»Was ist der Unterschied?« fragte Neeva, die sich zwischen Rikus und den Zwerg gestellt hatte.

Caelums Gesichtsausdruck wurde weicher, als er mit ihr sprach.

»Zauberer stehlen ihre Magie von den Pflanzen«, erklärte er.

»Meine Magie ist ein Geschenk der Sonne. Wenn ich sie gebrauche, entziehe ich keinem Lebewesen etwas.«

»Warum benutzt dann nicht jeder Sonnenmagie?« fragte Jaseela, die neben Neeva getreten war und zu der glühenden Kugel am Himmel emporspähte. »Es gibt viel davon, und jedermann könnte Nutzen aus einer Magie ziehen, die die Erde nicht zerstört.«

»Priesterliche Magie ist nichts, was man sich nimmt, sondern sie ist ein Geschenk, das jenen gegeben wird, die mit den Elementen in Einklang sind«, belehrte Lyanius sie. Der alte Zwerg deutete mit seiner von Altersflecken übersäten Hand auf das Dorf.

»Von all jenen Leuten, die unter der Sonne leben, ist nur Caelum mit den Feuer-Augen gesegnet worden.«

»Also kann Euer Sohn uns nicht helfen«, sagte Rikus und biß sich vor Enttäuschung auf die Lippe.

»Du meinst, er kann uns nicht mehr helfen, als er es bereits getan hat«, korrigierte Neeva ihn, um die gedankenlose Unhöflichkeit des Mul wiedergutzumachen.

Caelum schüttelte den Kopf und schaute zu Boden. »Es tut mir leid. Natürlich, wenn Ihr den Halbriesen bei den anderen lassen wollt...«

Die Zwerge hatten angeboten, sich um die Verwundeten von Tyr zu kümmern, aber der Mul hatte nicht die Absicht, einen so mächtigen Kämpfer wie Gaanon zurückzulassen.

»Wir könnten ein wenig Ruhe gebrauchen«, sagte Jaseela und deutete mit dem Kinn auf den Platz. »Die vergangenen Tage mögen für dich vielleicht nicht anstrengend gewesen sein, aber sie waren ein wahrer Härtetest für jene von uns, die nicht die Stärke eines Mul besitzen!«

Rikus ließ seinen Blick über den Rest der Legion schweifen. Die meisten seiner Krieger waren um die Zisterne versammelt und füllten erschöpft ihre Wasserschläuche oder verbargen sich, in dem nutzlosen Versuch, sich vor der Sonne zu schützen, unter ihren Umhängen.

Der Mul nickte. »Ihr habt recht, Jaseela. Gebt die Nachricht weiter.«

»Gut«, sagte Lyanius. »Meine Leute werden für Eure Legion Vorräte zusammenpacken.« Der greise Zwerg bedeutete Rikus, er solle ihm folgen.

»Ihr werdet mit mir kommen.«

»Wohin?« fragte Rikus. »Warum?«

Lyanius sah ihn mit verärgertem Gesichtsausdruck stirnrunzelnd an, wodurch deutlich wurde, daß der *Urhnomus* es nicht mochte, ausgefragt zu werden. Nachdem Rikus den Blick abgewandt hatte, rief der Anführer ein Zwergenmädchen mit rundlichem Gesicht und blinzelnden Augen herbei und erteilte ihr dann in der gutturalen Sprache seines Dorfes seine Anweisungen. Rikus nutzte die Gelegenheit, um Styan zu sich zu rufen. Seit der Mul ihn und seine Männer von dem Bogen herabbeordert hatte, war der Templer in einiger Entfernung stehengeblieben.

»Die Zwerge versorgen uns mit Vorräten«, sagte Rikus

und legte seinen schweren Arm um die Schultern des Templers. »Ihr Templer werdet sie tragen. Wenn jemand einen Sack ohne meine Erlaubnis öffnet, werde ich Eure Köpfe fordern.«

»Aber...«

»Wenn Euch das nicht gefällt, dann kehrt nach Tyr zurück«, bellte Rikus.

»Ihr wißt, daß ich das nicht kann«, sagte Styan und kniff seine aschfarbenen Augen zusammen. »Ich muß bei der Legion bleiben und Bericht erstatten.«

»Dann folgt meinen Befehlen«, erwiderte Rikus. Er befingerte die Tasche, in die er den Kristall des Templers gesteckt hatte. »Die einzigen Berichte, die Tithian bekommen wird, werden jedoch die sein, die ich sende.«

Styan knirschte mit den Zähnen und fragte dann: »Bin ich entlassen?«

Rikus nahm als Antwort seinen Arm von der Schulter des Mannes und wandte den Blick ab.

Als der Templer gegangen war, ergriff Lyanius erneut Rikus' Arm. »Hier entlang«, sagte er und zog den Mul auf das entgegengesetzte Ende des Dorfes zu. »Du kommst auch mit, Caelum.«

Während der große Zwerg seinem Vater folgte, fragte er: »Gehen wir nach Kemalok, *Urhnomus*?«

Lyanius nickte gemächlich und rief damit ein erstauntes, wenn auch anerkennendes Murmeln aus der Menge junger Zwerge hervor, die immer um ihn herumzuschleichen schienen.

»Wir müssen Neeva auch hinzubitten«, sagte Caelum mit einer Stimme, die der seines Vaters an Festigkeit in nichts nachstand.

»Sie hat mir das Leben gerettet und genauso tapfer gegen die Uriker gekämpft wie Rikus.«

Lyanius richtete seine scharfen Augen auf seinen Sohn und runzelte angesichts seiner Unverschämtheit die Stirn. Als der jüngere Zwerg unter dem strafenden Blick mit keiner Wimper zuckte, seufzte der alte Zwerg und sagte: »Wenn es dich glücklich macht, werde ich es zulassen.«

Strahlend bedeutete Caelum Neeva, sie solle mitkommen, und ging dann hinter Rikus und seinem Vater her. Der alte Zwerg strebte mit stetigem Schritt der Dorfmauer unmittelbar unter der Sanddüne zu. Dort standen zwei Zwerge Wache. Sie waren mit stählernen Kampfäxten bewaffnet und standen zu beiden Seiten eines mit Bronze überzogenen Tores mit dem Flachrelief eines riesigen, schlangenköpfigen Vogels. Die Schwingen des Tieres waren ausgebreitet, seine Klauen gespreizt und sein schlangenähnlicher Kopf zum Stoß bereit. Das Tor selbst war nur leicht angelehnt, und Rikus konnte sehen, daß es sich in einen tiefen Tunnel öffnete, der unter die Düne führte.

»Warum ist dieses Tor geöffnet?« fragte Lyanius die beiden Wächter.

Die jungen Zwerge sahen einander unbehaglich an und dann antwortete einer von ihnen: »Es war geöffnet, als wir nach dem Kampf auf unseren Posten zurückkehrten.«

Caelum runzelte die Stirn. »Wie konnten die Uriker...«

Der alte Zwerg hob eine Hand, um die Bemerkung seines Sohnes zu unterbrechen, und sah dem schlangenköpfigen Vogel dann einen Moment in die Augen. Schließlich berichtete er: »Das Tor hat sich aus eigenem Antrieb geöffnet.«

»Wie häufig tut es das?« fragte Rikus besorgt.

»Hin und wieder«, antwortete Lyanius und lächelte den

Mul rätselhaft an. »Aber das beunruhigt mich nicht. Zwei Uriker sind hindurchgeschlichen, nachdem sich das Tor geöffnet hatte, aber sie werden ihren Fehler schnell bereuen.«

»Warum?« fragte Neeva.

Der betagte Zwerg wandte sich ab, ohne eine Antwort zu geben, und sagte dann: »Laßt Eure Waffen bei den Wachen.«

Mit diesen Worten sah er zu dem Vogelbildnis hinauf und stieß einen kurzen, schrillen Pfiff aus. Das Tor öffnete sich vollends, wobei seine Scharniere so laut quietschten, daß Rikus dachte, das Geräusch könne auch noch auf der entgegengesetzten Seite von Kled gehört werden.

Nur sehr widerwillig ließen Rikus und Neeva ihre Waffen bei den Wächtern und folgten Lyanius. Der Mul war nicht gern unbewaffnet, aber es war deutlich geworden, daß der *Urhnomus* keine Argumente gelten lassen würde.

Im Tunnel hob Lyanius zwei Fackeln vom Boden auf. Caelum entzündete sie, indem er einfach seine Hand über deren Ende gleiten ließ.

Lyanius sah Neeva verärgert an und sagte dann: »Drei von uns brauchen sie nicht.« Er bezog sich damit auf die Tatsache, daß die Zwerge und Mule, wie auch die Elfen, mit der Fähigkeit ausgestattet waren, umgebende Wärme zu erspüren, wenn keine andere Lichtquelle vorhanden war. »Aber weil Ihr auf Wunsch meines Sohnes dabei seid, junge Frau«, sagte er und lächelte sie überraschend an, »werden wir sie dennoch benutzen.«

Nachdem er eine der Fackeln an seinen Sohn weitergegeben hatte, führte Lyanius sie in den kühlen Tunnel hinab. Um zu verhindern, daß der Sand hineinrieseln und den Tunnel begraben könnte, war der Gang mit breiten Streifen aus Tierhäuten ausgekleidet worden, die vom Alter grau und rissig geworden waren. Diese Auskleidung wurde noch von Holzbalken unterstützt, deren Enden auf Steinsäulen auflagen. Der enge Gang war daher so niedrig, daß Rikus und Neeva sich bücken mußten, um hindurchzugelangen.

Gerade als Rikus fragen wollte, wie weit sie noch gehen müßten, öffnete sich der Tunnel in einen kleinen Raum. Der Pfad führte zu einem kleinen Felsengang, der so aussah, als sei dort einst eine Brücke gewesen. Neben diesem erhöhten Fußweg lag mehr als ein Dutzend Waffen aus unterschiedlichen Materialien. Einige davon sahen recht alt aus, wenn man nach den Altersspuren auf ihren Griffen oder nach der vergilbten Brüchigkeit ihrer Knochenklingen urteilte.

Zwei der Waffen waren ziemlich neu. Zwei Obsidiankurzschwerter lagen auf einer Seite der Brücke, und die weißen Finger der leblosen Hände zweier Männer umfaßten noch immer das Heft ihrer Waffen. Der Rest der Körper war nicht zu sehen, denn sie waren in den pulverfeinen Sand eingesunken, der den Graben unter der Brücke füllte. Trotzdem zweifelte Rikus nicht daran, daß die Schwertkämpfer die Tuniken der Krieger Hamanus trugen, denn die Form ihrer Waffen war identisch mit der jener Klingen, die auch der Rest der urikischen Legion trug. Ein tiefes Lachen entwich Lyanius' Lippen und hallte von den stillen Wänden der Sandhöhle wider. »Beachtet die Worte der Ehrwürdigen, oder es wird Euer Ende sein«, sagte er und führte sie über die Brücke.

Am anderen Ende der Brücke blieb die kleine Gruppe neben einem gewölbten Torbogen aus gewaltigen Steinen stehen. In die Bogenplatten waren mehrere fremdartige Runen eingekerbt, die Rikus für die Spuren einer fremden Sprache hielt.

»Vertraut jenseits dieses Tores auf die Kraft Eurer Freundschaft, nicht auf Eure Klingen«, übersetzte Lyanius mit einem verzerrten Lächeln auf den uralten Lippen.

Der alte Zwerg führte sie zu einem weiteren Torbogen, an dem wenige Fuß über Rikus' Kopf ein Fallgitter aus rostigrotem Eisen hing. Es wurde von dicken Ketten gehalten, die durch eine Reihe von Öffnungen in Wachhäusern verschwanden, die den Gang flankierten. Die Mauern dieser Gebäude waren aus weißem Marmor erbaut worden, der so exakt geschnitten und so sorgfältig zusammengefügt war, daß nicht einmal ein Schimmer des Fackellichts hätte hindurchschlüpfen können.

»Willkommen in Kemalok, der verlorenen Stadt der Zwergenkönige«, sagte Lyanius und winkte seine Gäste durch das Tor.

»Ich habe noch niemals soviel Eisen an einem Ort gesehen«, sagte Neeva und ließ ihren Blick von dem Fallgitter zu den Ketten schweifen. »Welcher König konnte sich das leisten?«

»Was Ihr hier seht, ist nichts im Vergleich zu den Wundern des Bergfriedes«, prahlte Caelum. »Folgt mir.«

Der Zwerg trat unter das Fallgitter. Als Rikus und Neeva zu folgen versuchten, kam eine ihnen bis zur Brust reichende Gestalt um die Ecke eines Wachhauses herum und versperrte ihnen den Weg. Die Gestalt trug einen vollkommen schwarzen Plattenpanzer, der an allen Gelenken mit Silber und Gold verziert war. In den Händen hielt sie eine Streitaxt mit einer gezackten Stahlklinge, die mit schimmernden Lichtpunkten übersät war, und ihr Helm war von einer mit Edelsteinen versehenen Krone aus schimmerndem Metall besetzt, wie Rikus sie nie zuvor gesehen hatte.

So phantastisch die Rüstung der Gestalt auch war, so waren es doch die Augen des Wesens, die Rikus' Aufmerksamkeit fesselten. Die Augen waren alles, was von einem mit grünen Verbänden umwickelten Gesicht zu sehen war, und sie brannten mit einer Glut, die so gelb war wie der Nachmittagshimmel.

»Bewegt Euch nicht!« befahl Caelum.

Rikus und Neeva gehorchten. Der Mul konnte sich nicht vorstellen, was dieses Wesen war, aber er wußte, daß er es nicht erzürnen wollte.

»Rkard, der letzte der großen Zwergenkönige«, erklärte Lyanius und trat wieder zu ihnen. Er schlenderte genauso gleichmütig an dem mumifizierten König vorbei wie an seinem eigenen Sohn. »Er will Euch nichts tun. Zeigt ihm, daß Ihr keine Waffen tragt.«

Rikus und Neeva folgten Lyanius' Rat. Als sie wieder nach vorn schauten, trat Rkard beiseite. Sobald die beiden Gladiatoren vorbeigegangen waren, versperrte der ehrwürdige König das Tor erneut.

»Seltsam«, murmelte Lyanius.

»Vielleicht sind noch mehr Uriker in der Nähe«, vermutete Rikus und spähte in die Dunkelheit auf der anderen Seite des Grabens.

»Seid nicht dumm«, fauchte der alte Zwerg und deutete auf die beiden Obsidianschwerter im Graben. Die Hände, die zuvor die Hefte umfaßt hatten, waren jetzt vollkommen verschwunden.

»Zwei Uriker sind hineingelangt, und zwei sind gestorben.«

Mit diesen Worten führte Lyanius sie weiter. Auf der anderen Seite des Tors verzweigte sich ein verwirrendes

Durcheinander von Tunneln in ein Dutzend Richtungen, die in etwas hinabführten, was einmal die großen Straßen und versteckten Gassen einer ansehnlichen Hauptstadt gewesen waren. Der größte Teil von Kemalok lag noch immer unter Wällen von Sand begraben, aber es war noch genug davon zu sehen, daß Rikus erkennen konnte, daß der größte Teil der Gebäude aus Granitblöcken errichtet worden war. Die fünf Fuß hohen Türen und schmale, brusthohe Fenster ließen keinen Zweifel daran, daß dies tatsächlich eine Zwergenstadt gewesen war.

Caelum führte sie den breitesten Tunnel hinab, während Lyanius erklärte: »Ich habe Kemalok vor zweihundert Jahren entdeckt.«

»Wie?« fragte Neeva.

»Ich kam zufällig an einen kurzen Abschnitt einer Brustwehr, die der Wind freigelegt hatte«, antwortete Lyanius, und ein leicht belustigtes Lächeln stahl sich auf seine faltigen Lippen. »Ich wußte sofort, daß ich eine Zwergenstadt aus der Zeit der Ehrwürdigen gefunden hatte. Die Mauerzakken waren zu niedrig für Leute Eurer Art, und die Steinbauten waren weit jenseits von allem, was die armseligen Maurer unserer Zeit bewerkstelligen können.«

Der greise Zwerg fuhr damit fort, das darauffolgende Jahrhundert zu beschreiben und einen Teil der Ausgrabungen, die er zunächst allein durchgeführt hatte, und wie er schließlich der Anführer eines ganzen Dorfes geworden war, das sich darauf konzentriert hatte, Kemalok wiederaufzubauen. Rikus hörte ihm nur flüchtig zu. Statt dessen lauschte der Mul auf Schritte hinter ihnen und schaute hin und wieder über die Schulter. Die Tatsache, daß sich die Tür, die diese geheime Stadt beschützte, aus eigenem

Antrieb geöffnet hatte, machte ihn nervös, und er setzte nicht viel Vertrauen darein, daß Lyanius die Körper abgezählt hatte. Schließlich kamen sie an eine weitere Brücke, die zu einem Tor führte. Diese Brücke war aus Holzplanken erbaut, die jetzt halb verrottet und hier und da mit den breiten, flachen Rippen eines Mekillot ausgebessert worden war. Caelum stieß zwei riesige Eisentüren auf und führte sie einen kurzen Tunnel entlang, den Schießscharten in Brusthöhe säumten. Auf der anderen Seite hatten Lyanius' Zwerge eine Reihe von Gewölben gegraben und dabei die Außenmauer einer großen Burg freigelegt.

Während sie dieses Gebiet durchquerten, spähte Rikus in die Fenster der ehemaligen Geschäfte und Heime der Burgschmiede, Gerber, Fleischer, Waffenmeister und eines Dutzends anderer Handwerker. Ihre Werkzeuge, die zumeist aus Stahl und Eisen gefertigt waren, hingen noch immer in ihren Gestellen, in denen sie vor Tausenden von Jahren sauber aufbewahrt worden waren. Rikus bestaunte diese gewaltigen Metallschätze mit weit geöffnetem Mund.

Sie schritten durch ein weiteres Tor und betraten dann den inneren Burghof. Inmitten dieses Hofes ragte ein quadratischer Bergfried aus weißem Marmor empor, dessen Dach im darüberliegenden Sand verborgen war. An jeder Ecke des Bergfrieds befand sich ein runder Turm, von dessen Schießscharten sich sicherlich der größte Teil des darunterliegenden Hofes überschauen ließ.

»Das ist der Turm von Buryn, die Heimstatt der Zwergenkönige seit dreitausend Jahren.« Lyanius öffnete stolz die Tore.

»Dreitausend Jahre?« keuchte Neeva. »Woher wißt Ihr das?«

Der alte Zwerg sah sie stirnrunzelnd an, als sei sie ein Kind. »Ich weiß es«, antwortete er und winkte sie und Rikus hinein.

Auf jeder Seite der Eingangshalle standen zwei Steinbänke, deren eine für die kurzen Beine der Zwerge und deren andere für die längeren Beine der Menschen gemacht war. In den Ecken standen vollständige Zwergenrüstungen, und der Griff einer doppelklingigen Axt wurde vom Panzerhandschuh jeder der Rüstungen umschlossen. Sowohl die Rüstungen als auch die Waffen waren aus poliertem Stahl gefertigt, der so schimmernd glänzte wie der Tag, dem sie entflohen war.

Da sich Rikus an die Begrüßung erinnerte, die ihnen an den Stadttoren zuteil geworden war, betrachtete er die beeindruckenden Rüstungen sehr vorsichtig. Glücklicherweise sah er hinter den Visieren der Helme weder glühende Augen noch sonst etwas anderes als dunkle Leere. Dennoch bemerkte der Mul, daß die Rüstungen klein waren für einen Zwerg. Obwohl sie ungefähr die richtige Größe hatten, waren sie bei weitem nicht breit genug für die für Zwerge typischen wuchtigen Schultern und gewölbten Gliedmaßen.

Als Lyanius merkte, wie nachdenklich Rikus die Rüstungen betrachtete, sagte er: »Unsere Vorfahren waren nicht so stabil wie wir es heute sind.« Die Wangen des alten Zwerges röteten sich, und er wandte den Blick ab. »Sie hatten sogar ein wenig Haarwuchs«, fügte er verdrießlich hinzu.

Neeva hob eine Augenbraue, und Rikus biß sich auf die Lippen, um seinen Widerwillen nicht sichtbar werden zu lassen. Mule und Zwerge waren im allgemeinen stolz auf ihre glatte Haut und die haarlosen Schädel. Den Gedanken, daß ihre Körper von einem dichten Bewuchs schwitzender Haare bedeckt sein könnten, fanden die meisten Angehörigen beider Rassen widerwärtig.

Caelum betrat das nächste offene Gebiet, einen riesigen Gang, der am äußeren Rand des Bergfrieds entlangführte. Die Bodenplatten bildeten ein Muster polierter schwarzer und weißer Quadrate. In gleichen Abständen stützten entlang der Wände hohe, weiße Säulen die darüberliegende gewölbte Decke. Zwischen jedem Paar Bögen befand sich ein Wandgemälde.

Neeva trat an eines heran und betrachtete es genau.

»Ihr neigt nicht gerade zu Übertreibungen, nicht wahr, Lyanius?« fragte sie. »Als Ihr einen Haarbewuchs erwähntet, habe ich mir nicht so etwas vorgestellt!«

Rikus gesellte sich zu ihr. Das Gemälde vor Neeva zeigte einen Zwerg, der eine goldene Rüstung trug und eine riesige Kampfkeule in seinen Armen barg. Unter seiner goldenen Krone quoll ein gewaltiger Wust ungezähmten Haars hervor, das weit über seine Schultern reichte. Aber das war noch nicht das Schlimmste. Sein Gesicht war unter einem Bart verborgen, der unmittelbar unter den Augen begann und in einer wirren Masse dichter Haare bis zu seinem Bauch hinabfloß.

»Kommt weiter!« befahl Lyanius. »Ich habe Euch nicht hierhergebracht, damit Ihr über meine Vorfahren spottet.«

Er drängte sie den Gang hinab, während Caelum dichtauf folgte. Als sie die anderen Wandgemälde passierten, sah der Mul, daß auch sie Zwerge mit dichten Bärten zeigten. Die Gemälde stellten überwiegend Zwerge dar, die in den düsteren Gängen schwach beleuchteter Bergfriede oder in den dunklen Räumen irgendeiner riesigen Höhle standen.

Als er das letzte Wandgemälde in dieser Reihe erreicht hatte, blieb Rikus stehen. Er zweifelte nicht daran, daß das Bild den Hüter der Stadt, König Rkard, darstellte. Wie die Gestalt, der sie am Stadttor begegnet waren, hatte auch der Zwerg auf dem Gemälde goldgelbe Augen und trug einen schwarzen, mit Gold und Silber verzierten Plattenpanzer. Auf seinem Helm saß eine mit Juwelen besetzte Krone aus fremdartigem, weißem Metall. In den Händen hielt der König auf dem Bild sogar eine Streitaxt, die genau jener glich, die der Torwächter getragen hatte. Die gezackte Klinge der Waffe war mit winzigen Lichtpunkten besetzt.

So interessant das Bild des Königs auch war, so war es doch eher der Hintergrund, der Rikus faszinierte. Hinter Rkard senkte sich der Boden einen kleinen Hügel hinab, der von den grünen Stengeln und den roten Blüten einer Pflanze mit großen Blättern bedeckt war, die Rikus nicht kannte. Am Fuß dieses Abhangs wand sich das breite Band eines blauen Gewässers durch eine Reihe üppiger Wiesen. Auf den Feldern wuchs Getreide in jeder nur denkbaren Farbe und Form. Im Hintergrund des Gemäldes verschwand der Fluß weit entfernt schließlich in einem Wald wogender Bäume. Hinter diesem Wald erhob sich ein Gebirgszug, dessen Gipfel und hochgelegene Hänge seltsamerweise mit Weiß bedeckt waren.

»Rkard ist der König, der unsere Vorfahren in die Welt geführt hat«, erklärte Lyanius.

»In welche Welt?« murmelte Rikus, dessen Blick noch immer auf das Gemälde gerichtet war.

»In diese natürlich«, antwortete Caelum, der ebenfalls das Gemälde betrachtete. »Laßt Euch von dem Wandgemälde nicht irreführen. Der Künstler muß eine gewisse Vorliebe für Ausschmückungen gehabt haben. Vielleicht ist dieses grüne Land seine Vorstellung vom Paradies – oder von der Nachwelt.«

»So ist es nicht«, sagte Lyanius, dessen Stimme seltsam verdrießlich klang. »Die Zwergenkünstler haben nur gemalt, was sie gesehen haben.«

»Was meint Ihr damit?« fragte Neeva und betrachtete das Gemälde mit hochgezogener Augenbraue. »Wer hat jemals so etwas wie dies gesehen? Es ist noch großartiger als der Halblingswald!«

Lyanius schaute fort. »Kommt weiter«, grollte er. »Das wollte ich Euch nicht zeigen.«

Der Zwerg führte sie um eine Ecke herum und einen Gang hinab, bis sie ein bronzeüberzogenes Tor mit dem Porträt eines bärtigen Zwerges erreichten. Seine blauen Augen aus bemaltem Glas folgten den Bewegungen von Lyanius und seinen Gästen, als sie sich näherten.

Rikus und Neeva sahen sich an, denn sie fühlten sich beim Anblick eines beseelten Reliefs unbehaglich.

Lyanius blieb vor dem Tor stehen und sprach lange mit dem Kopf, wobei er eine fremdartige Sprache benutzte, die aus kurzen, abgehackten Silben bestand. Als er geendet hatte, betrachteten die starren Augen Rikus und Neeva mehrere Momente lang und schauten an ihnen hinauf und hinab. Schließlich begannen sich die Metallippen des Kopfes zu bewegen, und er beantwortete Lyanius' Frage in derselben abgehackten Sprache. Das Tor öffnete sich. Als es sich bewegte, hörte Rikus ein ganz schwaches Scharren im Gang hinter ihnen. »Hat jemand das gehört?« fragte er.

Lyanius runzelte die Stirn. »Ich bin sicher, daß es nur das Echo des sich öffnenden Tores war.«

Dennoch gab der betagte Zwerg seine Fackel an Rikus weiter. Er bedeutete den anderen, sie sollten zurückbleiben, und dann schlurfte er den Gang hinab in die undurchdringliche Dunkelheit, in der sein Zwergensehvermögen nicht vom Licht der Fackeln beeinträchtigt wurde.

»Sollten wir nicht mit ihm gehen?« fragte Rikus.

»Nicht, wenn Euch Euer Leben lieb ist«, antwortete Caelum. »Mein Vater ist ziemlich empfindlich, wenn es darum geht, auf sich selbst aufzupassen.«

Sie warteten scheinbar eine Ewigkeit lang, bevor Lyanius leise aus den Schatten heraustrat. »Dort ist nichts«, sagte er gereizt.

»Wahrscheinlich nur ein Wrab.«

»Ein Wrab?« fragte Neeva.

»Eine kleine, fliegende Schlange«, erklärte Caelum.

»Ekelhafte Blutsauger«, fügte Lyanius hinzu, öffnete das Tor und trat hindurch. »Normalerweise sind sie so ruhig wie der Tod, aber hin und wieder stoßen sie irgendwo an.«

Rikus schaute stirnrunzelnd den Gang zurück. Als er nichts sah, was dem hätte widersprechen können, was der alte Zwerg gesagt hatte, folgte er den anderen in einen kleinen Raum, der von einem flachsfarbenen Glühen alles umgebenden Lichts beleuchtet wurde. Das Schimmern entsprang aus keiner sichtbaren Quelle und erfüllte den Raum dennoch wie ein feiner Nebel. Inmitten des Raumes schwebte ein geöffnetes Buch mitten in der Luft, als ruhe es auf einem unsichtbaren Tisch.

»Ich wollte, daß Ihr wißt, daß Ihr mehr als nur ein Dorf gerettet habt, als Ihr Kled gerettet habt«, sagte Lyanius und deutete stolz auf das Buch.

Dessen Einband war aus goldverziertem Leder, und die

langen Spalten eckiger Zeichen auf seinen Pergamentseiten glühten aus sich selbst heraus in einem grünen Licht. An den Rändern bewegten sich bunte Gemälde von gehörnten Tieren vor Rikus' Augen, die grasten oder herumsprangen, als streiften sie noch immer durch die Täler, in denen der Künstler sie zuerst gesehen hatte.

Trotz der magischen Bilder in dem Buch war Rikus mehr an dem interessiert, was er nicht sehen konnte. Er strich mit seiner Hand zuerst unter und dann über dem dicken Buch entlang und fragte: »Was hält es hoch?«

»Was es hochhält?« fauchte Lyanius. »Ich zeige Euch das *Buch der Könige von Kemalok*, und Ihr fragt nach dem Mechanismus eines einfachen Zaubers?«

»Ich habe noch nie großes Interesse an Büchern gehabt. Man hat in den Sklavenhäusern wenig Zeit, lesen zu lernen«, sagte der Mul und richtete seine Aufmerksamkeit dann selbstbewußt wieder auf das Buch.

»Ich kann auch nicht lesen – zumindest nicht dieses Buch«, antwortete Lyanius, nachdem er sich beruhigt hatte. »Es ist in der Sprache unserer Vorfahren geschrieben. Ich habe nur wenig davon übersetzen können, aber genug, um zu wissen, daß dieses Buch die Geschichte von Kemalok erzählt.«

»Das ist – eh – interessant«, sagte Rikus und schaute über die Schulter zu Neeva hinüber, um zu sehen, ob sie verstanden hatte, warum Lyanius so viel Wert darauf gelegt hatte, sie hierher zu bringen.

»Ich glaube, Rikus wird die Große Halle interessanter finden, *Urhnomus*«, sagte Caelum, dem Rikus' verwirrter Gesichtsausdruck auffiel. »Wichtig ist doch nicht, daß unsere Freunde die Bedeutung dessen, was sie getan haben, vollauf verstehen, sondern daß sie überhaupt verhindert haben, daß das *Buch der Könige* in urikische Hände fiel.«

Caelums Worte beruhigten den alten Zwerg. »Du bist sehr weise für jemanden, der noch nicht einmal hundert Jahre alt ist«, sagte er und nickte stolz.

Nachdem sie den kleinen Raum verlassen hatten, sprach der Reliefkopf kurz mit Lyanius, und dann schloß sich das Tor aus eigenem Antrieb. Der alte Zwerg führte seine Freunde weiter den Gang hinab und bog um eine weitere Ecke. Dieses Mal blieben sie vor zwei massiven Holztüren stehen, die so von trockener Fäulnis durchzogen waren, daß Rikus überrascht war, daß sie überhaupt noch in ihren Scharnieren hingen.

Trotz des Verfalls der Türen waren die Schnitzereien auf ihnen, die fremdartige Tiere zeigten, ansehnlich und deutlich geblieben. Die bösartigen Bestien ähnelten Bären, außer daß sie, anders als die panzergeschützten Wesen, gegen die Rikus gekämpft hatte, nur von einem dichten Geflecht langen Fells geschützt wurden. Der Mul fragte sich, ob die Schnitzereien vielleicht freundliche Wesen darstellten, die die Vorfahren der Zwerge als Haustiere gehalten hatten.

Als Lyanius auf die großen Türen zuschritt, schwangen sie auf und gaben den Blick in einen prachtvollen Raum frei, der so groß war, daß die Fackeln ihn nicht vollständig erhellen konnten. Dennoch konnte der Mul, als sie an den Wänden des Raumes entlanggingen, erkennen, daß er einst eine großartige Festhalle gewesen sein mußte. Von den Wänden hingen Dutzende von Stahlwaffen aller Größen und Arten herab, und daneben prangten riesige Wandgemälde in kraftvollen Farben. Diese Gemälde stellten entweder romantische Szenen zwischen einem gutaussehenden Zwergenadligen und seiner wunderschönen Dame dar oder mutige Kämpfe, in denen einzelne Zwergenritter Riesen, vierköpfige Schlangen und Dutzende von rotäugigen Menschenbestien besiegten. Lyanius führte sie zur Frontseite des Raumes und bat Rikus dort, vor einem großen Bankettisch stehenzubleiben. Der Mul warf einen zweifelnden Blick in Neevas Richtung, tat aber, wie ihn der alte Zwerg geheißen. Lyanius reichte seine Fackel an seinen Sohn weiter und verschwand dann in der Dunkelheit.

Mehrere Augenblicke lang durchstöberte der alte Zwerg den Raum nach allen Seiten und schlug Schilde und Äxte gegeneinander. Schließlich kehrte er mit einem schwarzen, über seine Schulter geschlungenen Gürtel und einem Stahlschwert in den Armen zu dem Trio zurück. Er legte den Gürtel auf den Tisch, wandte sich dann mit dem langen Schwert Rikus zu und schlug mit der flachen Seite der Klinge auf den linken Arm des Mul.

»Im Namen und in Anwesenheit eines der einhundertundfünfzig Könige der alten Zwergenrasse würdige ich Eure Tapferkeit bei der Vertreibung der urikischen Eindringlinge vor den Toren von Kemalok«, sagte Lyanius, lächelte Rikus starr an und schlug auf den anderen Arm des Mul. »Ich ernenne Euch zum Ritter der Zwergenkönige und überreiche Euch diese Waffe der Magie, *Rkards Geißel.*« Als der greise Zwerg ihm die Waffe entgegenhielt, sank Rikus' Kinn herab. »Wird es Rkard nicht erzürnen, wenn ich in Kemalok eine Waffe trage?« murmelte er. »Besonders wenn es sich um seine eigene handelt?«

»Dies ist nicht Rkards Waffe«, erklärte Lyanius. »Es ist die Klinge, die seine letzte Wunde verursacht hat, jene, die ihn getötet hat. Was die Gesetze Kemaloks betrifft – Gästen ist es untersagt, Waffen zu tragen, aber Ihr seid jetzt kein Gast mehr. Ihr seid ein Ritter der Stadt.«

Sobald Rikus' Hand das Heft der Waffe berührte, begann sein Geist verwirrt umherzuwirbeln. Plötzlich konnte er die Herzen seiner Gefährten wie die Trommeln gulgischer Krieger schlagen hören, und ihr Atem klang für ihn wie ein Staubtaifun, der über der Treibsandsee heranrauscht. Hinter Rikus erklang das rauhe Geräusch von riesigen Klauen, die über Fels kratzen. Der Mul sprang instinktiv auf die Füße und fuhr herum, mußte jedoch entdecken, daß das Geräusch nur von einem schwarzen Käfer verursacht worden war, der in mehreren Metern Entfernung über den Boden eilte.

Kaum hatte er sich von diesem seltsamen Geräusch erholt, als er auch schon hörte, wie Wrabflügel die Luft außerhalb der großen Halle heftig peitschten. Er drängte sich an Neeva und Caelum vorbei, eilte auf die Türen der Halle und schob sie zu. Das Quietschen ihrer Scharniere dröhnte in seinen Ohren und lief sein Rückgrat hinab wie ein Blitzschlag, und das ohrenbetäubende Krachen des einrastenden Riegels riß ihn fast von den Füßen. Kurz darauf landete der Wrab mit wuchtigem Poltern an der Außenseite der Tür. Schreckliche Scharrgeräusche hallten durch das Holz, als das Wesen nach einem Riß suchte. Rikus schüttelte den Kopf und wich stolpernd von den Türen zurück, wobei er Rkards Geißel anhob, um sich zu verteidigen.

Als die Klinge sichtbar zu glühen begann, fing der verwirrte Geist des Mul langsam an, einen Sinn in der Situation zu erkennen. Das Schwert war magisch, erkannte er. Durch das Schwert konnte er jedes in der Nähe befindliche Geräusch so hören, als wäre es von einem Riesen verursacht worden, der sich neben seinem Ohr befand.

»Rikus, was ist los?«

Neevas besorgte Stimme dröhnte durch seinen Kopf wie ein Donnerschlag und zerstreute die Gedanken, die er gerade mühsam gesammelt hatte. Der scharfe Schmerz, der durch sein Ohr schoß, ließ ihn aufschreien. Schließlich ließ Rikus das Schwert fallen und sank auf die Knie.

»Was ist los mit ihm?« fragte Neeva. Ihre Worte schmerzten die Ohren des Mul noch immer, obwohl sie nicht mehr so laut zu sein schienen wie noch vor einem Moment.

»Rikus, nehmt das Schwert wieder auf«, befahl Lyanius. »Ich hätte Euch warnen sollen, bezüglich dessen, was zu erwarten war, und Euch sagen sollen, wie Ihr die Magie kontrollieren könnt.«

Als Rikus nicht nach dem Schwert griff, schlurfte der alte Zwerg auf ihn zu.

»Ich glaube nicht, daß ich dieses Schwert haben will«, sagte Rikus und betrachtete die Klinge ängstlich.

Lyanius blieb neben ihm stehen. »Nehmt das Schwert auf«, flüsterte der Zwerg. »Konzentriert Euch auf ein Geräusch, und die anderen werden verschwinden. Ihr werdet feststellen, daß sein Besitz Euch nützen wird.«

Widerwillig gehorchte Rikus, wobei er seine Gedanken auf den Atem des alten Zwerges konzentrierte. Zu seiner Überraschung verblaßten alle anderen Geräusche. Er blieb sich ihrer bewußt, aber sie hallten nicht mehr in seinem Kopf wider und schmerzten auch nicht mehr in seinen Ohren. Unglücklicherweise klang der Atem des alten Zwerges für ihn aber noch immer wie das Brüllen eines Drachen.

»Und jetzt, nachdem Ihr Euch auf ein ausgewähltes Geräusch konzentriert habt, sprecht in normalem Tonfall«, sagte Lyanius.

Rikus hielt seine Aufmerksamkeit weiterhin auf den Atem des alten Zwerges gerichtet und antwortete dann: »Gut, und was jetzt?«

Das Geräusch des Luftstroms in die Lungen des alten Zwerges hinein und wieder aus ihnen heraus schwächte sich bis auf die Lautstärke seiner eigenen Stimme hinab ab, und Rikus stellte fest, daß er wieder denken konnte.

»Jetzt kommt mit mir«, sagte Lyanius.

Rikus stand auf und folgte dem Zwerg zurück zu dem Bankettisch.

»Kann das Schwert noch andere Dinge tun?«

»Ich weiß es nicht«, antwortete Lyanius. »Ich habe gesehen, daß es im *Buch der Könige* erwähnt wird, aber ich konnte nicht genug von den Einträgen verstehen, um alle möglichen Fähigkeiten der Waffe zu kennen.«

Während Lyanius sprach, stimmte Rikus sein magisch verstärktes Hörvermögen ein, indem er sich auf die Worte des Zwerges konzentrierte. »Danke für die Klinge. Ihr erweist mir damit große Ehre.«

»Wir sind noch nicht fertig«, sagte der alte Zwerg und nahm den schwarzen Gürtel vom Tisch.

Lyanius hielt den Gürtel Rikus entgegen, und sein steifes Leder verursachte ein Geräusch, als würden Kieselsteine auf Kopfsteinpflaster fallen. Der Gürtel war so breit, daß er fast an eine Schärpe erinnerte. Die Schnalle war unter einem Feld roter Flammen verborgen und trug in der Mitte den Schädel eines wilden Halbmenschen.

»Dies ist der Feldherrengürtel«, sagte Lyanius und band ihn Rikus um die Taille.

Rikus trat zurück und fragte: »Was kann er tun?«

Seine Frage ließ den alten Zwerg kichern. »Ihr braucht

Euch keine Gedanken zu machen«, sagte Lyanius. »Seine Magie ist nicht so eindringlich wie die von Rkards Geißel. Dieser Gürtel ist dreitausend Jahre lang von einem Zwergenfeldherrn an den nächsten weitergegeben worden. Er war ein Symbol der Autorität über alle Heere der Zwerge.«

»Warum gebt Ihr ihn mir?« fragte Rikus und ließ es zu, daß der alte Zwerg den Gürtel um seine Taille legte.

»Weil Ihr der einzige Ritter seid, der seiner wert ist.«

»Tatsächlich seid Ihr überhaupt der einzige Ritter«, fügte Caelum hinzu, »der ihn überhaupt tragen kann.«

Rikus wollte dem Zwerg gerade erneut danken, als er einen Warnruf von der anderen Seite der geschlossenen Türen widerhallen hörte. Obwohl er die Worte nicht verstehen konnte, erkannte er doch die Stimme als die der glasäugigen Skulptur an der Tür des Raumes, in dem das *Buch der Könige* aufbewahrt wurde.

»Das Buch!« rief er aus und wandte sich den Türen zu.

»Was ist damit?« stieß Caelum hervor.

»Die Tür hat gerade geschrien«, rief er und machte Lyanius ein Zeichen, ihm zu folgen.

Bevor er noch etwas erklären konnte, hörte der Mul Maetans Stimme überrascht aufschreien. Ein lautes Dröhnen folgte dem Schrei des Geistbeugers.

Als Rikus die Türen der Halle erreichte, öffneten sie sich aus eigenem Antrieb. Der Wrab, der sich an ihnen festgehalten hatte, flog jetzt auf und stürzte sich auf den Mul, aber Rikus zerquetschte das widerliche kleine Tier noch in der Luft, bevor es Gelegenheit hatte, ihn zu erwischen.

Rikus wandte sich hastig dem Gang zu und hörte die Tür erneut schreien. Es gab eine weitere Explosion, deren Geräusch in dem engen Raum widerhallte und ihren Ohren

Schmerzen verursachte. Der Mul rannte los und verließ sich darauf, daß seine Gefährten ihm folgen würden. Nach der heftigen Explosion wurde der Bergfried verdächtig still. Der Mul hatte den Eindruck, daß es endlos lange dauerte, ihre Schritte zurückzuverfolgen. Der Gang war viel länger, als er ihn in Erinnerung hatte, und seine Enttäuschung wurde noch dadurch verstärkt, daß er mehrere Male in falsche Nebenräume einbog, obwohl sie dem ähnelten, in dem sich das Buch befand.

Schließlich erreichte er den richtigen Raum, und dieses Mal zweifelte er nicht daran, daß er auch wirklich den richtigen gefunden hatte. Vor sich erkannte er die schwerfällige Gestalt König Rkards, das Heft seiner Klinge in zwei Hälften gespalten und seine schwarze Rüstung von einer Explosion verbeult und versengt. Rikus spähte zögernd in den Helm hinein und sah, daß jenes grüne Tuch, das das Gesicht des Königs umhüllt hatte, fortgebrannt worden war. Jetzt spähte nur noch ein verkohlter Schädel, der halb von zäher, ledriger Haut bedeckt war, unter dem Visier hervor.

Während der Mul Rkards Gesicht betrachtete, begann ein gelbes Licht tief in den Augenhöhlen des Leichnams zu glimmen. Da er nicht wollte, daß er der erste wäre, den der König sah, wenn er ins Bewußtsein zurückkehrte, trat Rikus beiseite und wandte sich dem Raum zu, in dem das Buch aufbewahrt wurde.

Die Bronzetür hatte sich aus ihren Scharnieren gelöst und war verdreht, als habe ein Riese sie aufgetreten. Die Glasaugen des Flachreliefs waren aus dem Gesicht gerissen worden und lagen jetzt zerschmettert auf dem Steinboden.

Lyanius kam hinter Rikus heran, stürmte dann in den Raum und stieß einen ärgerlichen Schrei aus. »Es ist fort!«

»Was ist passiert?« fragte Caelum. »Wer kann das getan haben?«

»Maetan«, antwortete Rikus und schaute den langen Gang hinab. Neeva kam hinter ihnen heran, und ihre Fackel warf einen flackernden Kreis gelben Lichts auf die kleine Gruppe. Sie brauchte nicht zu fragen, was geschehen war.

Lyanius eilte aus dem Raum und packte Rikus' Hand. »Ihr müßt ihn finden! Dieses Buch enthält die Geschichte meines Volkes!«

Während der alte Zwerg sprach, stand König Rkards Leichnam auf. Ohne auf Rikus und seine Begleiter zu achten, sah er sich um, als suche er etwas.

Der Mul trat von den anderen fort. »Still. Ich werde das Schwert benutzen, um Maetan aufzuspüren.«

Der Mul umfaßte einige Zeit lang das Heft seiner neuen Waffe und lauschte auf die Geräusche der antiken Zwergenstadt. Er konnte das unruhige Atmen seiner Gefährten hören, das gelegentliche Quietschen von Metall, wenn Rkard seine Lage veränderte, sogar das sanfte Zischen der Fackel, die sie in der großen Halle zurückgelassen hatten – aber er entdeckte nicht den kleinsten Hinweis auf Maetans Anwesenheit.

»Er ist fort«, sagte Rikus schließlich.

Lyanius stöhnte und barg sein Gesicht in den Händen. »Wie?«

»Der Weg«, antwortete Neeva.

Mit einem Ausdruck grimmiger Entschlossenheit senkte Rikus die Schwertspitze auf den sandbestreuten Boden hinab. »Ich werde das Buch wiederbeschaffen«, sagte er. »Selbst wenn ich Fürst Lubar den ganzen Weg bis Urik jagen muß.«

»Ich werde mit Euch gehen«, sagte Caelum eindringlich. »Und ebenso viele der jungen Zwerge des Dorfes. Es gibt viele, die diese Suche gern zu ihrer Bestimmung machen würden.«

Rikus nickte. »Eure Hilfe ist willkommen.«

Lyanius' Augen leuchteten auf. Als wolle er sich selbst beweisen, daß sein neu ernannter Ritter nicht nur eine grausame Illusion war, die der Dieb seines unbezahlbaren Buches zurückgelassen hatte, streckte der alte Zwerg eine Hand aus und berührte den Mul am Arm. »Könnt Ihr es tun?«

»Denk nach, bevor du antwortest, Rikus«, sagte Neeva. »Versprich nichts, was du nicht vollbringen kannst.«

Als Antwort legte Rikus eine Hand auf den Feldherrengürtel und ging dann auf den Ausgang zu. »Wir werden in einer Stunde nach Urik aufbrechen.«

»Du hast dir diesen Gürtel noch nicht verdient, mein Geliebter.«

Obwohl Neeva diese Worte nur leise geflüstert hatte, klangen sie für Rikus doch so laut wie die magischen Explosionen, die Maetan gebraucht hatte, um Rkard zu besiegen und das *Buch der Könige von Kemalok* zu erbeuten.

Wrogs Ring

»Halte Wache, und ich werde jemanden auswählen, der mein Spion sein soll«, sagte Maetan und barg seinen zerbrechlichen Körper zwischen zwei vom Wind blankgescheuerten Flußsteinen.

»Es gefällt mir nicht, um derart irdische Aufgaben gebeten zu werden«, wandte Umbra ein. In dem flachsfarbenen Licht von Athas' Zwillingsmonden war der Schattenriese kaum von der natürlichen Dunkelheit um sie herum zu unterscheiden.

»Bis ich meine Ehre an Rikus und seinen Tyrianern gerächt habe, ist keine Aufgabe irdisch!« bellte Maetan. »Tu was ich dir befehle – oder schätzt die Schwärze den Obsidian meiner Familie nicht mehr?«

Ein Streifen ebenholzfarbenen Gases strömte aus Umbras Mund. »Euer Stein hat Wert, aber eines Tages werdet Ihr seinen Wert überschätzen«, murrte er und spähte zu den bleichen Monden hinauf. »Ein Schatten braucht Licht, damit er Gestalt und Substanz haben kann. Es schmerzt mich, Euch unter solchen Bedingungen dienen zu müssen.«

»Wenn ich König Hamanu diese Sklaven nicht in Fesseln präsentiere, wird Schande über meinen Familiennamen kommen«, sagte Maetan. »Denkst du, mich kümmert dein Schmerz?«

»Nicht mehr als mich Eure Ehre kümmert«, erwiderte Umbra und kroch davon, um zu tun, was Maetan befohlen hatte. Seine dunkle Gestalt verschmolz mit den anderen Schatten, die den Abhang überzogen.

Maetan wandte seine Aufmerksamkeit der sandigen Schlucht unter ihm zu. Dort, umgeben von einem dichten Kordon schläfriger Wächter, lagerte die tyrianische Legion.

Die Gladiatoren ruhten am Anfang der Wasserrinne in wirrem Durcheinander, wo immer sie einen weichen Platz hatten finden können. Ein kurzes Stück weiter die Rinne hinauf lagen die Zwangsverpflichteten eines Adligen in Gruppen von zehn oder zwölf Kriegern zusammen. Viele von ihnen plauderten noch immer eifrig miteinander. Nahe bei ihnen schliefen die Zwerge von Kled in geordneten Kreisen, wobei jeder Zwerg flach auf dem Rücken und in Armeslänge von dem nächsten Zwerg entfernt lag.

Am weitesten die Schlucht hinauf schlummerten die Templer, die Soutanen gegen die frostige Wüstennacht um sich herum festgesteckt. Sie hatten sich in Pyramidenform arrangiert, wobei die Begünstigteren dem Anführer am nächsten lagen und die am wenigsten Begünstigten sich am unteren Rand ausgebreitet hatten. Maetan verstand nicht, warum die Tyrianer diese Verwalter gesandt hatten. Jetzt, da Kalak tot war, stand den Templern kein Hexerkönig mehr vor, der ihnen zu Zauber verhelfen konnte, und sie waren im Kampf nicht nützlicher als jeder normale Händler.

»Das ist nicht so wichtig«, sagte der Geistbeuger zu sich selbst.

»Wenn die Zeit gekommen ist, werden sie zusammen mit den anderen sterben.«

Mit diesen Worten hob er eine Handvoll Sand auf und hielt ihn dann über die ausgestreckte Handfläche der anderen Hand. Langsam ließ Maetan die Körner zwischen seinen

Fingern hindurchrieseln. Gleichzeitig gebrauchte er den Weg, um einen Strom mystischer Energie von tief in sich selbst heraufzubeschwören, und atmete diese Lebenskraft dann sanft in den Sand, während dieser von einer Hand in die andere tropfte.

Als er fertig war, stand eine nackte, fingergroße Gestalt auf seiner Handfläche. Sie schwang ihren mit Widerhaken versehenen Schwanz hin und her, blinzelte mit sanften, grünen Augen und streckte gleichgültig ihre winzigen Flügel aus.

Maetan wies mit einer Hand auf das tyrianische Lager. »Geh, mein Liebling, und schau in ihre Alpträume. Finde jemanden, der seine Gefährten betrügen wird, vielleicht jemanden, den es nach Reichtum jenseits seiner Reichweite verlangt, oder jemanden, der seinen Herrn fürchtet.«

Der Homunculus lächelte und entblößte dabei zwei nadelspitze Fänge, schlug dann mit den Flügeln und erhob sich in die Luft.

»Wenn du Erfolg gehabt hast«, sagte Maetan, »dann kehre zu mir zurück, und ich werde ihn zu einem der unseren machen.«

In der Klippenwand weit über Rikus' Kopf war das Bild eines Kes'Trekel eingemeißelt. Die mit Widerhaken versehene Zunge des riesigen Raubtieres wand sich aus einem gekrümmten Schnabel, und es hatte seine Klauen weit gespreizt. Die gezackten Flügel des Wesens waren weit ausgebreitet, um den Wind einzufangen, und an den Gelenken dieser Flügel befanden sich kleine, dreifingrige Hände. In einer Hand hielt es eine Knochensichel und in der anderen eine zusammengerollte Peitsche aus Knochen und Schnur.

»Wie sind sie dort hinaufgelangt, um das einzumeißeln?«

fragte Rikus, während seine Augen die Klippenwand absuchten.

»Warum sollten sie sich die Mühe gemacht haben?« erwiderte Neeva und schaute von dem in den Fels gemeißelten Bild fort. »Kes'Trekels sind wohl kaum ein Thema für die Kunst. Sie sind nichts weiter als zu groß geratene Aasfresser.«

»Kes'Trekels sind vielleicht Aasfresser, aber sie sind auch so bösartig wie Halblinge, so verschlagen wie Elfen, und einige sind sogar so groß wie Halbriesen«, sagte Caelum, der sich noch immer halb den Hals verrenkte, um die Darstellung zu betrachten. »Ich würde dieses Bild als Warnung verstehen.«

Zusammen mit Styan, der gleichbleibend still war, standen die drei in einer kargen Schlucht, die von turmhohen Klippen aus hartem, gelbem Quarzit begrenzt wurde. Die Schlucht war so tief und eng, daß nur ein Spalt des olivgefärbten Himmels über ihnen zu sehen war. Nur die schmachtende Hitze und ein Schimmer karmesinroten Lichts am Rande der Schlucht zeigten an, daß die Morgensonne bereits hoch am Himmel stand.

Über dem Kes'Trekel hatte jemand eine riesige Höhle in die Klippenwand gehauen, und ein Gewirr von Ziegelsteintrennwänden war in diese Höhle gebaut worden. Von außen konnte Rikus nur wenig von der Höhle sehen, lediglich eine mehrere Stockwerke hohe Wand, die mit einer Kalkmasse verputzt und mit quadratischen Fenstern durchsetzt war. Am Fuß dieser Wand überragte ein Teil der Bauten das Tal. Inmitten dieser Wandpartie befand sich eine große, kreisrunde Öffnung.

»Ich würde sagen, daß das der Ort ist, wohin unsere Krieger verschwunden sind«, sagte Rikus und deutete auf den Überhang.

Neeva sah sich in der Schlucht um. »Ich sehe nicht, wohin sonst sie gegangen sein könnten«, stimmte sie zu. »Du glaubst also, daß sowohl K'kriq als auch die Fährtensucher, die du ihm nachgeschickt hast, dort oben sind?«

»Das vermute ich«, sagte der Mul.

In der Dämmerung der vorhergehenden Nacht hatte die Legion ihr Lager in einem sandigen Einschnitt am Eingang einer engen Schlucht errichtet. Da Thri-Kreens keinen Schlaf brauchen, hatte Rikus K'kriq vorausgeschickt, um die Route für den nächsten Tag zu erkunden. Der Krieger war beim ersten Licht jedoch noch nicht zurückgekehrt, so daß der Mul fünf Gladiatoren ausgesandt hatte, um nach ihm zu suchen. Als diese Gruppe auch nicht zurückkehrte, war Rikus selbst in die Schlucht gegangen, um Nachforschungen anzustellen. Er hatte Neeva und Caelum mitgenommen, falls er in Schwierigkeiten geraten sollte. Überraschenderweise hatte Styan gebeten, sie begleiten zu dürfen.

Nach zwei Meilen langsamen Marsches waren die Klippenhäuser das einzige Ungewöhnliche, was die Gruppe in dem Tal entdecken konnte.

»Wie sollen wir den Eingang erreichen?« fragte Caelum und betrachtete die steile Klippe unterhalb der Öffnung.

»Warum sollten wir das überhaupt wollen?« fragte Styan und sagte damit zum ersten Mal etwas. Er sah Rikus offen an. »Es genügt, daß Ihr Caelums Rat ignoriert und diese Öde durchquert, aber *unsere* Leben für einen Thri-Kreen und ein paar Krieger zu riskieren...«

»Das würden sie auch für uns tun«, antwortete der Mul barsch.

»Und was das Überqueren der Hügel betrifft, so ist dies die einzige Möglichkeit, die Oase vor Maetan zu erreichen.«

K'kriq hatte gesehen, daß Maetan mit einer großen Gruppe urikischer Krieger reiste. Sie zogen um eine Landzunge felsiger Wüste herum, die mehrere Meilen weit in die Sandwüste hineinragte. Aus dem, was der Thri-Kreen berichtet hatte, konnte man ersehen, daß die Gruppe des Geistbeugers auf ein brackiges Wasserloch zuhielt, an dem eine Handvoll urikischer, ehrloser Halblinge rastete. Fest entschlossen, die Oase vor seinem Feind zu erreichen, führte Rikus seine Legion in die sich windenden Schluchten und über die gekrümmten Grate der zerklüfteten Landschaft.

Bevor die Legion ihre Reise jedoch fortsetzen konnte, mußte Rikus herausfinden, was mit K'kriq und den anderen Fährtensuchern geschehen war. Er ließ eine Hand auf das von seinem neuen Gürtel herabhängende Schwert sinken. Als sich die Finger des Mul um das Heft der Geißel schlossen, brach ein Dutzend unharmonischer Geräusche in einem ohrenbetäubenden Chaos über seinen Geist herein. Seine Ohren waren von dem Donnern schlagender Herzen und dem Brüllen der Morgenbrise erfüllt. Aus entfernten Höhlen erklang das Poltern zirpender Grillen, und das durchdringende Brummen der ungeduldigen Unterhaltungen seiner Krieger hallte vom Eingang der Schlucht wider.

Rikus spürte bei dem Ansturm des Lärms Übelkeit und Benommenheit. Er wollte nichts mehr, als ihn ausschließen, aber er zwang sich, das Schwert weiterhin zu umfassen und die Geräusche herauszusuchen, die aus der Höhle kamen. Schließlich gelang es ihm, einen Strom dünner Stimmen, die aus der Öffnung über ihnen drang, herauszuhören. Der Mul konzentrierte sich auf diesen Lärm und fragte ruhig:

»Wer seid Ihr? Was habt Ihr mit meinen Fährtensuchern gemacht?«

Natürlich antworteten die Stimmen nicht, aber die anderen Geräusche verblaßten soweit, daß er sich darauf konzentrieren konnte, was in der Höhle gesprochen wurde. Rikus erkannte schnell, daß sich gut ein Dutzend Männer und Frauen dort befand, die ihn von oben beobachteten und von denen die meisten jemandem namens Wrog besorgte Fragen stellten. Im Hintergrund konnte er ein schwaches Klacken heraushören, das so klang, als hätte K'kriq seine Kiefer mehrfach bewegt.

Rikus nahm seine Hand von dem Schwertheft und rief: »Wrog! Gebt mir meine Fährtensucher zurück, und ich werde in Frieden ziehen.«

Sie warteten mehrere Augenblicke lang auf eine Antwort. Als keine erklang, fragte Neeva: »Wer ist Wrog?«

Rikus zuckte die Achseln. »Ein Name. Ich dachte...«

Ein erschreckter Schrei unterbrach ihn. Er schaute auf und sah einen Mann, der wild mit den Armen um sich schlug, aus der über ihnen liegenden Öffnung fallen. Rikus griff zornig nach Rkards Geißel. Sofort hörte er viele Stimmen in brüllendes Gelächter ausbrechen.

Der herabfallende Mann stürzte scheinbar endlos lang auf den Mul zu. In einer Höhe, die der Größe eines Halbriesen entsprach, endete sein erschrecktes Schreien mit einem gequälten Aufschrei, als sein Abstieg endete. Mehrere Momente lang hing der Mann bewegungslos und ruhig mitten in der Luft. Zum Erstaunen des Mul und seiner Gefährten war keinerlei Anzeichen eines Seiles oder einer anderen Linie zwischen dem Herabfallenden und der Öffnung, aus der er gekommen war, zu sehen. Der unglückliche Bursche baumelte einfach mehrere Meter über dem Boden, ohne daß ein Grund dafür sichtbar gewesen wäre.

Rikus erkannte den Gladiator und rief: »Laban!«

»Seid Ihr verletzt? fragte Neeva.

»Ich bin eher erschreckt als verletzt«, erklang die zittrige Antwort.

Laban begann, während er sprach, langsam herabzusteigen. Der normalerweise gesunde Teint des Halbelfs hatte jetzt die Farbe von Salz, seine spitz zulaufenden Augenbrauen waren weitaus stärker gewölbt als sonst, und seine blutunterlaufenen Augen wölbten sich halb aus ihren Höhlen heraus. Ansonsten schien Laban für einen Mann, der gerade mehrere hundert Fuß tief gefallen war, bemerkenswert gelassen und gut beieinander zu sein.

Als der Gladiator in ihre Reichweite herabsank, ergriff Neeva ihn an den Schultern und half ihm, sich hinzustellen. »Wrog hat mich hinabgesandt, um Euch in sein Versteck einzuladen«, sagte er. Er deutete auf den dunklen Kreis im Boden des Überhangs. »Stellt Euch unter die Öffnung, und er wird Euch hinaufbringen.«

»Welche Art Leute sind das, Laban?« fragt Rikus und trat unter den Kreis.

»Sie nennen sich die Kes'Trekels«, antwortete der Halbelf. »Sie sind ein Sklavenstamm.«

»Gut«, sagte Rikus. »Es wird nicht schwer sein, zu einer Einigung zu kommen.«

»Seid Euch da nicht zu sicher«, sagte Laban. Er deutete auf das Schwert des Mul. »Ihr durftet keine Waffen mitnehmen.«

Rikus runzelte die Stirn, zog dann sein Schwert aus der Scheide und hielt es Neeva hin. »Du weißt, was von der Geißel zu erwarten ist?« fragte er.

Sie warf einen vorsichtigen Blick auf die Klinge und nickte dann.

»Ich war dabei, als Lyanius sie dir gegeben hat.«

Sobald ihre Hand das Heft berührte, verdrehte Neeva die Augen.

»Ruhig!« schrie sie und fiel auf die Knie.

Gleichzeitig begann sich Rikus stetig vom Boden zu erheben.

»Lausche auf meine Stimme«, sagte er. »Du wirst hören können, was ich dort oben sage.«

Als Antwort schrie Neeva.

Während seines Aufstiegs sprach Rikus weiterhin zu Neeva und gab ihr Anweisungen, wie sie die Macht des Schwertes kontrollieren konnte. Zuerst ließ sie die Waffe fallen und hielt sich die Ohren zu. Kurz darauf nahm sie sie aber wieder auf und hielt sie fest.

»So ist es besser«, sagte Rikus. »Wenn du die Klinge kontrollieren kannst, zumindest ein wenig, und mich hören kannst, dann tritt zu Laban.«

Neeva sah den Mul weiterhin an, tat aber, wie ihr geheißen. Erleichtert aufseufzend schaute Rikus zu der Höhle hoch und betrachtete sie und ihre Umgebung. Das Versteck war viel weiter vom Boden entfernt, als er geglaubt hatte. Seine Gefährten, die sich jetzt weit unter ihm befanden, waren nicht größer als seine Daumen, und ihre Gestalten schrumpften beständig weiter. Als er sich dem Eingang der Höhle näherte, wußte er, warum der Sklavenstamm diesen Ort als Versteck ausgewählt hatte. Er war der höchste Platz in der Schlucht. Lange Abschnitte der Schlucht waren in beiden Richtungen überschaubar. Selbst ohne formelle Wache hatte der Stamm der Kes'Trekel eine gute Chance,

Eindringlinge aus den Fenstern ihrer Behausungen heraus zu bemerken.

Noch wichtiger aber war, daß das Versteck Einsicht in beide Zugänge zur Schlucht gewährte. Am Eingang der Schlucht wartete ein dunkler Fleck winziger Figuren – die tyrianische Legion – in einem Bereich orangefarbener und brauner Felsen. In der anderen Richtung schnitt die Schlucht wie eine riesige Schwertwunde durch die Grate des zerklüfteten Gebietes und verlief mehr oder weniger gerade auf die gelben Dünen der dahinterliegenden Sandwüsten zu. Das war genau die Abkürzung, die Rikus brauchte, um Maetan auf dem Weg zur nächsten Oase zu überrunden.

Rikus erreichte den Eingang des Verstecks, und ein dunkler Schatten fiel über seine Schultern. Während er über dem Boden dahinschwebte, war der Mul zeitweise fast blind, bis sich seine Augen an das gedämpfte Licht gewöhnt hatten. Der feuchtkalte Raum stank nach Schweiß und ungewaschenen Körpern, obwohl der scharfe Geruch frischer Silberbüsche den Gestank etwas überdeckte.

»Kenne ich Euch?« grollte eine kehlige Stimme. Der Mul vermutete, daß es Wrog war.

Rikus schaute auf und sah die hoch aufragende Gestalt eines riesigen Halbmenschen vor dem scharlachroten Licht eines Fensters. Die verschwommene Gestalt war sicherlich zwei Köpfe größer als Rikus, und sein Körper war auch wuchtiger und muskulöser als der des Mul. Wrog hielt eine Hand über Rikus' Kopf. Das Schimmern von Gold an einem seiner Finger ließ vermuten, daß ein verzauberter Ring die Magie lieferte, die ihn in den Raum transportiert hatte.

»Ich bin Rikus«, sagte der Mul. Dem Flüstern, das daraufhin durch die Gruppe lief, entnahm Rikus, daß zumindest einige der entflohenen Sklaven in dem großen Raum ihn aus seiner Zeit in der Arena von Tyr kannten.

Wrog schaute sich im Raum um. »Es scheint so, als sollte ich beeindruckt sein.« Und nach einer kurzen Pause fügte er hinzu: »Ich bin es nicht.«

Als sich seine Augen an die Dunkelheit gewöhnt hatten, sah der Mul, daß Wrog ein Lask war, ein Angehöriger einer jener Rassen, die immer wieder in der tiefsten Wüste geboren werden. Seine ledrige Haut von geflecktem Orange und Grau würde in den felsigen Einöden, die den größten Teil Athas' bedeckten, eine ausgezeichnete Deckung für ihn abgeben. Die Hände an den Enden der herabhängenden Arme des Halbmenschen hatten nur drei Finger und einen Daumen, die alle in scharfen Krallen endeten. Wrogs Kopf war flach und eckig, mit einem Wulst goldfarbener Spitzen, die aus einer Masse faltiger Haut herausragten. Seine großen, orangefarben geränderten Augen befanden sich über einem dicken, kastenförmigen Maul, aus dem zwei kräftige, goldene Fänge hervorstanden, die wie die Scheren eines Insekts leicht einwärts gebogen waren. Zu Rikus' Zeit als Gladiator wäre der Lask vielleicht eine interessante Herausforderung gewesen.

Jetzt war der Mul jedoch nur daran interessiert, Wrogs Freundschaft zu erringen. Rikus betrat den Holzboden. Er sah sich in dem Raum um und bemerkte fast dreißig entflohene Sklaven aller Rassen. Viele hatten gräßliche Narben auf ihren Händen und Beinen, die sie sich ohne Zweifel in den Obsidiansteinbrüchen von Urik eingehandelt hatten.

An einem Dutzend Öffnungen rund um den Raum verteilt, kauerten Bogenschützen, die mit langen, doppelt geschwungenen Bögen bewaffnet waren. Sie alle hatten Pfeile mit Obsidianspitzen aufgelegt und spähten durch die schmalen Spalten im Boden zu Neeva und ihren Gefährten hinab.

In einer Ecke des Raumes lag K'kriq. Der Thri-Kreen war fest in ein Netz roter, mit Dornen versehener Schnüre eingebunden. Rikus war überrascht, daß sein Freund bereits einen Teil des Netzwerks zerrissen hatte, denn der Mul hatte in der Arena oft ähnliche Schlingen benutzt und wußte, daß man sie eigentlich überhaupt nicht zerreißen oder zerschneiden konnte. Die aus Elfenseil gefertigten Stränge bestanden aus miteinander verflochtenen Kakteenfasern, die ihre nadelbestückten Tentakel hervorschießen ließen, um arglose Tiere zu umwickeln und ihren Körpern lebensspendende Säfte zu entziehen.

Obwohl K'kriqs Arme und Beine an seinen Seiten festgebunden waren, umringten ihn dennoch vier Männer, die ihre Speere bereit hielten, um bei der geringsten Bewegung zuzustoßen. Neben ihnen kniete der Rest der tyrianischen Fährtensucher. Ihre Hände waren gebunden und ihre Münder mit gegerbten Schlangenhäuten geknebelt. Obwohl einige von ihnen offenbar geringfügige Verletzungen und Quetschungen erlitten hatten, schien es, als seien sie nicht ernstlich mißhandelt worden.

Nachdem Rikus den Raum inspiziert hatte, wandte er sich wieder Wrog zu. »Ihr habt meine Krieger nicht verletzt, also besteht kein Anlaß zu Streitereien zwischen uns. Benutzt Eure Magie, um uns sicher hinabzulassen, und wir werden uns auf den Weg machen.«

Wrog hob seine Oberlippe zu etwas Ähnlichem wie einem spöttischen Grinsen oder ein Lächeln. »Das kann ich nicht tun«, sagte er. »Ihr und Eure Krieger könnt hier bei uns bleiben oder aus eigener Kraft gehen.« Er spähte vielsagend durch das Loch im Boden. »Ihr habt die Wahl.«

Der Mul verengte seine Augen. »Es gibt keinen Grund, einen Kampf mit uns zu beginnen. Wir sind aus Tyr, der Freien Stadt. Alles, was wir wollen, ist, durch Eure Schlucht zu ziehen und Maetan von Urik auf der anderen Seite zu erwischen.«

»Warum?« fragte ein mürrischer, alter Zwerg. Quer über seine beiden Unterarme verliefen furchtbare, rote Narben.

»Um ihn zu töten«, antwortete Rikus. »Fürst Lubar hat ein Heer gegen Tyr geführt, und jetzt wird er dafür mit seinem Leben bezahlen.«

Viele der Männer, die sich in dem Raum befanden, ließen anerkennende Kommentare laut werden, was den Mul jedoch nicht überraschte. Zusätzlich zu ihren Gladiatorengruben besaß die Familie Lubar auch noch die weitreichendste Abbaukonzession in Urik. Zweifellos waren viele der anwesenden Sklaven in den schmutzigen Lubargruben aufgezogen worden.

»Ich sage, wir lassen sie gehen«, sagte der alte Zwerg. »Wir haben alle von dem Aufstand in Tyr gehört. Die Kes'Trekel haben von einer ihrer Legionen nichts zu befürchten.«

Mehrere jener, die von den gräßlichen Steinbruchnarben gezeichnet waren, drückten ihre Zustimmung aus, aber andere schrien sie nieder. Wrog betrachtete die streitsüchtige Gruppe mit einem zusammengekniffenen Auge. Nachdem er einen Moment überlegt hatte, wandte er sich erneut an den Mul.

»Wenn es um Maetan von der Familie Lubar geht, glaube ich nicht, daß Ihr derjenige sein werdet, der ihn töten wird,

Rikus«, sagte Wrog, wobei er den Namen des Mul verächtlich ausspie. »Es war klug, einen Fährtensucher in unsere Schlucht zu schicken. Das hat Eure Legion davor bewahrt, in einen Hinterhalt zu geraten. Eine zweite Gruppe auszusenden, die dasselbe Schicksal erlitten hat wie die Thri-Kreen, war nicht so klug. Aber selbst zu kommen, das war dumm – sogar für einen Mul.«

»Wir schätzen jeden unserer Krieger hoch ein«, konterte Rikus hitzig. »Wir haben bereits eine urikische Legion besiegt, die uns zahlenmäßig um ein Fünffaches überlegen war.« Der Mul fügte nicht hinzu, daß sie einen Sklavenstamm genauso leicht besiegen könnten, obwohl sein Blick die unausgesprochene Drohung übermittelte.

Wrogs orangefarben geränderte Augen zeigten eher Verärgerung als Besorgnis. »Ihr würdet feststellen, daß die Kes'-Trekel ein gerissenerer Feind sind«, erwiderte der Lask. »Wenn Ihr die Leben Eurer Krieger so hoch schätzt, wie Ihr behauptet, habt Ihr nur eine Wahl: Schließt Euch unserem Stamm an. Versucht etwas anderes zu tun, und ich werde Eure Legion so vernichten, wie Ihr die Uriker vernichtet zu haben behauptet.«

Nur das Wissen, daß es für K'kriq und seine anderen vier Fährtensucher einen schnellen Tod bedeuten würde, wenn er einen Kampf begann, hielt den Mul davon ab, Wrog anzugreifen. Trotz seines wachsenden Zorns erkannte Rikus, daß ein Kampf nicht die beste Möglichkeit war, dieses Problem zu lösen. Selbst wenn es ihm gelänge, dem Versteck mit K'kriq und den vier Gladiatoren zu entfliehen, würde er bei dem Versuch, sich durch die enge Schlucht des Sklavenstammes zu kämpfen, zu viele Männer verlieren. Er mußte einen besseren Weg finden.

»Wenn es zu einem Kampf zwischen Eurem Stamm und meiner Legion kommt, werden wir beide mehr Krieger verlieren, als uns lieb ist«, sagte der Mul und schluckte seinen Stolz hinunter. Er beschloß, ein großes Risiko auf sich zu nehmen, und fuhr fort: »Statt dessen sollten wir gemeinsam kämpfen.«

»Warum sollten wir unser Leben für Tyr riskieren?« fragte Wrog, dessen Stimme jetzt überheblich und verächtlich klang.

»Für ein Heim in der Freien Stadt«, antwortete der Mul und sah sich in dem Raum um. »Wenn Ihr mit uns kämpft, werdet Ihr Land erhalten und Schutz vor Sklavenfängern.«

Bevor irgendeiner seiner Gefolgsleute seine Meinung sagen konnte, spie Wrog eine Antwort aus. »Land wird uns nichts nützen. Wir sind keine Bauernsklaven«, spottete er. »Und was Sklavenfänger betrifft, haben wir hier weniger Grund, sie zu fürchten, als in Eurer Stadt. Bis jetzt haben die urikischen Legionen unser Versteck noch nicht gefunden. Eure Stadt können sie aber sehr leicht finden.«

»Ihr habt nichts, was Ihr uns anbieten könntet«, sagte ein rothaariger junger Mann. Die Hautpartie um seine Augen war von zwei sternenförmigen Tätowierungen bedeckt.

»Eisen«, sagte K'kriq. Die Wächter des Thri-Kreen schlugen mit ihren Speerspitzen auf seinen Panzer ein, aber der Krieger beachtete sie nicht. »Sklavenstämme lieben Eisen.«

Rikus lächelte. »K'kriq hat recht«, sagte er. »Tyr kann Euch in Eisen bezahlen.«

Selbst Wrog konnte dieses Angebot nicht ignorieren. »Wie viel?«

»Ein Pfund pro Woche für je hundert Krieger, die sich uns anschließen«, antwortete Rikus.

»Ich bin dabei«, sagte der Mann mit den tätowierten Augen.

»Ich auch«, sagte ein weiblicher Mul. Ihr Gesicht war nur unmerklich weniger durchfurcht als Rikus', und wenn sie grinste, zeigte sie einen Mund voll Zähnen mit nadelscharfen Spitzen.

»Ich könnte eine gute Axtklinge gebrauchen.«

Als auch mehrere andere ihre Absicht bekundeten, sich den Tyrianern anzuschließen, betrachtete Wrog Rikus mit mißtrauischer Miene. Schließlich sagte er: »Wir nehmen Euer Angebot an, aber nur, wenn Ihr Eure Bereitschaft beweist, einen so hohen Preis zu zahlen.«

»Ihr habt mein Versprechen«, sagte Rikus.

»Aus einem Versprechen kann man keine gute Axt machen«, grollte der weibliche Mul.

Der Mann mit den tätowierten Augen zog sein Angebot ebenfalls zurück, wie auch die anderen, die ihre Unterstützung zugesagt hatten.

Verärgert durch den plötzlichen Stimmungswechsel, runzelte Rikus die Stirn. »Wenn irgend jemand daran zweifelt, daß mein Wort gilt...«

»Zeigt uns das Eisen«, unterbrach Wrog ihn, und seine Oberlippe verzog sich zu seiner seltsamen Imitation eines Lächelns. »Dann werden wir nicht mehr an Eurem Versprechen zweifeln.«

»Keine Legion trägt reines Eisen bei sich«, fauchte der Mul.

»Was ist mit Euren Waffen?« fragte Wrog.

»Ich kann nicht die Klingen meiner Krieger verpfänden«, antwortete Rikus. »Und außerdem haben wir nur wenige Stahlwaffen.«

Es wurden zahlreiche Seufzer der Enttäuschung laut, aber niemand schlug vor, den Mul beim Wort zu nehmen. Wrog grinste Rikus schmunzelnd an und deutete dann auf den Ausgang des Verstecks. »Damit bleibt nur noch Eure ursprüngliche Entscheidung. Bleibt oder springt.«

Oder kämpft, fügte Rikus im Geiste hinzu. Aber die dritte Möglichkeit gefiel ihm nicht besser als die beiden anderen. Selbst für ihn würde es schwierig sein, so viele Gegner zu vernichten, bevor die entflohenen Sklaven K'kriq und die vier Gladiatoren töten würden. Nicht einmal Neeva und ihre Gefährten würden lange genug überleben können, um zu fliehen, denn der Mul zweifelte nicht daran, daß Wrog seinen Bogenschützen befehlen würde, zu schießen, sobald der Kampf ausbräche.

In der Erkenntnis, daß er nichts zu verlieren hatte, beschloß Rikus, ein verzweifeltes Wagnis einzugehen. »Wenn der König von Tyr verspricht, das Eisen zu liefern, das ich Euch angeboten habe, werdet Ihr Euch dann meiner Legion anschließen?«

»Wie kann er das tun?« fragte Wrog. »Ist er bei Euch?«

»Er ist in Tyr«, sagte Rikus. »Seid Ihr einverstanden?«

Wrog wollte den Kopf schütteln, aber der Mann mit den tätowierten Augen unterbrach ihn. »Die Karawanensklaven sagen, daß dieser Tithian ein König der Versklavten ist. Sie sagen, daß er sie von ihren adligen Herren befreit hat und daß er sie umsonst von seinen Quellen trinken läßt. Wenn ein solcher Mann ein Versprechen gibt, dann werde ich kämpfen.«

Einer nach dem anderen schlossen sich die Gefolgsleute dieses Mannes seiner Meinung an, und schließlich nickte auch Wrog mit seinem kantigen Schädel.

Der Mul griff in seine Gürteltasche und entnahm ihr den Olivin, den er Styan abgenommen hatte. »Durch diesen Kristall werdet Ihr König Tithian hören und sehen können«, erklärte er.

Wrog verengte seine flachsfarbenen Augen. »Ich bin nicht so dumm, daß ich einem Zauberer trauen würde«, sagte er. »Ihr könntet mich betrügen.«

»Ich bin kein Zauberer«, bellte Rikus. Er deutete auf den Ring des Lask. »Ihr habt Euren Ring, und ich habe meinen Edelstein.«

Als Wrog diesem Argument nichts entgegenhielt, hielt Rikus den Olivin auf Armeslänge von sich und schaute hinein. Kurz darauf erschien Tithians Gesicht in den grünen Tiefen des Edelsteins. Der König trug das goldene Diadem, das er Kalak abgenommen hatte, und sein Mund verzog sich mißmutig. Aus der Haltung des Königs hätte man schließen können, daß er mit verkniffenem Blick auf jemanden hinabsah, der entweder kniete oder zu seinen Füßen lag.

Rikus zögerte nicht, ihn zu stören. »Mächtiger König.«

Tithians leberbraune Augen schauten auf, und sein Kinn fiel entsetzt herab. »Rikus!« zischte er. »Du lebst!«

»Natürlich«, erwiderte der Mul.

Bevor er fortfahren konnte, fuhr Tithian fort: »Was ist mit Agis und den anderen?«

»Habt Ihr nichts von ihnen gehört?« fragte Rikus. Seiner Schätzung nach mußten die beiden Tyr bereits vor mehreren Tagen erreicht haben. »Nachdem wir die urikische Legion zerschmettert hatten, haben Neeva und ich uns auf die Jagd nach dem feindlichen Befehlshaber begeben. Agis und Sadira sind zurückgegangen.«

Der Mul brach mitten im Satz ab, denn er erkannte, daß

Agis und Sadira vielleicht beschlossen hatten, ihre Rückkehr geheimzuhalten.

Unglücklicherweise hatte Tithian Rikus' Ausrutscher aber sehr wohl gehört. »Wenn sie zur Stadt zurückgekehrt sind, dann war es ungeschickt, daß sie ihre Rückkehr nicht angekündigt haben. Ich hätte gern einen angemessenen Empfang vorbereitet«, sagte der König mit ärgerlichem Glitzern in den Augen. »Jetzt sage mir, was du von mir willst.«

Der Mul erklärte die Vereinbarung, die er mit dem Stamm der Kes'Trekel aushandeln wollte. Obwohl er eigentlich wußte, daß Tithian ihm wohl kaum persönlich helfen würde, hoffte Rikus dennoch, daß der König erkennen würde, daß es Tyr – und daher auch ihm selbst – zu mehr Sicherheit verhelfen würde, wenn Maetan getötet wurde.

Als der Mul seine Erklärung beendet hatte, fuhr Tithian mit einem dünnen Finger über seine gekrümmte Nase. »Ich würde deinem Wunsch gern nachkommen, aber wie soll ich dein Eisen bezahlen?«

Obwohl der Mul die Worte deutlich hören konnte, konnte niemand, der nicht den Edelstein in Händen hielt, Tithians Gesicht sehen oder seine Worte hören. »Das Eisen der Stadt ist bereits an verschiedene Handelshäuser vergeben worden, und ich kann es mir wohl kaum leisten, es zurückzukaufen. Du weißt, daß die Versammlung der Ratgeber alle Erlasse abgewiesen hat, die dazu gedacht waren, die königliche Schatzkammer erneut zu füllen.«

Rikus verfluchte den König leise als Erpresser und Dieb. Dennoch war sein Tonfall bei der Antwort respektvoll. Der Sklavenstamm konnte seinen Teil der Unterhaltung mithören, und er wollte sie nicht beunruhigen. »Ich bin sicher, daß wir dieses Problem lösen können, Mächtiger König.«

Tithian lächelte. »Dann wirst du einen Erlaß unterstützen, der mir die alleinige Kontrolle über Tyrs Einnahmen garantiert?«

»Soviel wird es nicht kosten!« fauchte der Mul.

Tithian grinste spöttisch. »Die alleinige Kontrolle. Ich muß wirklich darauf bestehen.«

Der Mul fluchte, denn er erkannte, daß er keine andere Wahl hatte, als zu einer der beliebtesten Taktiken des Königs zu greifen: zur Lüge. Rikus konnte kaum ein Grollen unterdrücken und sagte: »Ich bin einverstanden.«

Tithian betrachtete den Mul mit zusammengekniffenen Augen. Schließlich sagte er: »Sehr gut. Gib den Edelstein an diesen Wrog weiter.«

»Gebraucht die Magie oder den Weg oder was immer Ihr sonst gebraucht habt, als Ihr bei unserem ersten Kampf am Himmel erschienen seid.« Rikus war nicht erpicht darauf, dem Anführer des Sklavenstammes einen Edelstein, und noch dazu einen magischen, anzuvertrauen.

Ein Ausdruck des Erstaunens wurde auf Tithians Gesicht sichtbar. »Das ist nicht möglich«, sagte er. »Die Leute, die dabei geholfen haben, sind nicht verfügbar. Wenn du willst, daß ich mit Wrog spreche, wirst du ihm den Edelstein geben müssen.«

Rikus gab den Edelstein widerwillig an den Lask weiter und unterwies ihn in seinem Gebrauch. Als Wrog den Olivin auf Armeslänge von sich hielt, öffneten sich seine Augen erschreckt und er schürzte die Lippen. »König?«

Der Lask blieb still, während Tithian ihm antwortete. Nach wenigen Augenblicken warf Wrog einen wachsamen Blick auf den Mul und schaute dann wieder in den Kristall. Er hörte dem König zu, schloß dann seine Faust über dem

Edelstein und sah den Mul an. »Euer König sagt, daß Ihr keine Legion von Tyr seid«, verkündete Wrog. »Er sagt, er wird mich bezahlen, wenn Ihr niemals nach Tyr zurückkehrt.«

Als er erkannte, daß ihm keine andere Möglichkeit mehr geblieben war, sprach Rikus mit ruhiger Stimme zu Neeva, wobei er sich darauf verließ, daß die Magie von Rkards Geißel es ihr ermöglichen würde, ihn zu hören. »Neeva, geht in Deckung. Ein Dutzend Bogenschützen haben ihre Pfeile gerade jetzt auf euch gerichtet.«

Wrog verzog verwirrt das Maul. »Mit wem redet Ihr?« Bevor Rikus antworten konnte, schrien mehrere Bogenschützen alarmiert auf. »Sie haben ihren Standort geändert!«

»Schießt!« bellte Wrog. Als keine Bogensehne schwirrte, wiederholte der Lask seinen Befehl. »Schießt!«

»Sie sehen kein deutliches Ziel«, erklärte Rikus. Er stellte sich vor Wrog, in sicherem Abstand zur Reichweite seiner Arme. »Neeva, sende Laban aus, den Rest der Legion herzuholen. Bereitet euch auf einen Kampf vor.«

»Ruhe!« befahl Wrog und trat auf den Mul zu.

Zwei Bogensehnen schwirrten in schneller Folge. Rikus spähte durch den Eingang im Boden und erblickte eine insektengroße Gestalt, die die Schlucht hinabsprang. Als die Pfeile auf den Gladiator zuflogen, erhob sich Caelum aus seiner Deckung. Der Zwerg hob einen Arm himmelwärts. Im nächsten Augenblick erschien eine rote Flammenkugel zwischen dem Versteck und dem Boden. Die Pfeile versanken in dem Feuerschild und verschwanden außer Sicht, was die Bogenschützen dazu veranlaßte, vor Ehrfurcht nach Luft zu schnappen.

»Habt ihr ihn aufgehalten?« fragte Wrog, dessen goldfarbene Augen weiterhin auf den Mul gerichtet waren.

Rikus antwortete für die Bogenschützen. »Nein«, sagte er und begegnete dem Blick des Sklavenführers. »Jetzt habt Ihr die Wahl.«

»Ich werde euch alle töten«, grollte Wrog.

»Das wäre dumm, sogar für einen Lask«, sagte Rikus, der nicht nachgeben wollte. »Es werden bald zweitausend Krieger die Schlucht heraufmarschieren.«

Wrog blieb in weniger als einem Schritt Entfernung vor Rikus stehen, wodurch sich die scharfen Spitzen seiner Fänge nur wenige Zentimeter über dem Kopf des Mul befanden. »Ihr werdet niemals so lange leben, um ihre Ankunft noch zu erleben«, knurrte der Lask.

Rikus sah eine wuchtige Klaue auf seinen Kopf zuschwingen. Er trat in ihre Reichweite und blockte den Angriff am Unterarm ab, während er gleichzeitig seinen Ellenbogen in den Magen des Lask stieß. Wrog schien den Stoß kaum zu bemerken, aber die Bewegung verschaffte Rikus soviel Raum, daß er unter Wrogs Arm gelangen konnte. Als der Mul hinter seinen Gegner schlüpfte, setzte er gleichzeitig seinen Fuß auf der Innenseite von Wrogs Knie auf und stieß zu. Das Bein knickte ein und ließ den Lask auf die Knie fallen.

Bevor Wrog irgendwelche Befehle erteilen konnte, sprang Rikus über das Eingangsloch auf die Kes'Trekel zu, die K'kriq bewachten. Er trat den ersten Mann in die Rippen und ließ ihn damit in den nächsten Krieger hineinkrachen. Die anderen beiden Wächter griffen sofort an, indem der eine seinen Speer auf Rikus und der andere den seinen auf K'kriq warf.

Rikus wich dem Angriff aus, der ihm selbst galt, und ergriff den Speer am Schaft. Er schlug den Mann mit einem Schlag seines Ellenbogens gegen das Kinn bewußtlos und riß ihm dann, als der Mann zu Boden ging, den Speer aus den Händen. Gleichzeitig prallte die Waffe, die K'kriq hätte treffen sollen, ohne Schaden anzurichten, von dessen hartem Panzer ab. Der Insektenkrieger rollte auf seinen Angreifer zu und versenkte seine Kiefer in das Bein des Mannes. Als sich giftige Speichelflüssigkeit mit Blut vermischte, schrie der Mann in peinigendem Schmerz auf und fiel unter Krämpfen zu Boden.

Verwirrte Rufe und ärgerliche Schreie erfüllten den kleinen Raum. Die Kes'Trekel zogen ihre Waffen und machten sich zum Angriff bereit. Rikus fuhr herum und zerschnitt das Seil, das die Hände eines seiner Fährtensucher band. Auf einmal schrie K'kriq: »Vorsicht vor dem Lask!«

Rikus überließ seinen Speer dem Gladiator, den er gerade befreit hatte und ging auf den Eingang und auf Wrog zu. Der Lask sprang über die Öffnung und streckte die Klauen beider Hände aus. Der Mul duckte sich, und Wrogs Arme durchschlugen die Luft über ihm. Der Gladiator stand schnell wieder aufrecht, seine Schultern erwischten seinen Gegner am Oberkörper und warfen den riesigen Lask auf den Rücken. Wrog landete mit einem gewaltigen Krachen auf dem Boden.

Weil Rikus wütend darüber war, daß seine Legion und er gezwungen waren, gegen Sklavengefährten zu kämpfen, trat er den Lask vor den Kopf. »Das ist dumm!« schrie er und schmetterte seinen Fuß bei jedem Wort dem Lask ins Gesicht.

Die Tritte hätten einen menschlichen Schädel zerschmettert, aber Wrog schüttelte sie ab und griff nach dem Bein des

Mul. Als Rikus fortsprang, erhob sich der Lask auf seine Hände und Knie. »Der Mul gehört mir«, grollte er und beäugte mehrere Kes'Trekel, die versuchten, sich von hinten an Rikus heranzuschleichen.

Der Mul ließ es zu, daß Wrog sich erneut aufrichtete, hoffte aber, daß er um einen Ringkampf mit dem riesigen Halbmenschen herumkam. Bei diesem Kampf lag sein Vorteil, wie er wußte, in seiner Schnelligkeit und Geschicklichkeit, nicht in reiner Kraft.

Während Rikus wartete, schaute er zu K'kriq hinüber. Sechs Sklaven umrundeten den Thri-Kreen und stießen mit Knochenäxten und Obsidiankurzschwertern auf seinen chitinartigen Panzer ein. Trotz seiner ungünstigen Lage behauptete er sich jedoch gut. Er rollte hin und her und stieß mit seinem giftigen Kiefer und einem der beiden Arme zu, die seine Angreifer unvorsichtigerweise befreit hatten. Neben ihm gebrauchte der Fährtensucher, den Rikus zuvor befreit hatte, seinen Speer, um mehrere Gegner in Schach zu halten, während der nächste Gladiator in der Reihe dabei war, die beiden anderen Gefährten zu befreien.

Als Wrog wieder aufrecht stand, stellte sich Rikus unmittelbar vor die Öffnung. »Ich werde Euch alle Knochen einzeln brechen«, knurrte er. Rikus meinte jedes Wort wie er es sagte, obwohl ihn nicht die Verbitterung dem Lask gegenüber zu dieser Drohung veranlaßt hatte. Wrog war ein mächtiger Kämpfer, aber auch ein unerfahrener. Rikus wollte ihn zu einem Fehler anstacheln. »Wenn ich mit Euch fertig bin, wird meine Legion Euer Versteck von dieser Bergwand herunterbrennen. Euer Stamm wird Eure Erinnerung verfluchen, weil Ihr uns den Durchgang verweigert habt.«

»Nicht sehr wahrscheinlich«, grollte der Lask.

Wie der Mul gehofft hatte, begann Wrog seinen nächsten Angriff damit, daß er vorwärtsstürmte. Als er zwei Schritte in Rikus' Reichweite hineingelangt war, flammte ein Funke der Erkenntnis in den flachsfarbenen Augen des Lask auf, und er verlangsamte seinen Schritt. »Eure Tricks werden nicht funktionieren«, sagte er.

Rikus runzelte die Stirn, als sei er enttäuscht, obwohl er in Wirklichkeit weit davon entfernt war, unzufrieden zu sein. Die Tricks eines Gladiators, besonders die eines Meisters, waren niemals so einfach, wie sie wirkten. Er hatte hundert Gegner genauso innehalten sehen, wie Wrog es getan hatte, und am Ende waren hundert Gegner einer der zahlreichen Finten zum Opfer gefallen, die er einzusehen verstand.

Rikus schrie auf und stürmte vorwärts. Wrog griff mit seinen beiden klauenbesetzten Händen und mit einem siegessicheren Grinsen auf dem Gesicht nach dem Mul. Die Finger des Lask krallten sich in Rikus' Schultern, lange bevor die kürzeren Arme des Mul den Körper seines Gegners erreicht hatten. Rikus packte Wrog am Oberarm und stieß mit aller Kraft zu.

In dem Moment, in dem der Lask zurückstieß, machte Rikus es umgekehrt und zog Wrog auf sich zu. Gleichzeitig trat er mit beiden Füßen aus und versetzte seinem Gegner einen Tritt in den Magen, während er gleichzeitig gegen sein Knie stieß. Als der Mul auf den Rücken fiel, zog er Wrog vorwärts.

Die orangefarbenen Augen des Lask öffneten sich weit, als er erkannte, daß er genau das getan hatte, was der Mul erwartet hatte. Wrog entzog seine Arme Rikus' Griff und sprang über den Kopf des Mul, womit er nur einen Schritt neben der Öffnung landete. Als er bemerkte, daß er sich vor einem weiteren Trick des Mul gerettet hatte, schrie Wrog triumphierend auf. »Wer wird wessen Knochen einzeln brechen?«

Rikus beantwortete die Frage, indem er seine Beine über den Kopf schwang und vom Boden hoch auf seinen Gegner zusprang. Als Wrog sich ihm erneut zuwandte, landeten die Füße des Mul direkt im Bauch des Lask. Der unerwartete Tritt warf den Halbmenschen nach hinten, und er stürzte schreiend durch die Öffnung. Rikus ließ sich wieder auf den Boden fallen und sprang dann erneut auf die Füße, denn er erwartete, daß sich Wrogs Gefolgsleute auf ihn stürzen würden. Zu seiner Verwunderung taten sie es nicht. Die Handvoll Kes'Trekel, die nicht kämpften, beobachteten den Mul lediglich aufmerksam, als habe der Sieg über ihren Anführer sie der Notwendigkeit enthoben, jetzt noch weiterzukämpfen.

Als er sich im Raum umschaute, bemerkte Rikus, daß sie seinen Gefolgsleuten nicht die gleiche Freundlichkeit hatten zukommen lassen. In der Ecke lagen drei der vier Tyrianer regungslos und zerschlagen inmitten von mehr als einem Dutzend toter Kes'Trekel. Der letzte Gladiator, der aus mehr als einem Dutzend Wunden blutete, wehrte sich erschöpft gegen drei Angreifer.

K'kriqs Situation war kaum besser. Obwohl der Thri-Kreen mittlerweile alle vier Arme freibekommen hatte und aufrecht stand, blieb das Netzwerk doch um seine Beine geschlungen. Acht Kes'Trekel hatten ihn in die Ecke gedrängt. Der Panzer des Kriegers war von tiefen Rillen durchzogen, und dunkelgelbes Blut sickerte aus mehreren Wunden, die tatsächlich bis zu seinem Körper durchgedrungen waren. Dennoch hatte sich der Thri-Kreen tapfer geschlagen, denn zu seinen Füßen stapelten sich genauso viele Körper wie in der Nähe der vier Fährtensucher. Unter ihnen war auch der Mann mit den tätowierten Augen.

Obwohl Rikus Gemetzel und Blutvergießen nicht fremd waren, verursachte ihm der Anblick dennoch Übelkeit. Seit seiner Zeit in der Arena war er nicht mehr gezwungen gewesen, gegen Sklavengefährten zu kämpfen, und er mußte feststellen, daß ihm das nicht mehr bekam.

»Halt!« rief Rikus. »Sklaven sollten keine Sklaven töten!«

Als der Kampf nicht abflaute, riß er ein blutiges Kurzschwert in der Nähe der Öffnung vom Boden hoch. »Halt, oder ich nehme euch eure Schwertarme!«

»Vorher wirst du sterben«, sagte Wrogs kehlige Stimme.

Rikus fuhr herum und sah den Lask durch den Eingang des Raumes hereinschweben. Wrogs scharfe Fänge troffen vor Speichel, und sein Maul war zu einer blutgierigen Fratze verzogen. »Ich habe einige eigene Tricks«, höhnte er.

Als der Oberkörper des Lask in den Raum gelangt war, erblickte Rikus den goldenen Ring, der noch immer an Wrogs Finger glitzerte. Anscheinend waren Wrogs Möglichkeiten, den Schwebezustand zu erreichen, zahlreicher, als der Gladiator vermutet hatte.

Als seine Wut beim Anblick des Narren, der all das unnötige Blutvergießen verursacht hatte, zurückkehrte, stürmte der Mul zum Rand der Öffnung und trat mit aller Macht in Wrogs Magen. Der Lask blockte den Tritt mit einem knochigen Unterarm ab, worauf ein scharfer Schmerz das Bein des Gladiators hinaufschoß. Rikus lächelte noch immer, denn sein Feind hatte die Hand ausgestreckt, die den Ring trug. Der Mul ließ die Klinge seines Kurzschwertes auf Wrogs Finger sinken und trennte alle drei an den Knöcheln ab.

Wrog schrie vor Schmerz. Er stürzte wieder durch die Öffnung und ließ den Finger, der den magischen Ring trug, vor Rikus schweben. Der Mul betrachtete den abstoßenden Finger einen Moment lang voller Faszination, wie er, abgelöst vom Körper des Lask, mitten in der Luft hing.

Während er den Finger betrachtete, erkannte der Mul, daß der Ring für den Fortbestand des Versteckes lebensnotwendig war. Zweifellos konnten die Kes'Trekel Seile benutzen, um sich und ihre Vorräte in das Versteck hinaufzuziehen, aber das Fehlen von Seilen oder Flaschenzügen in dem Raum ließ vermuten, daß sie daran gewöhnt waren, sich ausschließlich auf den Ring zu verlassen.

Der Mul fing Wrogs blutigen Finger auf und hielt ihn hoch.

»Halt!« rief er erneut. »Halt, oder Ihr bleibt hier gefangen!« Er hatte nicht die Absicht, K'kriq im Stich zu lassen, aber diese Drohung schien die beste Möglichkeit zu sein, den Kampf zu beenden.

Jene, die nicht allzusehr in den Kampf eingebunden waren, betrachteten den Mul mit überraschten Gesichtern und zogen ihre Kameraden dann schnell von dem Handgemenge fort. Hinter ihnen stand K'kriq, zerschlagen und erschöpft. Unglücklicherweise war er der einzige von Rikus' Kriegern, der noch aufrecht stand. Der letzte Fährtensucher war gefallen und lag in einem Gewirr von Körpern.

»Ihr habt den Ring«, sagte der alte Zwerg, der schon zuvor gesprochen hatte. Er war von Kopf bis Fuß mit Blut bespritzt. »Was jetzt?«

»Ich werde meine Krieger nehmen und gehen. Und dann wird meine Legion Eure Schlucht passieren«, sagte Rikus.

Er zog den Ring von Wrogs körperlosem Finger und schob ihn über seinen eigenen. Zu seiner Überraschung schrumpfte das weite Band sofort auf die für seinen Finger geeignete Größe zusammen.

»Was sollen wir jetzt tun?« fragte der weibliche Mul. »Sollen wir ihn aufhalten oder ihm folgen?«

Zuerst verstand Rikus die Frage nicht. Aber dann dämmerte es ihm langsam, daß er mit dem Sieg über Wrog mehr übernommen hatte als nur den Ring des Lask. In vielen Sklavenstämmen erlangten Kriegsherren ihre Posten durch persönliche Kämpfe. Im Falle der Kes'Trekel war es offenbar so, daß der magische Ring das Zeichen jener Macht war.

»Wenn ich euer neuer Anführer bin, dann zieht mit meiner Legion mit, um die Uriker anzugreifen«, sagte Rikus.

Der Raum wurde totenstill, und der Mul erkannte, daß er einen Fehler gemacht hatte.

Schließlich schüttelte der alte Zwerg den Kopf. »Ihr habt Wrog in einem persönlichen Kampf getötet, also werden wir Eure Legion durch unsere Schlucht ziehen lassen. Aber Ihr müßt den Ring zurückgeben und schwören, den Standort unseres Verstecks geheimzuhalten.«

Rikus blieb hartnäckig. »Ich habe Wrogs Position dadurch erlangt...«

»Ihr habt nichts erlangt. Um einen Sklavenstamm zu führen, braucht man mehr als die Tricks eines Gladiators«, fauchte der Zwerg und ließ seinen Blick über das Blutbad in dem Raum schweifen. »Ihr seid ein guter Krieger, aber ich sehe keinen Beweis dafür, daß Ihr auch noch etwas anderes seid. Nehmt Ihr den Waffenstillstand an oder nicht?«

Meuchelmörder

»Was habe ich falsch gemacht?« fragte Rikus. Er biß sich auf die Lippe und kickte mit der Innenseite seines Schuhs einen Stein fort. »Warum konnte ich den Sklavenstamm nicht dazu bringen, sich uns anzuschließen?«

Mehrere Meter hinter ihm sagte Neeva: »Dies ist nicht ihr Kampf.«

»Das sollte er aber sein«, knurrte Rikus, ohne sich umzuwenden. »Sie könnten aufhören, sich vor Sklavenjägern zu verstecken, und in Tyr leben.«

»Nicht jeder möchte in der Stadt leben«, erwiderte Neeva. Es war ein leises Klappern zu hören, als sie einen Stein aus dem Lager stieß, das sie gerade vorbereitete. »Nicht jeder möchte gegen Uriker kämpfen oder Rache an der Familie Lubar nehmen.«

»Du hast recht, sie sind Feiglinge«, sagte Rikus, womit er seine eigenen Schlüsse aus Neevas Feststellungen zog. »Wenn sie in ihrem Klippenversteck hocken bleiben wollen, warum sollte ich sie dann in die Freiheit führen wollen?«

»Genau.«

»Narren«, sagte der Mul, schüttelte den Kopf und schaute über die Landschaft vor ihnen.

Rikus und Neeva bereiteten sich darauf vor, die Nacht abseits vom Rest der Legion zu verbringen, auf einem Untergrund aus sienafarbenem Kalkstein. Eine kühle Abendbrise strich über die Ausläufer der Berge und versank in einer ruhigen Bucht aus goldenem Sand, die sich vor den beiden Gladiatoren erstreckte. Die rubinrote Sonne hing bereits tief am Himmel und ließ die Kämme der Dünen in einem brennenden Hauch erstrahlen und tauchte die Mulden in purpurne Schatten. In vielen Meilen Entfernung ergoß sich ein Delta rost-orangefarbener Felsen aus einer gewundenen, zerklüfteten Schlucht und ging kurz in die sandige Bucht über, bevor es von den schweigenden Dünen verschlungen wurde.

An der Spitze dieses Deltas befand sich eine dunkle Ansammlung von Zaalbäumen, deren dürre Stämme und fächerartige Kronen den Standort der Oase markierten, die Rikus so verzweifelt zu erreichen versucht hatte. Die langen, blattähnlichen Strukturen der Zaalbäume schwankten in der Brise sanft und winkten der tyrianischen Legion, ihre Wasserschläuche zu füllen und ihre wunden Füße zu kühlen.

Leider hatte Rikus keinen Grund mehr, der Oase zuzustreben. Als die Legion die Schlucht der Kes'Trekel am Morgen dieses Tages verlassen hatte, war K'kriq mit enttäuschenden Neuigkeiten von der Oase zurückgekehrt. Die urikischen Halblinge hatten den Teich verlassen, und es gab keinerlei Hinweis darauf, daß Maetan dorthin kommen würde. Die Beute der Tyrianer war spurlos in den Sandwüsten verschwunden.

Hinter dem Mul murmelte Neeva: »Erwarte nicht, daß du hier schläfst wie auf Agis' Anwesen.«

Rikus schaute über die Schulter. Seine Kampfpartnerin hatte verzweifelt versucht, die Steine von einem kleinen Abschnitt kargen Bodens zu beseitigen, aber das war eine hoffnungslose Angelegenheit. Egal, wie viele Steine sie fortnahm, es lagen immer noch Dutzende auf dem Boden.

»Mach dir um mich keine Sorgen«, sagte Rikus und schaute zu der Oase zurück. »Ich werde nicht schlafen.«

Neeva trat neben ihm und nahm ihn am Arm, was sie sonst selten tat, wenn andere in der Nähe waren. »Wenn es dir Sorgen bereitet, die Nacht außerhalb des Lagers zu verbringen, dann sollten wir es vielleicht nicht tun.«

Rikus drückte ihre Hand. »Nein, es wird guttun, ein wenig Zeit allein zu verbringen. Außerdem sind keine Uriker in der Nähe.« Er entzog ihr seinen Arm und deutete auf den fernen Hain von Zaalbäumen. »Woher wußte Maetan, daß er diese Oase meiden mußte?«

»Caelum sagt, es gäbe keine weiteren Oasen in der Nähe«, antwortete Neeva und strich über die angespannten Muskeln am Rücken des Mul. »Selbst wenn wir ihn nicht verfolgt hätten, mußte Maetan vermuten, daß wir zu dieser Oase ziehen würden.«

»Richtig. Aber woher hat er wissen können, daß wir ihn dort stellen wollten?« fragte der Mul. »Irgend jemand hat es ihm gesagt.«

Neeva trat um Rikus herum, um ihn anzusehen. Sie hatte einen Teil ihres Wassers dazu benutzt, ihren Körper zu waschen, der jetzt nur von dem grünen Harnisch und dem Lendenschurz bedeckt war, die sie getragen hatte, als sie Kalak töteten. Die untergehende Sonne überzog eine Seite ihrer wohlgeformten Gestalt mit einem rosigen Hauch und tauchte die andere Seite in bezaubernde Schatten. »Selbst wenn wir Grund zu der Annahme hätten, daß uns jemand verraten hat, wie hätte dieser Unbekannte mit Maetan in Verbindung treten können?«

»Mit dem Weg«, antwortete Rikus. »Maetan ist genauso mächtig wie Agis, vielleicht sogar mächtiger. Und vergiß Hamanu nicht. Wenn Maetan Kontakt zu seinen Spionen aufgenommen hat, hat er vielleicht auch so etwas wie dieses benutzt.« Rikus zog Tithians Olivin, den er Wrog wieder abgenommen hatte, aus seiner Gürteltasche.

»Alles ist möglich«, gab Neeva widerwillig zu. »Aber wer würde so etwas tun?«

Rikus wandte sich der Schlucht zu, aus der sie gerade gekommen waren. Im Abendlicht sah sie aus wie ein Schatten auf den Ausläufern der Berge. »Die Sklaven.«

»Die Kes'Trekel?« keuchte Neeva.

»Wie kommst du darauf?«

»Sie haben die ganze Zeit versucht, uns davon abzuhalten, Maetan zu stellen«, sagte Rikus. »Zuerst haben sie unsere Fährtensucher gefangengenommen und dann versucht, uns gefangenzunehmen. Sogar nachdem ich Wrog getötet hatte, haben sie noch gegen uns gekämpft. Ich hätte es die ganze Zeit wissen müssen – Maetan hat sie bestochen.«

»Nur weil sie sich dem tyrianischen Heer nicht angeschlossen haben, macht sie das noch lange nicht zu Maetans Spionen.« Neeva umfaßte herzlich den Arm des Mul und versuchte, ihn zu dem Behelfsbett zu führen.

»Es paßt«, beharrte Rikus und blieb, wo er war. »Maetan schien unseren Plan bis zu dem Zeitpunkt, wo wir am Versteck der Kes'Trekel vorbeigekommen sind, nicht zu kennen. Und warum sonst hätten sie auf einem Kampf bestehen sollen?«

»Weil sie den Standort ihres Verstecks geheimhalten wollten und uns nicht vertrauten«, sagte Neeva und seufzte enttäuscht. Sie ließ den Arm des Mul los und ging zu dem

Lager hinüber. Auf dem Weg nahm sie einen ihrer Umhänge auf, um ihn als Decke zu benutzen. »Kannst du ihnen das vorwerfen, nach dem, was Tithian getan hat?«

»Woher sollen wir wissen, daß uns der König wirklich betrogen hat?« fragte der Mul. »Wrog könnte das Ganze auch erfunden haben.«

»Vielleicht«, seufzte Neeva und versuchte ihre Enttäuschung nicht länger zu verbergen. Während sie den Umhang auf der Stelle ausbreitete, die sie von Steinen zu befreien versucht hatte, sagte sie: »Du hast noch immer den Edelstein. Frag Tithian, ob er Wrog belogen hat.«

Die Absurdität von Neevas Vorschlag erschütterte Rikus, und er erkannte, daß er sich wie ein Verrückter verhielt. »Es waren die Kes'Trekel«, brummte er.

Rikus zog die Geißel Rkards aus seinem Gürtel, damit er sitzen konnte. Als seine Hand das Heft berührte, wurde die Dämmerung mit Geräuschen lebendig, die er zuvor nicht bemerkt hatte. Über ihnen erklang das gedämpfte Schlagen der ledrigen Schwingen einer fliegenden Eidechse, und irgendwo in der Nähe raschelten die Bauchschuppen einer Schlange leise über die rauhe Kante eines Steins. Weiter entfernt kratzte ein unsichtbares Nagetier in dem wilden Versuch auf dem Boden, sich entweder vor einem Raubtier zu verbergen oder aber eine Beute zu fangen. Rikus achtete nicht sonderlich auf diese Geräusche, denn der Abend war jene Zeit, in der viele Lebewesen hervorkamen, um auf die Jagd zu gehen.

»Leg dieses Schwert hin und komm her«, befahl Neeva und trat zu Rikus.

Sie küßte ihn lange und leidenschaftlich und löste gleichzeitig den Feldherrengürtel. Als das schwere Leder von seiner Taille glitt, spürte Rikus die ersten Regungen jenes wilden Verlangens, das nur Neeva in ihm stillen konnte.

Sie warf den Gürtel nachlässig beiseite, so daß er mit lautem Klappern in den Felsen landete. Rikus' Verlangen schwand schnell.

»Sei vorsichtig!« protestierte er und griff nach dem Gürtel.

»Entweder dieser wertlose Streifen Leder oder ich«, sagte Neeva und schob ihre Daumen unter die dünnen Bänder, die den Lendenschurz auf ihren gut geformten Hüften hielten.

»Das ist mehr als ein wertloser Streifen Leder«, sagte Rikus, nahm den schweren Gürtel auf und legte ihn behutsam an das Fußende des Felsenbettes. »Er ist mein Schicksal.«

Neeva ließ ihre Daumen unter den Bändern ihres Lendenschurzes hervorschießen. »Schicksal?« rief sie aus. »Rikus, ich glaube, du nimmst diesen senilen Zwergenopa zu ernst.«

»Nein, ich meine es so«, sagte der Mul und legte das Schwert ehrfürchtig neben den Gürtel. »Die Leute schaffen sich ihr eigenes Schicksal. Meines ist, die Legionen der Freiheit anzuführen.«

»Vielleicht solltest du darüber noch einmal nachdenken, Rikus«, sagte Neeva. »Bis jetzt hast du erst eine Legion, und du hast sie bereits mehr als einmal beinahe verloren.«

Der Mul furchte seine haarlosen Brauen. »Wann?«

»In Kled zum Beispiel«, erklärte Neeva. »Wenn Caelum dich nicht vor Maetan geschützt hätte, dann wäre dein Geist jetzt bereits Asche und wir anderen wären Steinbruchsklaven in den Obsidiangruben von Urik.«

»Aber Caelum *hat* mir geholfen. Wir haben mehr als fünfhundert Uriker getötet...«

»Und das *Buch der Könige von Kemalok* verloren«,

unterbrach ihn Neeva. »Und was Wrog und den Sklavenstamm betrifft – wir haben Glück gehabt, daß der Kampf in dem Versteck nicht zu einer richtigen Schlacht ausgeartet ist. Ein Sonnenpriester allein hätte diese Festung nicht von den Klippen sprengen können.«

»Das war ohnehin überflüssig«, konterte Rikus, den Neevas Kritik tiefer verletzte, als er zugeben mochte. »Warum tust du das, Neeva? Ich dachte...«

»Ich sage dir die Wahrheit, weil ich dich liebe und weil ich Tyr liebe«, sagte Neeva. Sie hüllte sich in den Umhang und zog ihn fest um ihre Schultern, während ihre Stimmung mit der untergehenden Sonne sank. »Deine Worte erschrekken mich. Es sieht dir nicht ähnlich, so zu denken.«

»Natürlich nicht«, antwortete der Mul und setzte sich neben sie. Die harten Felsen, die den ganzen Tag der brennenden Sonne ausgesetzt gewesen waren, versengten seine nackte Haut, wo immer sie ihn berührte. »Bevor wir Kalak getötet haben, bestand der Sinn meines Lebens darin, ein freier Mann zu werden«, erklärte Rikus und veränderte seine Lage, so daß ihn sein Lendenschurz vor den heißen Steinen schützen konnte. »Jetzt bin ich frei. Ich habe einen neuen Lebenszweck. Wir alle – du, ich und Sadira. Und sogar Agis.«

Neeva runzelte die Stirn. »Halte mich da raus.«

»Nein«, sagte Rikus und legte eine seiner mächtigen Hände auf ihr Knie. »Agis und Sadira haben Tyr vor Bedrohungen im Inneren beschützt. Auch vor Tithian. Es bleibt dir und mir überlassen, es vor Bedrohungen von außen, wie Maetan und den Urikern, zu schützen.«

Neeva ließ zu, daß ihr Umhang am Hals aufklaffte, wandte sich dann dem Mul zu und betrachtete ihn mehrere

Momente lang. Schließlich fragte sie mit einem hoffnungsvollen Aufglühen in den smaragdgrünen Augen: »Rikus, was versuchst du mir zu sagen?«

Der Mul hatte schon bei früheren Gelegenheiten einen ähnlichen Gesichtsausdruck bei seiner Kampfpartnerin gesehen. Er fühlte sich jetzt nicht wohler dabei, als es damals der Fall gewesen war. »Ich bin mir nicht sicher«, antwortete er und befürchtete, daß Neeva erneut mehr aus seinen Worten heraushören würde, als er damit sagen wollte.

Neeva erhob sich auf die Knie und sah Rikus direkt in die Augen. »Laß es mich dir leichter machen«, sagte sie mit optimistischer Stimme. »Willst du sagen, du hättest eine Wahl zwischen mir und Sadira getroffen?«

Rikus schaute fort und fragte sich, wie eine Unterhaltung über sein Schicksal zu einer Befragung zu dem Thema werden konnte, dem er am liebsten auswich. Seit sie Kalak getötet hatten, hatte seine Kampfpartnerin ihn gedrängt, seine Affäre mit Sadira zu beenden. Neeva bestand darauf, daß sie jetzt, wo sie frei waren, über die Zukunft nachdenken und sich einander erklären müßten. Für Rikus jedoch klang dieses Ansinnen nach Gefangenschaft. Obwohl er Neeva liebte, war er nicht bereit, auch nur ein Stück seiner hart errungenen Freiheit aufzugeben – besonders wenn das bedeutete, daß er Sadira aufgeben mußte.

Als Rikus nicht antwortete, wich alle Erregtheit aus Neevas Gesicht. Dennoch schaute sie nicht fort. »Antworte einfach mit ja oder nein.«

»Nein, ich habe keine Wahl getroffen«, sagte der Mul.

Neeva stand auf und zog den Umhang wieder um ihre breiten Schultern. »Ich gehe zum Lager zurück. Warum bleibst du nicht hier und sinnst über dein Schicksal nach?«

Die Gladiatorin nahm ihre schwere Streitaxt und schaute dann über die Meile felsigen Bodens, die sie vom Rest der Legion trennte. In dem burgunderfarbenen Licht und den sich vertiefenden Schatten der Dämmerung war es schwierig, etwas zu erkennen, und Neeva stolperte über lose Steine, bevor sie auch nur drei Schritte gegangen war. Obwohl die Gefahr sehr groß war, daß sie sich einen Knöchel verstauchte, ging sie weiter und verfluchte Rikus, als habe er jeden Stein persönlich zwischen sie und das Lager gelegt.

Rikus nahm den Feldherrengürtel auf und band ihn sich um. »Warte, Neeva. Wenn du dir ein Bein brichst, wird das für das ganze Heer Verzögerung bedeuten.«

Ihre einzige Antwort war ein Fluch.

Der Mul griff nach seinem Schwert und wollte ihr folgen, hielt dann aber abrupt inne. Anstatt der zischenden Schlangenschuppen und des Schlagens von Eidechsenflügeln, was er zuvor gehört hatte, war es jetzt rundum verdächtig still – bis auf einen leisen Chor gedämpften Zirpens und Pfeifens. Die Geräusche waren so vage, daß Rikus sie niemals gehört hätte, wenn er nicht Rkards Geißel in Händen gehalten hätte.

»Neeva, bleib stehen!« zischte er und stolperte über eine Ansammlung von Steinen, als er vorwärtseilte, um sie einzuholen.

»Warum?« fragte sie.

»Dort draußen ist etwas!« antwortete der Mul.

Neeva blieb sofort stehen und hob ihre Axt in Verteidigungsposition. »Das sollte besser kein Scherz sein, Rikus.«

»Es ist keiner«, versicherte der Mul ihr und trat neben sie. Er suchte das Gebiet vor ihnen nach den leisesten Anzeichen von Bewegung ab. Alles, was er sah, war ein schier endloser Landstrich voller regungsloser Felsen, der hier und da mit ebenso regungslosen Steinen durchsetzt war. Leider konnte er auch sein Zwergensehvermögen nicht einsetzen, um herauszufinden, was das Geräusch verursachte. Die Sonne, die fast vollständig hinter den Klingenden Bergen versunken war, tauchte das Gebiet in gerade genug Zwielicht, daß alle erkennbaren Spuren überdeckt wurden.

Rikus griff nach Neevas Arm. »Sie sind zwischen uns und dem Lager«, flüsterte er.

»Was sind sie?« fragte sie und ließ den Umhang von den Schultern gleiten.

»Ich weiß es nicht«, hauchte er. »Mit der Geißel kann ich sie pfeifen und zirpen hören – aber ich kann sie genauso wenig sehen wie du.«

Die mysteriösen Beobachter wurden still.

Rikus fluchte leise und brachte sein Schwert in Verteidigungsposition. »Halte dich bereit«, sagte er und machte sich nicht mehr die Mühe zu flüstern.

Sie wichen langsam zurück und hielten inne, als sie das Felsenbett erreicht hatten, das Neeva für sie bereitet hatte. Trotzdem bewegten sich die Beobachter nicht und griffen auch nicht an.

»Vielleicht ist es eine Gruppe wilder Thri-Kreens«, sagte Neeva. Anders als K'kriq waren die meisten Thri-Kreens nicht zivilisiert. Sie streiften Tag und Nacht durch die Wüste und jagten nach Beute, um ihren gierigen Hunger zu stillen. Manchmal, wenn sie verzweifelt waren, griffen sie auch auf die Möglichkeit zurück, Lebewesen zu verspeisen.

Rikus spähte in alle Richtungen und suchte das düstere Gebiet nach einem Hinweis auf einen Insektenmenschen ab. Die schwächer werdenden Sonnenstrahlen verschlechterten die Sicht nur noch mehr, denn sie tauchten die Spitzen der Felsen in ein gedämpftes, rotes Licht. Es war unmöglich, Farben zu unterscheiden, und sogar die Umrisse waren weich und verschwommen. Aber er sah nichts, was so groß und kantig gewesen wäre wie ein Thri-Kreen.

Rikus schüttelte den Kopf. »Es ist nichts da, was groß genug wäre.«

Der Mul hatte die Worte kaum ausgesprochen, als hinter ihnen ein leises Zirpen erklang. Ein kleiner Fuß tappte über den felsigen Untergrund und bewegte sich auf sie zu. Rikus fuhr herum und erblickte die drei Fuß große Silhouette eines Mannes mit buschigem Haarwuchs, der gerade hinter einem kleinen Stein in Deckung ging.

Rikus' Magen verkrampfte sich in kalter Angst. »Halblinge!« zischte er und preßte seinen Rücken an Neevas.

»Ich wünschte, du hättest Thri-Kreens gesehen«, erwiderte seine Partnerin. Sie blieb einen Moment lang still und fügte dann hinzu: »Wenn ich sterbe, dann laß nicht zu, daß sie mich fressen – zumindest nicht lebendig.«

»Dann stirb nicht«, antwortete der Mul. »Wenn du es tust, werde ich wohl kaum in der Lage sein, sie aufzuhalten.«

Rikus und Neeva hatten schon Halblingen gegenübergestanden, als sie sich in den Halblingswald gewagt hatten, um den Speer und den Zauberstab zu holen, um Kalak zu töten. Die kleinen Jäger hatten sie ohne Mühe geschlagen, und Agis hatte es nur schwer geschafft, dem Häuptling auszureden, die ganze Gesellschaft zu verspeisen.

Sie warteten Rücken an Rücken darauf, daß sich die Halblinge erneut rührten. Nach einer scheinbaren Ewigkeit schlug Rikus vor: »Vielleicht haben sie beschlossen, uns nicht anzugreifen.«

»Das glaubst du doch nicht wirklich«, knurrte Neeva. »Dies ist nicht nur irgendeine Jagdgesellschaft der Halblinge. Es sind urikische Meuchelmörder.«

So sehr er sich auch gegen die Erkenntnis wehrte, so mußte der Mul seiner Kampfpartnerin doch zustimmen. Halblinge verließen ihren Wald zu selten, als daß dies ein zufälliges Zusammentreffen sein konnte.

Seitlich hörte Rikus das leise Kratzen eines Fußes auf Fels, schnell gefolgt von dem schrillen Schwirren einer winzigen Bogensehne. »Runter!« schrie er, stieß Neeva zu Boden und ließ sich neben sie fallen.

Gleich darauf schlug ein winziger Pfeil auf einem Felsen neben Rikus auf. Obwohl das Geschoß kaum länger war als seine Hand, wußte der Mul von früheren Erfahrungen, daß es mit einem wirkungsvollen Gift versehen war, das sein Opfer innerhalb weniger Sekunden bewußtlos werden ließ. Es war zwar gut möglich, daß das unglückliche Opfer wieder erwachte, aber falls es das tat, würde es mehreren Halblingen gegenüberstehen, die bereit waren, seine Leber zu verspeisen.

»Wie sollen wir hier herauskommen?« fragte Neeva. Ihre Stimme klang gedämpft, weil sie das Gesicht auf den Boden preßte. Rikus hob seinen Kopf weit genug, um sich umzusehen. Zu seiner Rechten konnte er in einem Dutzend Metern Entfernung zwei Halblinge einander zurufen und -pfeifen hören, aber sie blieben im Verborgenen. Der Mul konnte keine weiteren Menschenfresser hören oder sehen.

Der Gladiator ließ seinen Kopf wieder zu Boden sinken. »Kriech vorwärts«, flüsterte er.

Neeva ließ ihre große Stahlaxt widerwillig zurück, und dann begannen sie vorwärtszukriechen. Sie zogen sich jeweils mehrere Zentimeter auf einmal vorwärts und verzogen schweigend das Gesicht, wenn gezackte Steine Wunden in ihre Körper schnitten. Nach wenigen Metern waren sie bereits von den Schlüsselbeinen bis zu den Knien mit warmem Blut bedeckt, und scheuernder Sand füllte die Dutzende von Schnitten, die ihre Brüste und Bäuche bedeckten.

Obwohl Rikus darauf achtete, daß sein Schwert nicht gegen den Felsen schlug, konnten die beiden es nicht verhindern, daß sie mehr Geräusche verursachten als die Halblinge. Sie atmeten heftiger und verursachten leise, schabende Geräusche, während sie ihre Körper über den Boden zogen. Hin und wieder war ein gedämpftes Klacken zu hören, wenn sie versehentlich einen Stein anstießen und er auf einen anderen aufprallte. Rikus zweifelte nicht daran, daß die Halblinge sie durch die Geräusche, die sie verursachten, aufspüren konnten, aber er wußte nicht, welche andere Möglichkeit sie gehabt hätten, als zu kriechen.

Ein zweimaliges Schwirren erklang zu ihrer Linken, und dann schlugen zwei weitere Pfeile in die Felsen vor ihnen ein. Rikus fluchte und benutzte die Spitze seines Schwertes, um die Pfeile wegzuschlagen. Er vermutete, daß es ausreichte, ihn und Neeva bewußtlos werden zu lassen, wenn sie nur an der vergifteten Spitze eines Pfeils entlangstrichen.

»Warum zeigen sie sich nicht?« flüsterte Neeva und schaute sich nach der Herkunft der Pfeile um. Als Rikus nicht antwortete, stellte sie eine weitere Frage: »Was glaubst du, wie viele sind es?«

»Zwei oder ein Dutzend«, antwortete der Mul. »Es ist unmöglich, das genau zu sagen. Kriech einfach weiter.«

»Warum?« In Neevas Frage schwang so viel Angst mit, wie Rikus niemals zuvor in ihrer Stimme gehört hatte.

»Sie hören vielleicht, wie wir uns bewegen, aber solange wir unten bleiben, können sie uns nicht besser sehen, als wir sie sehen können. Einer von uns kann vielleicht die Legion erreichen und sie warnen.«

»Die Halblinge sind hinter uns her, nicht hinter der Legion«, flüsterte Neeva. »Sogar ich kann erkennen, daß nicht genug von ihnen da sind, um zweitausend Männer anzugreifen, aber sie brauchen nicht besonders viele Krieger, um einen Befehlshaber zu ermorden.«

Rikus erkannte die Weisheit in Neevas Worten und verfluchte leise die Kes'Trekel, denn er vermutete, daß der Sklavenstamm Maetan zu diesem Hinterhalt geraten hatte.

»Du hast recht, aber wir sollten trotzdem weiterkriechen«, flüsterte der Mul. »Es würde uns nicht helfen, wenn wir warten, bis sie uns angreifen.«

Während die beiden Gladiatoren vorwärtskrochen, beobachteten die Halblinge ihr Vorankommen und pfiffen, um einander und ihrer Beute auf der Spur zu bleiben. Gelegentlich feuerten sie einen Pfeil ab, und zweimal trafen die Pfeile nur einen Fuß vom Kopf des Mul entfernt den Boden. Als sie fünfzig Meter felsigen Bodens überquert hatten, atmeten beide Gladiatoren schwer – obwohl Rikus vermutete, daß ihre Müdigkeit mehr mit den Nerven zu tun hatte.

»Vielleicht sollte ich um Hilfe rufen«, flüsterte der Mul.

»Bist du verrückt?« zischte Neeva. »Niemand außer den Halblingen wird dich hören!«

»Es war nur so eine Idee«, antwortete Rikus abwehrend.

Er kroch erneut vorwärts und hielt alle zwei oder drei Meter inne, um zu lauschen. Die meiste Zeit waren die Halblinge still, aber hin und wieder verriet ihm ein Pfeifen oder Zirpen, daß die Meuchelmörder sie umgaben.

Während einer dieser Pausen hörte er plötzlich das schwache Klappern von Steinen weit außerhalb der Reichweite der winzigen Bogen der Meuchelmörder. Zuerst dachte der Mul, daß ein Halbling ausgeglitten sei, aber dem Geräusch folgte ein weiteres Klappern, so daß diese Vermutung offenbar falsch gewesen war.

»Es ist noch jemand dort draußen hinter den Halblingen«, flüsterte er.

»Jemand von der Legion?« fragte Neeva hoffnungsvoll.

Rikus schüttelte den Kopf. »Wir haben gesagt, daß wir nicht gestört werden wollen«, sagte er. »Es muß ein Uriker sein.«

Neeva änderte die Richtung. »Wir sollten ihn finden und töten. Vielleicht ist er der Befehlshaber der Halblinge.«

Rikus folgte ihr. Wie seine Kampfpartnerin sehnte er sich jetzt nach einem Feind, gegen den sie kämpfen konnten. Natürlich würden sich die Halblinge niemals in einen Kampf Mann gegen Mann einlassen, aber mit ein wenig Glück würde derjenige, der sie beobachtete, nicht so vorsichtig sein.

Der Richtungswechsel des Paares rief einen Chor von Pfeifen und Scharren hervor. Rikus entdeckte mindestens neun verschiedene Halblinge, die Botschaften austauschten und ihre Position der veränderten Lage anglichen. Normalerweise hätte er neun Krieger nicht für eine große Bedrohung gehalten, aber die Aussicht, so vielen Halblingen gegenüberzustehen, sandte ein Schaudern sein Rückgrat hinab. Er teilte Neeva diese schlechten Neuigkeiten jedoch nicht mit.

Sie waren nicht mehr als zehn Meter vorangekrochen, als Rikus das leise Ticken eines Pfeils hörte, der in eine Bogensehne eingespannt wird. Weniger als einen Meter entfernt, erhob sich ein hagerer Halbling aus den Felsen und richtete einen kleinen Pfeil auf Neevas Rücken.

»Roll dich zur Seite!« schrie Rikus.

Die Bogensehne ging los. Neeva schrie erschreckt auf und war kaum zur Seite gerollt, als der Pfeil auch schon an der Stelle in den Boden schoß, an der sie gelegen hatte.

Rikus warf sich auf den Halbling und trieb die Spitze seines Schwertes in den Bauch des Meuchelmörders. Die Geißel durchdrang den Körper seines Gegners überraschend leicht und hielt nicht eher inne, als bis die Spitze mehr als einen Fuß weit aus seinem Rücken herausragte. Die fahlen Augen des Halblings weiteten sich, aber er schrie nicht auf. Statt dessen griff er in seinem Hüftköcher nach einem weiteren Pfeil und stemmte sich an Rikus' Klinge weiter vorwärts, um mit der vergifteten Spitze seines Pfeils auf den Mul einzuschlagen.

Rikus beugte sich zur Seite und schlug den Halbling dann mit seiner freien Hand nieder. Der Schlag zerschmetterte den Schädel des Meuchelmörders. Das Schwirren von Bogensehnen erklang direkt vor ihnen, und dann spürte Rikus zwei Schläge, als Pfeile in seinen Gürtel einsanken. Er ließ sich sofort zu Boden fallen und schrie entsetzt auf.

»Rikus!« flüsterte Neeva.

Eine weitere Bogensehne schwirrte, und der Mul hörte einen Pfeil auf den Boden neben Neeva aufschlagen. Sie rollte fort und flüsterte dann: »Bist du getroffen worden?«

Zu Rikus' Erleichterung spürte er, daß keiner der beiden Pfeile seinen Bauch durchbohrte. »Sie haben mich am Gürtel getroffen«, sagte er, zog die Pfeile vorsichtig aus dem Leder und warf sie beiseite. »Sie haben keinen Schaden angerichtet.«

Er wollte auf seine Kampfpartnerin zukriechen, aber die Halblinge feuerten ihre Bogensehnen erneut ab. Mehrere Pfeile pfiffen zwischen ihm und Neeva herab. Rikus sah Neeva wegrollen und dann innehalten, um auf ihn zu warten. Der Mul begann auf sie zuzukriechen, aber die Halblinge feuerten erneut. Dieses Mal trafen ihn beinahe zwei der Pfeile, und Neeva entging mit Mühe zwei weiteren.

»Sie wollen uns treffen«, rief Neeva. Eine weitere Bogensehne schwirrte, und sie rettete sich nur knapp, indem sie noch weiter von Rikus wegrollte.

»Laß sie«, antwortete Rikus, der erkannte, daß sie noch zu leichteren Zielen werden würden, wenn sie versuchten, wieder zusammenzukommen. »Kriech weiter. Wir werden einen Bogen beschreiben und uns weiter vorn wieder treffen.«

Zwei weitere Bogensehnen gingen los, und Rikus rollte fort. Als er zu Neeva zurückschaute, war sie in den dämmerigen Schatten verschwunden.

Rikus kroch davon, so schnell er konnte. Neeva konnte auf sich selbst aufpassen, und auch wenn nicht, so wußte er doch nicht, inwieweit es ihr helfen würde, wenn er getötet würde. Als er sich weiter von dem Halbling, den er getötet hatte, fortbewegte, wurde das Schwirren der Bogensehnen seltener, und die gepfiffenen Botschaften der Halblinge klangen dringender.

Die Sonne versank vollständig hinter den Bergen und tauchte das Gebiet in Dunkelheit. Die Monde waren noch nicht aufgestiegen, so daß nur das schwache Funkeln der Sterne den Halblingen Sicht gewährte. Der Mul stieß einen Seufzer der Erleichterung aus, als sein Zwergensehvermögen die glühenden Umrisse der Felsen, des Bodens und der

Halblinge darzustellen begann. Jetzt hatten er und Neeva eine gute Chance zu überleben, denn Halblinge konnten anders als Elfen und Zwerge im Dunkeln nicht sehen. Mit dem Vorteil des Zwergensehvermögens glaubte Rikus einen Bogen zu Neeva herum beschreiben und entkommen zu können, ohne von einem der Halblinge getroffen zu werden.

Sein Optimismus war jedoch nur von kurzer Dauer. Aus der Richtung, in die Neeva gekrochen war, ertönte der erstaunte Schrei eines Halblings. Rikus hörte das Schwirren einer Bogensehne, und dann brummte seine Kampfpartnerin ärgerlich. Es erklang eine Reihe gedämpfter Schläge.

»Stich dieses Ding nicht in mich hinein«, sagte Neeva.

Es erklang ein scharfes Schnappen, als habe die große Frau einen Speerschaft über ihrem Knie zerbrochen oder auch den Rücken eines Halblings. Etwas Weiches und Schlaffes brach auf den Felsen zusammen, und dann rannte Neeva mit schweren Schritten von dem Kampfplatz fort.

Eine Kakophonie von Zirpen und Pfeifen erklang aus ihrer Richtung. Das Gebiet in ihrer Nähe erwachte mit klappernden Steinen und schwirrenden Bogensehnen zum Leben, als mehrere Halblinge, die vor den orangefarbenen Felsen in warmem Rot leuchteten, auf Neevas Fluchtgeräusche zueilten.

Rikus sprang auf die Füße, stieß seinen lautesten Kampfschrei aus und schoß über den unebenen Boden, um seiner Kampfpartnerin zu helfen. Leider konnte er nicht sagen, wie sie sich schlug. Sogar mit seinem Zwergensehvermögen konnte er in der Dunkelheit nicht mehr als zehn Meter weit sehen.

Schon bald erschien das rote Glühen eines Halblings am Rande von Rikus' Sichtkreis. Der Mul hob sein Schwert und hoffte, die Unfähigkeit des Menschenfressers, im Dunkeln zu sehen, nutzen zu können. Als der Mul herankam, blieb der Halbling jedoch plötzlich stehen und neigte den Kopf, als lausche er. Dann hob er seinen Bogen und richtete die Spitze eines Pfeils direkt auf Rikus' Brust.

Der Gladiator ließ sich zu Boden fallen. Er staunte darüber, wie genau der Halbling zielte und überlegte dann, daß ihm das allein vom Klang her möglich sein mußte. Als er mit der Kniescheibe gegen die gezackte Spitze eines Felsens stieß, biß er die Zähne zusammen, um nicht aufzuschreien, und biß sich dabei auch auf die Zunge.

Die Bogensehne schwirrte, und der Pfeil des Halblings segelte als blauer Strich über Rikus' Kopf hinweg. Der Mul stand wieder auf, während der Halbling einen weiteren vergifteten Pfeil aus seinem Köcher zog und ihn wie einen Dolch umfaßte. Als Rikus vorwärtsging, schloß der Halbling die Augen und verließ sich ausschließlich auf seine Ohren, um den Standort seines Gegners zu erkennen. Rikus nahm einen Stein auf, schleuderte ihn seinem Gegner an den Kopf und warf sich dann hinter dem fliegenden Stein her nach vorn. Das Geschoß traf mit scharfem Krachen, und der Halbling stolperte rückwärts. Als der Mul sein Schwert zum Todesstoß hob, überraschte ihn der Halbling, indem er sich mit einem gewaltigen Sprung auf ihn stürzte.

Um nicht von der vergifteten Pfeilspitze durchbohrt zu werden, sprang Rikus aus dem Weg und landete mit dem Gesicht in den Felsen. Der Halbling traf den Boden wenige Fuß hinter ihm. Der Mul fuhr sofort herum und schwang sein Schwert in einem blinden Bogen umher. So schnell er sich auch bewegte, so war der Meuchelmörder doch in dem Moment, in dem Rikus ihn schließlich sah, bereits über ihm.

Rikus schlug die Hand mit dem Pfeil beiseite, schwang dann sein Schwert in einer schnellen Schleife herum und tötete den Angreifer.

Im selben Augenblick erklang aus der Richtung, in die Neeva geflohen war, ein lautes Prasseln, und dann flammte ein grelles, karmesinrotes Licht auf. Rikus erinnerte sich an das Geräusch. Er hatte es gehört, unmittelbar bevor er den ersten Halbling getötet hatte, und nahm an, daß Neeva mit einem urikischen Templer zusammengetroffen war.

»Neeva!« schrie er und sprang erneut auf.

Ein scharfer Schmerz schoß durch seine Kniescheibe, die er sich zuvor gestoßen hatte, und sein Bein knickte beinahe ein. Zu seiner Erleichterung brachte die Geißel jedoch den Klang von Neevas Stimme zu ihm. »Rikus lebt noch«, sagte sie. »Kommt mit!«

Rikus machte sich nicht die Mühe, sich zu fragen, mit wem sie sprach, sondern hinkte erneut vorwärts.

Nach wenigen Schritten blieb er stehen. Vor ihm standen vier Halblinge, die alle mit ihren Pfeilen in seine Richtung zielten.

Ihre Bogensehnen gingen gleichzeitig los.

Rikus fluchte erbittert und tauchte mit aller Behendigkeit, deren er noch fähig war, zur Seite.

Der Mul spürte den leichten Aufprall von vier winzigen Pfeilen, bevor seine Füße auch nur den Boden verlassen hatten. Er hatte Zeit genug zu erkennen, daß sie ihn erneut an seinem Gürtel getroffen hatten, und dann prallte er in die Felsen.

Im gleichen Moment betäubte ein furchtbarer Donnerschlag Rikus' Ohren, und ein grell orangefarbenes Licht durchflutete die Nacht. Es verwischte das Zwergensehvermögen des Mul und warf seltsame, zitternde Schatten über das ganze Gebiet. Ein versengender Windstoß fuhr über ihn hinweg. Von den grellen Strahlen geblendet und von der Hitze gepeinigt, bedeckte Rikus seine Augen und rollte sich zusammen.

Während seine Ohren klangen und seine Sicht verschwamm, erkannte Rikus, daß er für die Halblinge angreifbarer war denn je. Er lag so ruhig, wie er konnte, und sagte sich, daß er wohl niemals Antworten auf seine vielen Fragen danach, was gerade geschehen war, erhalten würde. Er erwartete, jeden Moment den Dolch eines Halblings in seine Nieren gleiten zu spüren oder ein Dutzend winziger Pfeile in seinen bloßen Rücken zu bekommen. Dennoch wußte er, so sehr ihm seine Instinkte auch zuriefen, er solle aufstehen und kämpfen, daß er nur Aufmerksamkeit auf sich ziehen würde, wenn er sich jetzt bewegte. Bis seine Sinne wiederkehrten, war er hilflos. Zu seiner Überraschung war es Neevas Stimme, die er hörte, als seine Ohren schließlich zu klingen aufhörten. »Rikus, bist du verletzt?«

Der Mul schaute auf und erkannte langsam immer deutlicher, daß seine Kampfpartnerin über ihm stand. Sie war als Silhouette vor einer Flammenwand zu sehen, die noch immer dort brannte, wo vor wenigen Momenten noch die vier Halblinge gewesen waren.

»Neeva, bist du in Sicherheit?«

»Natürlich«, sagte sie. »Du bist der einzige, den sie zu töten versucht haben.«

Rikus runzelte die Stirn. »Ich?«

»Als du geschrien hast, haben sie mich sofort in Ruhe gelassen«, erklärte Neeva. »Die Frage ist, bist du verletzt?«

»Ich weiß es nicht, und jetzt ist auch nicht die Zeit, das

herauszufinden«, sagte Rikus und stand auf. »Laß uns gehen...«

»Mach dir keine Sorgen, die Halblinge sind fort – zumindest für einen Moment«, sagte Neeva und legte eine Hand auf seine Schulter.

»Also, bist du verletzt oder nicht?«

Rikus runzelte die Stirn, beschloß aber, ihr zu glauben. Wenn noch immer Halblinge in der Nähe wären, hätten sie längst angegriffen. Als Antwort auf Neevas Frage sagte der Mul: »Ich bin von einem halben Dutzend Giftpfeilen getroffen worden, aber der Gürtel hat sie alle aufgehalten.« Er deutete auf die vier Pfeile, die noch immer in dem Leder steckten. »Sonst wäre ich jetzt tot.«

»Laßt mich Euch sicherheitshalber ansehen«, sagte eine andere bekannte Stimme, dieses Mal hinter dem Mul. »Manchmal spürt ein verwundeter Mann seine Verletzungen erst viel später.«

Rikus schaute über die Schulter und sah die schlanke Gestalt eines Zwerges hinter sich. »Caelum?« stotterte er.

»Wer, glaubst du, hat die Flammenwand geschaffen, die dich gerettet hat?« fragte Neeva.

Rikus ignorierte sie und schaute den Zwerg stirnrunzelnd an. »Was macht Ihr hier? Ich habe Euch und jedem anderen befohlen, Neeva und mich allein zu lassen.«

Der Zwerg senkte die Augen. »Es war Zufall. Ich habe meine Sonnenuntergangsweihe durchgeführt.«

»Ich habe Euch niemals irgendwelche Weihen durchführen sehen«, grollte Rikus. Er kniff seine Augen zusammen und schaute in die dunklen Augen des Zwerges. »Ihr lügt.«

»Warum sollte er das tun?« fragte Neeva.

»Vielleicht waren es nicht die Kes'Trekel, die Maetan

empfohlen haben, uns in einen Hinterhalt zu locken«, sagte Rikus und ergriff den Zwerg bei der Kehle. »Vielleicht war es Caelum!«

»Das ist verrückt!« fauchte Neeva und rettete den Zwerg aus Rikus' Griff.

»Nein, das ist es nicht«, knurrte Rikus. »Er ist uns hierher gefolgt, um den Halblingen zu zeigen, wo wir schlafen.«

»Nein«, keuchte Caelum und rieb sich die Kehle. »Es war Zufall, wie ich schon gesagt habe. Ihr habt meine Weihen nie gesehen, weil ich sie allein durchführen muß.«

»Ihr erwartet doch nicht, daß ich das glaube«, spottete Rikus.

»Es ergibt mehr Sinn, als das, was du glaubst«, fauchte Neeva.

»Wenn Caelum ein Verräter ist, warum hätte er dich dann vor den Halblingen retten sollen?«

Rikus runzelte die Stirn und konnte keinen guten Grund dafür finden. »Woher soll ich das wissen? Er ist der Spion!«

»Was auch immer Ihr bezüglich meiner Weihen glauben wollt, so müßt Ihr doch einsehen, daß ich genauso viel Grund dazu habe, Maetan zu hassen, wie Ihr. Ich bin kein Spion«, sagte Caelum und begegnete dem Blick des Mul offen. »Jetzt laßt mich Euren Bauch begutachten. Wenn Ihr einen Kratzer abbekommen habt, wird Euch die Kraft der Sonne das Gift aus dem Blut brennen.«

Als der Mul dieser Aufforderung des Zwerges nicht nachkam, griff Neeva zur Seite und öffnete die Schnalle. »Ich glaube, wir sollten vor Sonnenaufgang zur Legion zurückkehren«, fauchte sie. Caelum machte sich sofort daran, den Mul auf Wunden zu untersuchen.

Als Neeva den Gürtel ausbreitete, um ihn zu inspizieren,

sah Rikus, daß zwei weitere Halblingspfeile in dessen Rückseite steckten. Obwohl sie ihn wahrscheinlich getroffen hatten, während er durch die Felsen gekrochen war, hatte er sie durch das dicke Leder nicht gespürt.

»Und du hast ihn als wertloses Stück Leder bezeichnet«, sagte Rikus und deutete auf den Gürtel.

Neeva schüttelte verwundert den Kopf. »Alle Pfeile haben dich am Gürtel getroffen«, sagte sie. »Wieviel Glück wirst du noch haben?«

»Ich bezweifle, daß das Glück war«, sagte Caelum. Er hielt in seiner Untersuchung inne, um einen Giftpfeil aus dem Leder zu ziehen. »Ich würde sagen, es war Magie.«

Umbras Rückkehr

Rikus wachte von einem scharfen Stich in die Rippengegend auf.

»Hör auf, herumzuliegen«, sagte K'kriq. »Finde Uriker.«

Der Mul öffnete die Augen und sah die Ranken des ersten Lichts gerade über den sternenhellen Himmel schießen. Er rollte sich von Neevas warmem Körper fort und schaute zu der hoch aufragenden Gestalt des Thri-Kreen empor.

»Huh?« fragte er schlaftrunken.

»Was nicht stimmt?« fragte K'kriq und klappte ungeduldig seine Kiefer zusammen. »Warum so dumm?«

»Ich habe geschlafen«, gähnte Rikus.

»Schlaf«, schnaubte der Thri-Kreen, den die Schwäche des Mul anwiderte. »Verschwendest wertvolle Zeit für Jagd.«

»Es ist keine Verschwendung«, brummte Rikus. Er nahm einen der Umhänge auf, die Neeva geholt hatte, um sie vor dem kalten Nachtwind zu schützen, und stand auf. »Was ist mit den Urikern?«

K'kriq deutete mit seinen vier Armen nach Westen auf die gezackte, schwarze Wand der Klingenden Berge. »Habe viele Uriker gefunden. Nicht weit«, sagte er.

Rikus hob eine Hand. »Warte.«

Der Mul schaute über das staubige Lager hinweg, in dem eintausend düstere, träge Haufen schnarchten und im Schlaf brummten. »Alles aufstehen!« schrie er. »Bewegt euch!«

Die Hälfte der Gladiatoren sprang, mit den Waffen in den Händen, auf die Füße, aber die andere Hälfte rührte sich kaum. »Weckt eure Kameraden«, befahl Rikus, trat zu Neeva und stieß sie leise mit dem Fuß an. »Wir ziehen in einer Viertelstunde weiter.«

Neeva stand auf, zog sich den Umhang um die Schultern und unterdrückte ein Gähnen. »Was ist los?«

Rikus nahm sie an der Hand und ging auf das Lager der Templer zu. »Ich erkläre es dir später. Jetzt müssen wir unsere Anführer wecken.«

Innerhalb weniger Minuten hatten sie sowohl Styan als auch Jaseela wachgerüttelt. Als Rikus K'kriq jedoch bat, zu erklären, was vor sich ging, erhob Neeva Einwände. »Was ist mit Caelum?«

»Er ist wahrscheinlich fortgegangen, um seine Morgenweihe durchzuführen«, antwortete Rikus sarkastisch. Das unerklärliche Erscheinen des Zwerges in der Nacht zuvor ärgerte den Mul noch immer. Obwohl er Neeva zugestehen mußte, daß ein Verräter sie sicher nicht vor den Halblingsmeuchelmördern gerettet hätte, blieb er dennoch überzeugt davon, daß Caelum ihnen zu einem Zweck zu ihrem Lager gefolgt war, den er ihnen verheimlichte.

»Wir sollten ihn besser finden«, sagte Jaseela. Sie gähnte und stöhnte dann vor Schmerz, als ihr verwachsener Kiefer sie für die Bewegungen mit Schmerz strafte. »Wenn Ihr einen Kampf erwartet, werden wir die Zwerge brauchen.«

Rikus stimmte widerwillig zu und führte sie dann zu der Stelle, an der die Zwerge geschlafen hatten. Sie hatten ein ordentliches Lager auf einem Moosteppich zwischen zwei Sandsteinhügeln errichtet, die die Strahlen des Vordämmerungslichts in schimmerndem Silber und Gold reflektierten.

Caelum traf die Anführer in der Mitte des Lagers und bot jedem von ihnen eine Handvoll kleiner Schlangeneier an. Nur Styan lehnte das Frühstück ab.

»K'kriq hat ein urikisches Lager gefunden«, erklärte Rikus und deutete auf eine entfernte Schlucht, die der Thri-Kreen ihm zuvor gezeigt hatte.

»Wie groß?« fragte Jaseela und ließ eines der lederartigen Eier in ihren mißgebildeten Mund gleiten.

»So viele wie unsere Leute«, antwortete K'kriq und deutete mit einer Hand auf jeden der Trupps von Rikus' Legion. »Viele Menschen. Im Lager. Warten.«

»Hast du Maetan oder das *Buch der Könige* gesehen?« fragte Caelum. K'kriq überkreuzte seine kurzen Fühler und deutete damit an, daß er die Frage verneinen mußte.

»Das bedeutet aber nicht, daß der Geistbeuger nicht bei ihnen ist«, sagte Rikus.

»Und es bedeutet auch nicht, daß er es ist«, widersprach Styan.

»Vielleicht ist er ja schon auf halbem Weg zurück nach Urik.«

»Wir greifen an«, beharrte Rikus.

»Wer genau ist *wir*?« fragte Styan und schaute an seiner spitzen Nase entlang auf den Mul. »Ich habe meine Templer zu nichts verpflichtet.«

»Wenn wir darauf warten, daß die Templer kämpfen, hat Maetan Zeit genug, nach Hause zu kriechen«, fauchte Rikus.

Styan sah die anderen Befehlshaber an. »Wir müssen auf direktem Weg zu der Oase ziehen. Mein Trupp hat letzte Nacht das letzte Wasser verbraucht.«

»Ihr laßt es zu, daß sie ihr Wasser ganz verbrauchen? Was wäre denn, wenn noch immer Uriker in der Oase wären?

Ohne jegliches Wasser wären Eure Männer schon am Mittag völlig kampfunfähig«, sagte Neeva. »Nur Templer könnten so dumm sein.«

»Nicht unbedingt«, sagte Jaseela und wandte sich mit ihrem gesunden Auge Rikus zu. »Wir haben seit gestern nachmittag kein Wasser mehr.«

Neeva knurrte und schaute Caelum an. »Wie steht es mit den Zwergen?«

»Wir sind seit drei Tagen auf halber Ration«, sagte er stolz.

»Wenn wir auf Viertelrationen gehen, kommen wir noch einen weiteren Tag aus.«

Styan grinste in Rikus' Richtung. »Wenn Ihr klug genug wäret, die Wasservorräte Eurer Gladiatoren im Auge zu behalten, dann würdet Ihr wahrscheinlich feststellen, daß sie ihre Wasserschläuche vor allen anderen geleert haben.«

»Das ist unwichtig«, fauchte Rikus. »Wir sind vor dem Kampf in Kled drei Tage ohne Wasser ausgekommen.«

»Nicht freiwillig«, widersprach Styan. »Und wer weiß, wie lange wir ohne Wasser sein werden, wenn wir angreifen und der Kampf schlecht verläuft?«

»Das wird er nicht«, grollte Rikus.

Styan schüttelte stur den Kopf. »Wenn ich meinen Männern befehle, an der Oase vorbeizuziehen, werden sie mir einen Dolch in den Rücken stoßen.«

»Das wäre gar keine schlechte Sache«, sagte Neeva. »Die ganze Legion wäre ohne Euch Feiglinge besser dran.«

Styan sah sie einen Moment lang an und schaute dann zu Rikus hinüber. »Wenn Ihr auf dieser Dummheit besteht, werden die Gladiatoren allein angreifen müssen.«

»Nicht allein«, sagte Jaseela. »Wasser oder kein Wasser«, meine Zwangsverpflichteten und ich sind dabei.«

»Und auch die Zwerge«, fügte Caelum hinzu und trat neben Neeva.

Styan betrachtete den Sonnenpriester einige Momente lang mit einem grimmigen Lächeln auf seinen dünnen Lippen. »Könnt Ihr Euch dessen sicher sein?«

Die roten Augen des Zwerges funkelten verärgert. »Natürlich!«

»Sollen wir es ausprobieren?« fragte der Templer. Er trat von der kleinen Gruppe der Anführer fort und wandte sich dem Zwergenlager zu. »Ihr Krieger von Kled, ich halte es für meine Pflicht, einen Augenblick mit euch zu sprechen.«

Die Zwerge wandten ihre sanften Blicke Styan zu, um sich seine Worte anzuhören.

Rikus runzelte die Stirn und wollte eingreifen, aber Jaseela hielt ihn schnell zurück. »Wenn Ihr Euch einmischt, wird es so aussehen, als hättet Ihr Angst vor dem, was er zu sagen hat«, meinte sie. »Laß ihn lieber sprechen.«

Der Mul grollte ärgerlich, trat aber zurück und ballte enttäuscht die Fäuste.

»Der Thri-Kreen-Fährtensucher behauptet, er habe ein urikisches Lager entdeckt, und der Anführer der Gladiatoren will es angreifen«, sagte Styan. Er deutete mit einer Hand auf den Mul, als kenne sein Publikum Rikus nicht. »Aus Fairneß euch gegenüber muß ich euch erklären, daß es keinen Grund zu der Annahme gibt, Maetan oder das *Buch der Könige von Kemalok* könnten bei ihnen sein.«

»Es gibt aber auch keinen Grund zu der Annahme, daß das Buch nicht bei ihnen ist!« platzte Rikus heraus und trat neben Styan. »Wenn Ihr zu feige seid...«

»Dies ist keine Sache des Mutes, es ist eine Sache der Ehrlichkeit«, erwiderte Styan, der den Ton vernünftigen

Argumentierens beibehielt, obwohl er seine Stimme über Rikus' erhoben hatte. Der Templer warf dem Mul einen strafenden Blick zu und sagte dann: »Wenn Ihr bezüglich dieser Sache ehrlich wärt, müßtet Ihr zugeben, daß K'kriq die Nachhut gesehen hat. Ergibt die Behauptung einen Sinn, das *Buch der Könige von Kemalok* könnte bei ihnen sein?«

Die Zwerge betrachteten beide Männer, und ihre unbeweglichen Gesichter offenbarten nichts von den Gedanken, die Styans Worte hervorgerufen hatten.

Neeva trat vor, um Rikus zu unterstützen. »Wir wissen nichts davon, daß es die Nachhut war«, sagte sie.

»Nein?« fragte Styan und hob in übertriebenem Zweifel seine Augenbrauen. »Hat K'kriq nicht gesagt, daß sie ›gewartet‹ haben? Worauf warten sie, wenn nicht auf uns?«

»Er sagte, daß sie lagerten«, konterte Rikus. »Für ihn ist ›schlafen‹ dasselbe wie ›warten‹.«

»Selbst wenn ich bereit wäre, diesen Punkt anzuerkennen, gibt es noch ein anderes Argument, das Ihr nicht so leichtfertig diskutieren könnt«, sagte Styan, und eine Seite seines Mundes verzog sich zu einem zufriedenen Grinsen. »Als wir gestern von der Schlucht herabgestiegen sind, sah einer meiner Männer, ein Halbelf, dessen Augen so scharf sind wie die seiner reinrassigen Brüder, eine Handvoll Gestalten über den Sand eilen – von der Oase fort.«

»Das habt Ihr erfunden!« rief Rikus.

Styan ignorierte ihn und wandte sich an die Zwerge. »Dorthin ist euer Buch verschwunden«, sagte er. »Und während wir streiten, wird Maetan es noch weiter fortbringen.«

»Lügner!«

Rikus gab Styan einen heftigen Schubs, so daß der hagere Mann zwei Meter durch die Luft flog, bevor er auf den staubigen Boden prallte. Der Mul war sofort über dem Templer, Rkards Geißel in Händen, und preßte die Spitze der Klinge an die faltige Kehle des Verwalters.

Styans Gesichtsausdruck blieb ruhig aber Rikus konnte über das Keuchen und das Geräusch aufgeregter Schritte hinweg das Herz des Templers wie verrückt schlagen hören.

»Sagt ihnen die Wahrheit!« schrie Rikus.

»Aber das habe ich bereits«, antwortete Styan. »Mich zu töten wird daran nichts ändern.«

Rikus legte Druck auf die Klinge, und Blut begann die papierähnliche Haut an Styans Hals hinabzutröpfeln.

»Hört auf!« sagte Jaseela. Sie packte den Arm des Mul und versuchte ihn wegzuziehen, aber die Adlige war nicht annähernd stark genug. »Ihr spielt ihm in die Hand.«

»Er hat mir nichts von irgendeinem Halbelfen gesagt, der irgend jemanden die Oase verlassen gesehen hat«, spie Rikus aus.

»Natürlich nicht«, sagte Jaseela. »Da waren keine Gestalten, und wahrscheinlich ist da auch kein Halbelf – aber Ihr erreicht, daß es so aussieht, als wäret Ihr derjenige, der etwas zu verbergen versucht.«

Neeva ergriff Rikus' Handgelenk, bog es langsam zur Seite und stieß Styan dann so fest mit dem Fuß an, daß man es fast als Tritt bezeichnen konnte. »Steht auf, bevor er Euch tötet«, sagte sie. »Nicht, daß es mir etwas ausmachen würde.«

Der Templer versuchte zu lächeln und zeigte seine grauen Zähne. »Danke, meine Liebe.«

Als Rikus sich abwandte, um sein Schwert in die Scheide zu stecken, sah er überrascht, daß die Zwerge sich in einer Reihe aufstellten und aus dem Lager marschierten. »Was tun sie?« fragte er und sah Caelum stirnrunzelnd an.

Der große Zwerg schaute, offensichtlich beschämt, fort. »Sie ziehen zu der Oase«, sagte er. »Bitte, werft es ihnen nicht vor. Es ist nicht so, daß sie Eure Worte anzweifeln, aber sie können sich nicht vorstellen, warum Styan wegen etwas so Wichtigem lügen sollte. Unter solchen Umständen würde es ihrem Lebenszweck widersprechen, diesen Kampf auszutragen, und das können sie nicht tun.«

»Gut«, knurrte Rikus. »Wir brauchen sie auch nicht.«

»Rikus, Ihr wollt doch nicht sagen, daß Ihr immer noch angreifen wollt!« keuchte Styan. Er achtete sorgfältig darauf, außerhalb der Reichweite des Mul zu bleiben.

»Ich habe nicht vor, sie entkommen zu lassen«, antwortete Rikus.

Der Templer schaute zu Jaseela. »Sicherlich werdet Ihr unter solchen Umständen Eure Entscheidung neu überdenken wollen.«

Die Adlige verhöhnte den Templer, indem sie ihm die entstellte Seite ihres Gesichts zuwandte. »Bis jetzt hat Rikus noch jeden Kampf gewonnen«, sagte sie. »Ich werde seinen Instinkten vertrauen.«

Rikus hörte vor ihnen Steine klappern. Er zog sein Schwert und bedeutete dann den Kriegern hinter ihm, sie sollten ebenfalls ihre Waffen bereitmachen.

Der Mul führte Neeva und den Rest seiner Gladiatoren durch eine tiefe Senke, die mit pinkfarbenem Wiesenstärling und dem mit Widerhaken versehenen Dickicht bernsteinfarbener Teerbüsche bestanden war. Auf einer Seite der Senke erhoben sich die felsigen Ausläufer der Klingenden Berge und auf der anderen die großen Dünen der Sandwüsten. Direkt vor ihnen wurde der Graben von einem Delta aus

Felsen, Sand und anderem Schutt blockiert, was sich alles aus der Mündung einer engen Schlucht ergoß. In dieser Schlucht hatten die Uriker, laut K'kriq, in der letzten Nacht gelagert. Bevor sie aus der Mulde herauskletterten, hielt Rikus inne und betrachtete die karmesinrote Sonne. Sie hing in ihrem Zenit, eine glühende Kugel, genau in der Mitte des sengenden weißen Mittagshimmels.

»Weißer Himmel«, sagte Neeva, die ebenfalls die Sonne betrachtete. »Jaseela sollte an ihrem Standort sein.« K'kriqs Rat gemäß hatten sie die Adlige und Caelum ausgesandt, im Bogen hinter den Feind zu gelangen.

»Das sollte sie besser«, sagte der Mul und deutete auf die vor ihnen liegende Schlucht. Jetzt wo er Rkards Geißel in Händen hielt, konnte er hören, daß urikische Befehlshaber ihren Untergebenen Befehle zuriefen. »Es klingt, als befänden sich die Uriker im Aufbruch.«

Der Mul kroch den Hang am Ende des Grabens hinauf und bedeutete Neeva, Gaanon und dem Rest der Gladiatoren, es ihm gleichzutun. Als er über die Spitze des Hügels schaute, sah er, daß der Feind in einem unregelmäßigen Durcheinander die Schlucht hinabmarschierte. Der Haufen bildete einen starken Kontrast zu der disziplinierten Legion, an die sich der Mul von dem ersten Kampf her erinnerte. Die roten Tuniken der Uriker waren ausnahmslos zerrissen und schmutzig, nur die Hälfte von ihnen trug noch die Knochenschilde, und noch weniger besaßen noch ihre Schwerter. Ihre Gesichter waren bleich und starr vor Angst.

Ihnen folgte eine hoch aufragende Gestalt absoluter Schwärze, die die vor ihr einherstolpernde, zerrissene Streitmacht wie ein Hirte antrieb, der seine Herde zur Schlachtbank bringt.

»Umbra!« stieß Neeva hervor.

»Gut«, sagte Rikus und eilte direkt auf das Schattenmonster zu.

»Wozu soll das gut sein?« fragte Neeva und paßte sich seinem Schritt an.

»Wenn Umbra hier ist, dann ist Maetan das wahrscheinlich auch.«

»Gut«, sagte Gaanon, dessen schwere Schritte über den Boden scharrten, während er die Worte des Mul wiederholte. »Ich werde sie beide töten.«

Hunderte schreiender Gladiatoren folgten den dreien und verteilten sich, um dem Haufen Uriker gegenüberzutreten. Rikus konnte bereits jetzt erkennen, daß seinem Heer dieser Kampf gefallen würde: ein großer Kampf ohne Taktiken und Tricks, Klinge gegen Klinge und Krieger gegen Krieger.

Die beiden Heere kamen schnell bis auf einige Meter aneinander heran, und die Sorgen des Mul waren bald vergessen, als das Kampfgeschrei an seine Ohren drang.

Rikus schoß direkt auf zwei urikische Speerträger zu, um ihnen die Spitzen ihrer Waffen abzuschlagen und an ihnen vorbei in das dahinterliegende Gedränge zu springen. Im letzten Moment hoben sie jedoch ihre Speere und schleuderten die Waffen gegen sein Herz. Rikus reagierte instinktiv und blockte einen der Speere mit seinem Schwert ab. Zu seiner Überraschung zerteilte die Geißel den Schaft des Speeres in zwei Hälften, obwohl sie ihn nur flüchtig getroffen hatte.

Der andere Speer glitt an der gebogenen Klinge vorbei, sank dann aber plötzlich herab und traf Rikus am Bauch. Er schrie auf und stolperte unter dem Anprall der scharfen Spitze zurück, spürte aber immer noch nicht das heftige

Brennen einer Stichwunde. Er sah hinab und erkannte, daß die Speerspitze nicht durch seinen Gürtel hindurchgedrungen war.

Rikus zog die Waffe aus dem Leder, stieß sie beiseite und grinste die beiden Uriker an, die ihn angegriffen hatten. Schließlich wichen die Männer zurück und flohen zu dem feindlichen Heer, wobei sie etwas von Magie und Zauberei schrien.

»Feiglinge!« rief Rikus und eilte hinter ihnen her. »Wegzulaufen wird euch nicht retten!«

Er krachte in die Masse der Uriker, und seine magische Klinge schlug und schnitt so leicht durch feindliche Arme und Körper, wie sie durch den Speerschaft geschnitten hatte. Neeva folgte zu seiner Rechten und schlug mit ihrer Axt eine breite Schneise. Gaanon kam zur Linken heran, und seine große Keule ließ zerschmetterte Körper in alle Richtungen stürzen.

Die drei Gladiatoren drangen tiefer und tiefer in die Masse der Uriker ein, ein Mahlstrom des Todes, der sich seinen Weg durch feindliches Gebiet bahnte, wie ein über die Salzflächen der Elfenbeinebenen hinwegwirbelnder Sturmwind. Hin und wieder hob Rikus Rkards Geißel an, um einen Schlag abzublocken oder zu parieren, anstatt anzugreifen. Jedes Mal, wenn die Obsidianklinge eines Angreifers auf den antiken Stahl von Rikus' Schwert traf, wurde sie zerbrochen.

Bald war sich Rikus nur noch dessen bewußt, was er empfand: seiner eigenen Stimme, die freudig aufschrie, des Aufblitzens seines Schwertes und der typischen Geräusche und Gerüche des Schlachtfelds. Er reagierte ohne bewußte Gedanken, seine Klinge tanzte, als sei sie ein Teil seines

Armes, und seine Beine und seine freie Hand schossen aus eigenem Antrieb vor, um einen Feind vor Neevas Axt oder vor Gaanons Keule zu stoßen. Er liebte den Kampf, wie ein Thri-Kreen die Jagd liebte, wie ein Elf das Laufen liebte und wie ein Zwerg es liebte, sich abzumühen. Dafür war der Mul geboren: zu kämpfen, zu töten, zu siegen.

Als der Kampf sich hinzog, wurde sich Rikus vage der Tatsache bewußt, daß rings um ihn herum tyrianische Krieger auf den verwirrten und aus dem Felde geschlagenen Feind einschlugen und -hackten. Wie er selbst, hatten auch sie ihr Leben in der Ausbildung zu Einzelkämpfern verbracht, und wenn ihr Können auch nicht an das des Mul heranreichte, so reichte jedenfalls das Können der Feinde auch nicht an ihres heran. Die Schreie sterbender Uriker übertönten seine eigenen Jubelrufe. Aus den Augenwinkeln erblickte er rote Funken, die zu Dutzenden fielen. Der kupferartige Geruch von Blut, der sich von den rotgetränkten Felsen des Kampfplatzes erhob, erfüllte seine Nase. Alles endete zu schnell. Plötzlich sah sich Rikus selbst, wie er auf die Rücken seiner Gegner einschlug und über tote Körper stolperte, während er versuchte, mit den fliehenden Urikern Schritt zu halten.

»Kämpft«, dröhnte Umbras Stimme. »Kämpft und sterbt, oder ich werde euch versklaven!«

Der Schattenriese packte einige der fliehenden Uriker und verschluckte sie mit seinem dunklen Körper, wie er es auch schon das erste Mal getan hatte, als Rikus ihn gesehen hatte. Dieses Mal hatte die Drohung wenig Wirkung. Hamanus Krieger flohen weiter oder wurden, wenn sie Umbras Worte beachteten, in dem Moment gefällt, in dem sie sich umwandten, um zu kämpfen.

»Folgt den Feiglingen!« schrie Rikus und arbeitete sich

schließlich aus dem Gewirr von Körpern heraus, die das Schlachtfeld übersäten.

»Tod den feigen Urikern!« echote Gaanon, dessen Stimme fast so laut dröhnte wie die Umbras.

Jetzt, wo die Uriker aufgehört hatten zu kämpfen, stellte Rikus fest, daß ihm die Freude am Kampf vergangen war. Dennoch setzte er dem fliehenden Feind nach, der sogar dabei noch zum Vorteil der Tyrianer beitrug. In der Richtung, in die sie flohen, würden sie bald auf Jaseela und Caelum treffen. Obwohl der Trupp der Adligen nicht groß genug war, um so viele in Panik geratene Krieger aufzuhalten, würde er die Meute von Feiglingen doch lange genug behindern können, daß die Gladiatoren ihnen ein Ende bereiten konnten.

Während der Mul weiterrannte, vernichtete seine scharfe Klinge fast bei jedem Schritt einen weiteren Gegner. Da sie schwerere Waffen trugen, konnten Gaanon und Neeva kaum mit Rikus Schritt halten, aber sie kämpften hinter ihm und töteten die Krieger, die der Mul nur verwundet hatte.

Plötzlich sah sich Rikus einem riesigen Schatten gegenüber. Eine schwarze Hand kam zu seiner Rechten herab und ergriff sowohl einen tyrianischen Gladiator wie auch einen fliehenden Uriker. Schreie, die das Blut gefrieren lassen konnten, ertönten über die Schmerzensschreie jener hinweg, die ringsum starben, und dann verschmolzen die Körper der beiden Männer mit der Dunkelheit Umbras.

»Wir haben Umbra«, keuchte Neeva und trat neben den Mul. »Was jetzt?«

Gaanon trat auf die andere Seite des Mul. Der Halbriese war sprachlos. Es war, als habe ihm der Anblick eines Wesens, das zweimal so groß war wie er selbst, seine dröhnende Stimme geraubt. Rikus schaute auf und fand sich in die saphirgrünen Augen Umbras starrend wieder. Der Schattenriese lächelte und griff dann nach Neeva. »Ihr werdet einen hohen Preis für Euren Sieg bezahlen müssen, Tyrianer.« Der Atem rollte auf den übelriechenden Ranken einer dunklen Wolke aus dem Mund des Ungeheuers.

Neeva schrie abwehrend auf, hob ihre triefende Axt und senkte sie auf die schwarze Hand hinab. Die blutbefleckte Klinge sank ohne besondere Wirkung durch den Schatten hindurch und kam sauber und glänzend wieder zum Vorschein, als sie auf die Felsen zu Neevas Füßen auftraf. Die Waffe zerbrach, als sei sie aus Glas, und Umbras schwarze Finger schlossen sich um Neevas Taille.

»Rikus!« schrie sie, während der schwarze Schatten bereits ihre Oberschenkel hinauf auf ihren Hals zukroch.

Nicht wissend, was er sonst tun sollte, senkte der Mul sein Schwert auf den schwarzen Arm. Zu seiner Überraschung grub sich die magische Klinge in den Schatten, als sei er aus Fleisch.

Umbra schrie erschreckt und wütend auf. Rikus schlug erneut auf den Arm ein, schwang das Schwert diesmal mit beiden Händen, und ließ es mit aller Macht hinabsausen.

Umbras Hand fiel vom Ende seines Armes ab und versprühte dicken, schwarzen Nebel über den Boden. Neeva fiel hintenüber und lag zitternd da, während sich die Schattenfinger von ihrem Körper lösten und in den Boden einsanken.

Vor Wut brüllend, trat Gaanon vorwärts und senkte seine mächtige Keule auf das Schattenwesen. Wie Neevas Axt glitt auch die Keule durch den schwarzen Körper, ohne Schaden anzurichten, und schnellte wie ein Zweig zurück, als sie auf dem Boden aufprallte. Umbra trat nach dem Halbriesen und pflanzte seinen Fuß genau auf die Brust des Gladiators, wodurch er ihn zu Boden stieß. Gaanon schrie vor Schmerz auf und versuchte sich fortzurollen. Aber seine Anstrengungen waren umsonst, denn Umbra hielt ihn fest an seinem Platz, während sich ein Teich der Schwärze langsam über den Körper des Halbriesen ausbreitete.

Rikus schlug auf das Bein des Schattenriesen ein. Erneut grub sich die Klinge in die schwarze Gestalt. Das dunkle Wesen gab fluchend eine Reihe tiefer Gurgellaute von sich, die keine menschliche Zunge hätte nachahmen können, und schlug dann mit seiner heilen Hand nach dem Mul. Der Schlag schleuderte Rikus Rkards Geißel aus den Händen, aber das einzige, was er fühlte, war eine fürchterliche Kälte, die ihm den Atem nahm und seine Knochen bis aufs Mark schmerzte. Rikus versuchte nach seinem Schwert zu greifen, aber seine von der Kälte betäubten Glieder gehorchten ihm nur langsam. Die Waffe klapperte wenige Fuß entfernt zu Boden.

»?Vorpal?stahl«, zischte Umbra ärgerlich. »Wie seid Ihr da drangekommen?«

Als Umbra seine Frage beendet hatte, hallten zischende und spuckende Geräusche von den Felsenwänden der Schlucht wider. In nur geringer Entfernung schoß ein Vorhang aus schimmernder Luft aus einer Felswand auf die jenseitige Wand der Schlucht zu. Die fliehenden Uriker, die mehr Angst vor ihren Verfolgern als vor der Magie vor ihnen hatten, achteten nicht auf die durchscheinende Barriere und drängten weiter. Als sich die erste Welle dem fremdartigen Hindernis näherte, schrien sie plötzlich auf und wandten sich ab. Diese Kehrtwendung rettete sie jedoch nicht. Der

Druck derer, die ihnen folgten, trieb sie vorwärts. Als sie nahe an den Vorhang herankamen, flammte er auf und verschwand dann in einer Wolke schwarzen Rauchs.

Umbra betrachtete den Tumult und stieß erneut einen Fluch in einer fremden Sprache aus. Rikus stürzte sich auf sein Schwert und rollte sich darüber hinweg. Er ergriff das Heft und sprang mit derselben schnellen Bewegung wieder auf, woraufhin er mit einem über Kreuz ausgeführten Schlag Umbra angriff. Die Klinge schnitt durch Luft, denn der Schattenriese hatte sich bereits abgewandt. Das dunkle Wesen schritt entschlossen auf den Vorhang brennender Luft zu, während aus dem Stumpf seines schattenhaften Unterarms eine Spur schwarzen Nebels tropfte. Rikus trat neben Neeva und half ihr hoch. »Bist du verletzt?«

»Durchgefroren bis auf die Knochen, aber nicht verletzt«, sagte sie. Sie stand auf, nahm zwei gefallenen Urikern ihre Obsidiankurzschwerter ab und schaute dann in Richtung auf den schimmernden Vorhang die Schlucht hinauf. »Was ist das?«

»Caelum und Jaseela, hoffe ich«, sagte Rikus. Er sah Gaanon an. »Was ist mit Euch?«

Der Halbriese zwang sich aufzustehen. »Nur k-kalt«, stotterte er und schwankte auf unsicheren Füßen. »Ich bin nicht verletzt.« Er versuchte, auf Rikus zuzugehen, aber seine gefrorenen Beine bewegten sich kaum, und er fiel mit dem Gesicht voran zu Boden.

»Wartet hier. Die Sonne wird Euch wärmen«, sagte Rikus und bedeutete Neeva, ihm zu folgen.

»Nein, wartet!« rief Gaanon und erhob sich erneut. »Es geht mir gut.«

Erneut versagten die Beine dem Halbriesen ihren Dienst.

Er sank zu Boden, protestierte aber noch immer, er sei zum Kampf bereit.

Auf der anderen Seite des Vorhangs deutete Jaseela auf die schimmernde Barrikade und sah dann mit ihrem starren Auge zu Caelum hinab. »Dieses Ding…«

»Es ist ein Sonnenzaun«, erklärte Caelum.

»Was immer es ist, es gehört nicht zu Rikus' Plan!« fauchte sie.

»Rikus' Plan, wenn er einen hat, ist kein unantastbares Meisterwerk«, erwiderte der Zwerg.

Zusammen mit K'kriq standen sie auf einem Granitüberhang, mehr oder weniger inmitten der Linie des kleinen Trupps von Jaseelas Zwangsrekrutierten. Durch die Riffelung von Caelums Sonnenzaun konnten sie nur undeutlich sehen, wie die Uriker einander vorwärtsstießen und in den Flammen verbrannten, als sie sich der sengenden Barrikade näherten.

»Zaun verbrennt Beute«, stellte K'kriq fest. »Läßt keine Nahrung für Trupp übrig.«

»Wir essen die Uriker nicht«, grollte Caelum.

K'kriq schaute an seinem Stechrüssel hinab und schlug in Richtung des Zwerges seine Kiefer zusammen. »Trupp groß – nicht viel Fleisch«, sagte der Thri-Kreen. »K'kriq weiß, was ihr tut. Versteckt alles für euch selbst.«

Caelum schaute angewidert fort.

»Laßt ihn verschwinden!« sagte Jaseela.

»Das werde ich nicht«, widersprach der Zwerg. »Dies ist die wirkungsvollste Art, die Uriker aufzuhalten.«

»Und mein Heer vom Kampf abzuhalten«, wandte die Adlige ein.

»Meine Zwangsrekrutierten sind nicht durch halb Athas marschiert, um zu beobachten, wie der letzte...«

Jaseelas Kinn sank herab, und sie beendete ihren Gedanken nicht, denn etwas anderes hatte ihre Aufmerksamkeit erregt. Von der anderen Seite des Sonnenzaunes her näherte sich eine Gestalt, die so groß war wie ein reinrassiger Riese und so dunkel wie der Grund eines Brunnens.

»Was, beim Grabe Kalaks, ist das?« fragte sie.

»Nach Neevas Beschreibungen zu urteilen, würde ich sagen, daß das Umbra ist«, keuchte der Zwerg.

Der Schattenriese machte zwei lange Schritte, stand dann an der Wand und schaute mit zwei glühenden blauen Augen auf die Barriere hinab. Nach einem Moment des Nachdenkens beugte er sich hinüber, und eine riesige Wolke schwarzen Nebels drang aus seinem Mund. Sie legte sich über den Sonnenzaun wie ein Leichentuch und eröffnete eine mehr als zwölf Meter große Lücke, bevor sie im Boden versank.

Caelums Gesicht wurde blaß. »Das kann nicht sein!« Der Zwerg packte Jaseelas Arm. »Sprengt Euer Heer. Sagt ihnen, sie sollen laufen!«

Die Adlige riß ihren Arm los. »Das werde ich nicht tun. Wir sind gekommen, um zu kämpfen, und kämpfen werden wir.« Sie schwenkte ihre Arme zu beiden Seiten der Linie und schrie: »In die Mitte! Versperrt die Lücke!«

Es war schwer zu sagen, ob die Krieger sie bis in die letzten Reihen hören konnten, aber selbst, wenn sie es nicht konnten, reichten ihre Gesten und die Situation aus, um klarzumachen, was sie meinte. Als die ersten Uriker durch die Lücke zu strömen begannen, eilten Jaseelas Zwangsverpflichtete vorwärts, um sich ihnen entgegenzustellen. Das Geräusch zusammenschlagender Klingen und die Schreie sterbender Männer hallten von den Wänden der engen Schlucht wider, während sich mit jedem Augenblick mehr Männer von jeder Seite an dem Kampf beteiligten.

Obwohl sich die tyrianischen Zwangsverpflichteten recht tapfer schlugen, fühlte sich Caelum krank vor Angst. »Ich bitte Euch, befehlt den Rückzug, bevor es zu spät ist. Unser Feind ist zu mächtig.«

»Seid ruhig«, sagte Jaseela. »Nur weil ein aufrecht gehender Schatten unsere Magie zunichte macht...«

»Er hat nicht meine Magie zunichte gemacht«, sagte Caelum. »Es war die Magie der Sonne!«

Die Adlige ignorierte ihn und trat an den vorderen Rand des Überhangs. Als sich der letzte ihrer Zwangsverpflichteten in den Kampf stürzte, rief sie ihren Kriegern mit gleichem Nachdruck Ermutigungen und Befehle zu. Obwohl die Uriker ihren Männern gegenüber in der Überzahl waren und mit der verzweifelten Wut zum Tode verurteilter Krieger kämpften, hielt ihr Trupp die Lücke.

Als Umbra jedoch an die Stelle trat, verwandelte sich Jaseelas Stolz in Sorge. Der Schattenriese beobachtete einen Moment lang den Kampf, der zu seinen Füßen tobte, und ließ dann sein verwundetes Handgelenk über den Kämpfern kreisen. Lange Ranken schwarzen Dampfs strömten aus dem Sumpf und hingen in der Luft.

»Was tut er?« fragte Jaseela. »Caelum?«

Der Zwerg hörte sie nicht. Er stand zutiefst konzentriert da, eine glühende Hand zur Sonne erhoben und die andere über den Rand des Überhangs hinweg ausgestreckt.

Während Jaseela zusah, verbreitete der Schattenriese immer größere Schwaden schwarzen Dampfes aus seiner Wunde in der Luft. Der dunkle Nebel verschmolz zu einer dünnen Wolke und breitete sich weiter aus, segelte über den Kopf der Adligen hinweg und hüllte ihr Heer vollständig ein. Gleichzeitig wurde Umbra sichtbar dünner, bis seine Glieder keinen größeren Umfang hatten als die eines Halbriesen. Schließlich begann der Schattenriese zu einer Größe zusammenzuschrumpfen, die der seiner Glieder entsprach.

Die schwarze Wolke begann wie feiner Dunst herabzusteigen. Die Uriker hörten fast wie auf Kommando auf zu kämpfen und warfen sich in tödlichem Erschrecken schreiend zu Boden.

Im selben Augenblick erkannte Jaseela, daß es falsch gewesen war, nicht auf Caelum zu hören. »Zieht euch zurück!« schrie sie. »Lauft!«

Ihre Rufe nützten nichts. Die tyrianischen Zwangsverpflichteten waren durch das Verhalten der Uriker und die schwarze Wolke, die sich über ihnen ausgebreitet hatte, so verwirrt, daß ihre Unentschlossenheit sie lähmte. Einige von ihnen wandten sich zur Flucht, wie sie es befohlen hatte. Einige hackten gnadenlos auf die Körper ihrer dahingestreckten Feinde ein. Wieder andere zogen sich die Umhänge über die Köpfe, als könnte diese dünne Stoffschicht sie vor dem dunklen Nebel schützen, der auf sie niederging.

Aus dem Winkel ihres gesunden Auges sah Jaseela ein helles, karmesinrotes Licht am Rande der Klippe aufflakkern. Sengende Hitze rauschte über die unverletzte Seite ihres Gesichts hinweg. Mit dem Gedanken, das zu schützen, was von ihrer Schönheit noch übriggeblieben war, wandte sich die Adlige ab und duckte sich, wobei sie sich fragte, welch schreckliche Magie der Zwerg nun wieder herbeizurufen versuchte.

»Wenn Ihr überleben wollt, dann kommt her!« schrie Caelum. »Du auch, K'kriq.«

Der Zwerg nahm Jaseelas Hand und zog sie an den Rand des Überhangs. Dort schwebte, mitten in der Luft, eine zischende, prasselnde Kugel karmesinroten Feuers. In ihrer Mitte befand sich eine Öffnung von der Größe eines Mannes, aus der ein strahlend goldenes Licht floß, das den Augen der Adligen genauso Schmerzen verursachte, wie die rote Kugel ihre Haut versengte.

»Hinein!« schrie Caelum.

Der Zwerg stieß sie von dem Überhang, und bevor sie eine Vorstellung davon hatte, was sie tat, sprang Jaseela in die blendende Lichtkugel.

Die Zitadelle

Ein scharfer Knall erklang in wenigen Fuß Entfernung in der Nähe des Granitüberhangs, der die Mitte der Schlucht überragte. Ein Fleck scharlachroten Lichts erschien mitten in der Luft und begann zu zischen und zu prasseln. Im Handumdrehen wurde er zu einem Ball karmesinroter Flammen von der Größe einer Faust.

»Runter!« schrie Rikus.

Der Mul ließ vorübergehend von der Verfolgung der fliehenden Uriker ab und warf sich auf den Bauch. Neeva landete neben ihm. Rund um sie herum fluchten die Gladiatoren, als sie sich die Ellenbogen, Knie und sogar die Köpfe an Felsspitzen und -kanten stießen. Der rote Ball wurde zu einer brüllenden Kugel, die die Sonne selbst auslöschte und deren gesprenkelte Oberfläche kreuz und quer von Strömen orangefarbener Flammen überzogen war. Eine schwarze Fuge erschien auf der Unterseite der Kugel und vergrößerte sich allmählich. Rikus erwartete, daß die Verbindungsstelle jeden Moment aufbrechen und seine Krieger mit flüssigem Feuer übergossen würden.

Statt dessen öffnete sich der Spalt und enthüllte ein brennend gelbes und so helles Inneres, daß sein Anblick die Augen des Mul schmerzte. Die Silhouette einer weiblichen Gestalt erschien in dem Spalt, fiel dann aus der Kugel und landete als formloser Haufen auf dem Felsenboden. Rauchranken stiegen aus ihrem geschwärzten Wappenrock auf. Ihr

Gesicht war so rot wie die Sonne, und ihr versengtes Haar hing in steifen und spröden Locken um ihre Schultern.

»Jaseela!« stieß Rikus hervor und sprang auf.

Während der Mul auf die versengte Gestalt der Frau zueilte, fiel K'kriq aus der Kugel. Der Thri-Kreen landete neben der Adligen und benutzte seinen Körper, um sie vor der Hitze der Kugel zu schützen. Caelum kam als nächster, und dann schloß sich die Kugel und begann zu schrumpfen. Als Rikus die drei Krieger erreicht hatte, war die Kugel bereits verschwunden.

Das Trio roch nach versengten Haaren und verbranntem Stoff. Die Hitze hatte sogar K'kriqs zähen Panzer geschwärzt und auf den freiliegenden Stellen von Jaseelas Haut kleine weiße Blasen hervorgerufen. Nur Caelum war unverletzt davongekommen, obwohl auch seine Lippen geschwollen und aufgesprungen waren.

Sobald Jaseela Rikus sah, erschien ihre Zunge zwischen ihren Lippen, weil sie offenbar etwas sagen wollte. Er kniete sich neben sie und legte sein Ohr an ihren Mund. Ihre Worte klangen so schwach, daß der Mul sie nicht hätte hören können, wenn er nicht Rkards Geißel in Händen gehalten hätte.

»Warum habt Ihr mich nicht vor dem Schatten gewarnt?« stöhnte sie.

Der Mul sah sich in der Schlucht um. Seine Gladiatoren und er waren den Urikern gerade erst durch die Lücke in dem schimmernden Vorhang gefolgt, so daß er noch keine Zeit gehabt hatte, das Gebiet zu inspizieren. Dennoch erkannte er die Stelle, an der Jaseelas Trupp hätte Aufstellung beziehen sollen. Statt eines Kampfplatzes sah er eine kahle Felsenebene. Es war nichts, was darauf hingewiesen hätte, daß der Trupp der Adligen hier gekämpft hatte.

»Vor welchem Schatten?« fragte Rikus. »Wo ist Euer Trupp?«

Als Jaseela nicht die Kraft zu einer Antwort fand, tat Caelum es für sie. »Umbra hat sie alle vernichtet«, sagte der Zwerg. »Ich habe versucht, sie zu warnen.«

Rikus bettete den Kopf der Adligen auf den Boden und rief dann zwei Gladiatoren herbei. »Bringt sie zu der Oase. Sie braucht Wasser und Schatten.« Der Mul sah Caelum an und dann K'kriq. »Ihr beide geht mit ihr. Ihr braucht auch Ruhe.«

K'kriq kreuzte seine Fühler. »Jagd nicht zu Ende!«

Auch Caelum runzelte die Stirn. »Was werdet Ihr tun?«

»Jaseela rächen«, sagte Rikus und winkte seine Krieger hinter den Urikern her. »Die Jagd beenden.«

»Habt Ihr mich nicht gehört?« widersprach Caelum und folgte ihm.

»Ihr könnt die Uriker nicht verfolgen. Umbra ist bei ihnen!«

»Und er ist verletzt«, sagte Rikus. »Wenn ich ihn jemals töten soll, dann muß ich es heute tun.«

»Aber er hat sogar den Sonnenzaun eingerissen!« rief Caelum aus. Als Rikus nicht darauf reagierte, fügte er hinzu: »Wenn noch mehr von unseren Kriegern sterben, geht das auf Euer Konto!«

»Ihr verschwendet Eure Worte«, sagte Neeva. »Zieht zur Oase voraus und findet heraus, wie es den Templern und den anderen Zwergen ergangen ist.«

Caelum wurde still und sah Rikus zornig an. Schließlich wandte der Zwerg seine roten Augen Neeva zu. »Wenn Ihr ihn bei dieser Dummheit begleitet, dann tue ich das auch.«

Ein kleines Stück von der Schlucht entfernt stand Maetan von Urik vor einer Zitadelle aus alten Zeiten und wartete auf die Rückkehr seiner geschlagenen Legion. Die Erbauer der Festung hatten das Gebäude aus den Naturfelsen herausgemeißelt und es wie ein großes Kampfgefährt gestaltet, das aus den Kalksteinfelsen des Berges herausragte. Vier Felsenräder, deren jedes die zweifache Größe eines Halbriesen hatte, waren in sein Fundament eingemeißelt und mit konzentrischen Kreisen aus Steinblumen geschmückt worden.

Über diesen unbeweglichen Rädern stützte eine eckige Plattform ein wuchtiges Gefüge aus hohen Säulen und Galerien, hinter denen dunkle Tore gähnten. Naturgetreue Statuen männlicher und weiblicher Menschen, die alle seltsame Waffen, zum Beispiel doppelklingige Sicheln oder vierklingige Streitäxte, trugen, standen über diese Galerien verteilt.

Oben auf der Zitadelle befand sich eine Plattform mit einer einzigen Galerie, die die Vorderseite des Tempels ausfüllte. An der Vorderseite dieser Ebene stand die riesige Statue eines gutaussehenden Mannes mit wilder Haarpracht und einem dichtgelockten Bart. Anders als die anderen Figuren trug er keine Waffen, und zwei große, lederartige Schwingen sprossen aus seinem Rücken.

»Ist dieses Gebäude wirklich so interessant?« fragte Umbra und glitt über den felsigen Boden der Schlucht zu seinem Meister.

Maetan wandte sich von der Zitadelle ab. Hinter dem Schattenriesen umrundete gerade die erste Welle seiner geschlagenen Legion die scharfe Biegung, die die Sicht auf den Rest der Schlucht verstellte.

Maetan musterte Umbra und bemerkte: »Du hast versagt.«

Der Geistbeuger übersah betont den dunklen Rauch, der aus den Wunden des Schattenriesen sickerte. Er hatte den Kampf durch die Augen seines Dieners verfolgt und wußte, wie es dazu gekommen war.

»Was habt Ihr erwartet?« fragte Umbra. »Eure Männer sind Feiglinge.«

»Nur, wenn sie von einem Narren geführt werden«, erwiderte der Geistbeuger.

»Ihr nennt auch den tyrianischen Mul einen Narren, doch seine Krieger würden lieber sterben als sich zurückziehen«, stellte Umbra fest.

Maetan verkniff sich eine bissige Antwort, denn er wußte, daß er nicht die Zeit hatte, sich in eine Diskussion mit Umbra einzulassen. Die Tyrianer folgten seiner Legion die Schlucht hinauf, und es würde nur noch Augenblicke dauern, bis sie dort standen, wo er jetzt war. Daher deutete der Geistbeuger auf die uralte Zitadelle und sagte: »Vielleicht werden sich meine Krieger innerhalb einer Festung tapferer erweisen.«

Die Mundwinkel von Umbras blauem Mund verzogen sich. »Sie werden in der Falle sitzen«, sagte er. »Sie werden höchstens sieben Tage ausharren können, bis ihnen Nahrung und Wasser ausgehen.«

»Das wird reichen. Ich brauche nur zehn Tage, um zum Anwesen meiner Familie zurückzukehren«, sagte Maetan.

»Und was werdet Ihr dort tun? Eurer Familie erklären, wie Ihr ihre wertvolle Ehre beschmutzt habt?« fragte Umbra.

»Nein«, antwortete Maetan. »Ich werde sie entschädigen.« Er hob die Schultertasche auf, die er für sich vorbereitet hatte, ließ seine Hand hineingleiten und tätschelte den Einband des *Buchs der Könige von Kemalok.* »Bleib bei den

Feiglingen, bis sie sterben«, sagte er. »Vielleicht wird deine Anwesenheit die Zwerge davon überzeugen, daß das, was sie suchen, in der Zitadelle ist.«

Der Geistbeuger atmete tief und gleichmäßig durch und rief dann den Weg an, der ihm bei der Flucht helfen sollte. Er deutete mit einem Finger auf die Spitze der Klippe und stellte sich vor, daß alle Entfernung zwischen ihm und diesem Ort nicht mehr existierte. Ein Energiestrom erhob sich tief in ihm und sprudelte hervor, um das, was er sich wünschte, kurzzeitige Wahrheit werden zu lassen. Als er seine Augen wieder öffnete, sah Maetan dort, wo kurz zuvor nur Schichten orangefarbenen Kalksteins gewesen waren, ein silbriges Gebüsch aus Stechpalmen, das aus dem Riß einer zerbrochenen Kalksteinplatte wuchs. Er kannte dieses Gebüsch, und er wußte, daß es sich oberhalb der Schlucht befand.

Maetan wollte schon zum Gipfel der Klippe hinaufeilen, beschloß dann aber, Umbra eine letzte Anweisung zu geben. Er stand auf halber Höhe, einen Fuß auf dem Sandstein am Boden der Schlucht und den anderen auf dem Kalkstein auf der Klippe.

Für Umbra sah es so aus, als habe der Geistbeuger seinen Körper in zwei Hälften geteilt. Ein Teil war noch vor ihm in der Schlucht, und der andere stand, kaum sichtbar, weit über ihm oben auf der Klippe.

»Noch eins«, sagte Maetan. »Töte den Mul.«

Umbra hob den pochenden Stumpf seiner fehlenden Hand. »Nichts würde mir mehr Freude bereiten!«

Der Geistbeuger nickte, bewältigte dann mit einem Schritt den ganzen Weg auf die Spitze der Klippe hinauf und verließ die Schlucht endgültig. Umbra nahm sich einen

Moment Zeit, hinaufzuschauen, um seinen Herrn vom Rand der Klippe fortklettern zu sehen und wandte sich dann der Aufgabe zu, Maetans feige Krieger zu versammeln. Die ersten Tyrianer waren bereits an der Biegung erschienen und schlugen die Uriker in den letzten Reihen zu Boden.

»Kommt mit mir!« rief Umbra und ging auf die Zitadelle zu. »Hier drinnen werdet ihr sicher sein!«

Die Lüge des Schattenriesen hatte sofort Wirkung, denn in ihrer Panik waren die Krieger erpicht darauf, jede Hoffnung auf Rettung zu ergreifen. Es gab offenbar keinen allgemeinen Zugang zu der Festung, aber Umbra konnte eine Treppe sehen, die in die tiefe Höhlung zwischen den Steinrädern des großen Wagens führte. Gefolgt von den schnellsten Feiglingen Maetans, ging er zu diesen Stufen voraus und begann hinaufzusteigen.

Sie passierten eine Öffnung in der untersten Ebene und kamen auf einer Galerie der ersten Ebene wieder heraus. In der Mitte dieser Ebene stand die Statue einer Frau in voller Rüstung, die eine mit Dornen versehene Keule zu Boden sinken ließ. Unter dieser Keule lag ein zerschmetterter, sonnengebleichter Schädel, und über die ganze Ebene waren die zersplitterten Knochen weiterer sechs Skelette verstreut.

Umbra glitt leise über die Knochen hinweg und bewegte sich auf eine Tür zu, die am Ende der kleinen Galerie zu sehen war. Er hatte gerade noch Zeit, einen hellen Raum am Ende eines langen Ganges zu erspähen, bevor eine graue, immaterielle Gestalt am Ende des Ganges auftauchte und auf ihn zuschwebte.

»Ein Geist«, zischte Umbra.

Er zog sich sofort von dem Gang zurück, allerdings nicht, weil er Angst hatte. Kein Wesen der Schwärze mußte einen

Geist fürchten, denn untote Geister waren selbst nur Schatten des Lebenden. Wenn er Umbra überhaupt entdeckte, würde der Geist den Schattenriesen so sehen, wie ein Mensch eine Fata Morgana sah: als etwas schwach Wahrnehmbares und etwas, das man am besten in Ruhe ließ. Leider galt für die Uriker nicht dasselbe. Der Geist würde das in ihren Venen pulsierende Leben spüren und versuchen, sie zu vertreiben.

Die graue Silhouette schlüpfte an Umbra vorbei und glitt über die Statue der Frau wie ein Leichentuch. Die Steinskulptur verdunkelte sich zu der Schattierung tiefen Brauns, und ihre leeren Augen glühten plötzlich in einem grausigen, roten Licht. Als der erste Uriker vorbeizuschlüpfen versuchte, schrie die steinerne Frau: »Nein!«

Sie schwang ihre Keule und trieb ein Dutzend lange Dornen tief in den Hals und die Brust des Kriegers. Er fiel von der Galerie und krachte auf die Köpfe seiner Kameraden auf der untersten Ebene. Sie schienen es kaum zu bemerken, denn die Tyrianer drängten schon heran, und nur knapp zwölf Meter von der Zitadelle entfernt, begann bereits der Kampf aufzubranden.

Wenn Umbra die Wahl gehabt hätte, hätte er Maetans Plan verworfen und sofort Rikus gesucht. Selbst wenn er einen anderen Weg ins Innere der Zitadelle fand, bezweifelte er, daß die Uriker sehr lange überleben würden. Wenn er Maetans Befehlen aber nicht wortgetreu folgte, würde der Geistbeuger nicht gezwungen sein, den Obsidian zu liefern, den er Umbra für seine Dienste versprochen hatte. Das konnte der Schattenriese nicht zulassen, denn seine Frauen brauchten den glasartigen Stein bald.

Umbra trat auf einen schmalen Steg zu, der von dieser

Galerie zur nächsten führte, und hielt dann inne, um sich an die Männer zu wenden, die dem ersten Krieger gefolgt waren.

»Kämpft euch an der Statue vorbei«, befahl er. »Ich werde einen anderen Eingang finden.«

Als die Uriker zögerten, deutete Umbra auf die Schlucht. »Kämpft euch an der Statue vorbei oder sterbt!« fauchte er. »Tyr nimmt keine Sklaven, also kann es euch nur den Tod bringen, wenn ihr euch ergebt.«

Rikus stand knietief in urikischen Körpern, den Blick auf die oberste Ebene der seltsamen Zitadelle gerichtet. Dort ragte Umbra so hoch empor, wie die geflügelte Statue des bärtigen Mannes. Die blauen Augen des Schattenriesen betrachteten den darunterliegenden Kampfplatz, als suche er die Körper nach einem urikischen Überlebenden ab.

»Was macht er dort oben?« grübelte Rikus.

»Und wie ist er an all den Statuen vorbeigelangt?« wunderte sich Neeva und deutete auf die Galerien der unteren Ebenen der Zitadelle. Neben ihr stand Caelum, der ebenfalls zur obersten Ebene hinaufschaute, und K'kriq, der mit genausoviel Interesse wie Umbra die Toten begutachtete.

Rikus betrachtete die unteren Ebenen des Gebäudes. Es gab eine Lücke in dem Steingeländer der ersten Ebene, und die Statue, die dort die Tür bewacht hatte, lag jetzt zerschmettert in unzähligen Bruchstücken verstreut in den Felsen. Obwohl sie Erfolg damit gehabt hatten, die steinerne Frau zu zerstören, waren die Uriker nicht weitergekommen. Die Statue eines Mannes in Rüstung hatte sich von der zweiten Ebene fortbewegt und patrouillierte noch immer auf der Galerie, eine vierklingige Axt in einer und einen Dolch mit breiter Klinge in der anderen Hand. Über dem Geländer und unter der Galerie lagen mehr als ein Dutzend Uriker mit aufgeschlitzten Kehlen, fehlenden Gliedern und zerschmetterten Schädeln.

Als Rikus die übrigen unteren Ebenen der Zitadelle musterte, fiel ihm auf, daß nur die Ebene, von der die Statue geworfen worden war, leer war. Auf jeder der anderen Galerien stand eine weitere naturgetreue Statue, und jede von ihnen hielt irgendeine Art seltsamer Waffe in ihren schwerfälligen Händen.

Nachdem er die Steinfiguren einen Moment lang betrachtet hatte, atmete Rikus tief ein und sagte dann: »Laßt uns gehen.«

»Wohin gehen?« fragte Neeva.

Der Mul deutete auf Umbra, dessen blaue Augen jetzt auf ihn fixiert zu sein schienen. »Dort hinauf.«

»Rikus, ich habe dich in deinem Leben viele unüberlegte Dinge tun sehen, aber dies wäre die größte Dummheit«, sagte Neeva. »Ist es dir noch nicht in den Sinn gekommen, daß wir es auch nicht schaffen werden, wenn ein halbes urikisches Heer es nicht geschafft hat, über die erste Galerie hinauszukommen?«

»Nein«, antwortete der Mul. Er ging auf die Treppe zu, die unter dem Fundament verborgen war. Als er keine Schritte hinter sich hörte, blieb er stehen und wandte sich um. »Kommt ihr nicht mit?«

K'kriq antwortete als erster. »Nein. Z-zuviel Angst.«

Rikus runzelte die Stirn und schaute zu Neeva, ohne sich die Mühe zu machen, Caelum anzusprechen. »Was ist los?«

»Wenn du mir sagen kannst, wie wir an diesen Statuen vorbeigelangen sollen, werde ich dir folgen«, sagte sie.

Rikus deutete mit seinem Schwert auf Umbra. »Genauso wie er.«

»Und zwar?«

Der Mul zuckte die Achseln und ging erneut auf die Treppe zu.

Neeva schloß sich ihm erst an, als er bereits einen Fuß auf die unterste Stufe gesetzt hatte. »Du bist genauso kurzsichtig wie ein Zwerg und fast genauso gerissen wie ein Baazrag«, grollte sie.

Hinter ihr kam Caelum. Nur K'kriq, der damit beschäftigt war, zwischen den urikischen Körpern herumzusuchen, schloß sich ihm nicht an.

»Selbst wenn wir an den Statuen vorbeikommen, wird Umbra uns alle töten«, murmelte Caelum, der sich halb hinter Neeva verborgen hielt.

»Niemand hat verlangt, daß Ihr mitgehen sollt«, antwortete der Mul und sah den Zwerg an.

»Ich habe ihn gebeten«, sagte Neeva. »Wenn uns überhaupt jemand retten kann, dann wird er es sein.«

Rikus knurrte und erklomm dann die Stufen. Als er die nächste Ebene betrat, bewegte sich die Statue schnell, um ihm entgegenzutreten. Es war ein stämmiger Mann, der eine Rüstung trug, die an einen Plattenpanzer erinnerte. Unter seinem Helm, dessen Visier geöffnet war, schaute langes, glattes Haar hervor, und seine schwammigen Wangen waren von einem buschigen Bart bedeckt.

»Nein!« donnerte die Statue.

Die Figur schwang eine vierklingige Axt. Der Mul duckte sich leicht unter dem Schlag hinweg, schaffte es aber kaum, Rkards Geißel zu heben, als die Statue schon mit ihrer anderen Hand zuschlug. Es gab ein Klirren, als der Dolch auf das magische Schwert auftraf, und dann zerbrach die Steinklinge in zwei Teile. Rikus konterte sofort, indem er auf die Beine der Statue einschlug.

Der Steinmann sprang aus dem Weg und zog sich zur entgegengesetzten Seite der Ebene zurück. Seine glühend roten Augen blieben einen Moment lang auf Rkards Geißel gerichtet und schweiften dann zu Rikus' Gürtel hinunter. Kurz darauf überraschte die Statue ihn, indem sie ihre Arme zum Gruß kreuzte.

Der Mul betrat die Galerie. Ein wachsames Auge auf die Statue gerichtet, überquerte er den Steg zur anderen Seite. Als die Statue keinerlei Anstalten machte, ihn aufzuhalten, bedeutete er Neeva und Caelum, ihm zu folgen. »Beeilt euch, bevor er seine Meinung ändert.«

Sobald sich Neeva der Galerie näherte, schrie die Statue: »Nein!« Sie hob ihre Waffen und sprang vorwärts, wobei sie sich mit der gleichen Anmut und Schnelligkeit bewegte wie jeder Gladiator.

Neeva schaffte es nur knapp, ihren Kopf zu behalten, indem sie unter der Axt hindurchtauchte und die halbe Treppe hinunterschoß. Sie prallte auf Caelum, der unter dem Aufprall zu Boden taumelte.

»Ich glaube nicht, daß ich willkommen bin«, rief Neeva.

»Dann wartet hier«, sagte der Mul. »Ich werde mich selbst darum kümmern.«

»Es könnte eine Falle sein!«

»Wenn es eine ist, dann ist es die seltsamste, die ich jemals gesehen habe«, antwortete Rikus und schüttelte seinen Kopf über die vielen urikischen Leichen, die überall verstreut lagen. »Ihr könnt von unten zusehen, wie ich Umbra töte.«

»Oder deinen leblosen Körper auffangen, wenn er ihn hinabwirft«, antwortete sie und stieg die Treppe hinab.

Rikus folgte dem Steg zur nächsten Ebene. Anstatt mit urikischen Leichen war diese mit zersplitterten, sonnengebleichten Knochen übersät.

An der Rückseite der Galerie befand sich eine Tür, die in das Innere der Zitadelle führte, aber der Mul machte sich nicht einmal die Mühe, hindurchzuspähen. Er war hierhergekommen, um Umbra zu töten, und nicht, um eine Ruine zu erkunden.

Er folgte dem Steg um das restliche Gebäude herum und überquerte mehrere Ebenen. Bis zu einem gewissen Grad waren sie alle mit Knochen und gelegentlich auch mit zerbrochenen Waffen oder verwitterten Rüstungen übersät. Auf jeder Galerie stand auch eine Statue aus grauem Gestein, die in eine naturgetreue Pose gebannt zu sein schien und deren Waffe in weißen Rippen steckte oder auf einem zerschmetterten Schädel ruhte.

Auf der dreizehnten Ebene fand Rikus schließlich die Treppe, die zur höchsten Galerie hinaufführte. Ohne stehen zu bleiben umklammerte er entschlossen sein Schwert und eilte die Stufen hinauf.

Als er die Spitze erreicht hatte, sah er auf einer Seite der Ebene einen dunklen Eingang und auf der anderen die riesige Statue eines geflügelten Mannes. Anders als auf den anderen Galerien, war hier die Statue nicht von verstreuten Knochen umgeben. Es war auch kein Zeichen von Umbra zu sehen.

»Wo bist du, Schatten?«

Er erhielt keine Antwort. Weil er befürchtete, daß seine Beute geflohen sein könnte, schaute Rikus über die Brüstung der Galerie hinaus. Mit einigen Schwierigkeiten erkannte er Neevas Gestalt unter den Hunderten von Gladiatoren auf dem Kampfplatz. »Was ist mit Umbra geschehen?« schrie der Mul. »Ist er fortgegangen?«

»Nein«, erklang die Antwort.

»Dann gehe ich hinein.«

»Rikus, nein!«

Der Mul wandte sich dem düsteren Eingang zu, atmete tief ein und schritt dann entschlossen vorwärts. Ein unheimliches Prickeln lief sein Rückgrat hinab, als er aus der glühenden Sonne in die kühle Dunkelheit eines langen Ganges trat. Seine Schritte hallten von den Wänden wider, während er den Gang entlangeilte, und bald erfüllte der modrige Geruch von Schimmel seine Nase. Ein sanftes Licht stieg vom Boden des Raumes auf, der vor ihm lag, aber er war viel düsterer als der athasische Tag, so daß es Rikus vorkam, als sei er halb blind.

Als er aus dem Gang heraustrat, ergriff eine eisige Hand sein Handgelenk. Sein ganzer Arm wurde taub, und schmerzende Finger frostiger Kälte krochen in seinen Körper.

»Rikus«, zischte Umbra.

Der Mul riß seinen Arm frei und warf sich blind zur Seite. Er traf nicht auf dem Boden auf. Statt dessen spürte er, wie er Hals über Kopf in eine tiefe Grube fiel. Er erblickte Dutzende weicher Strahlen, die sich über einen weißen Boden unter ihm ergossen und sich aus allen Richtungen immer wieder überkreuzten. Als sich sein Körper überschlug, sah er über sich den schmalen Steg der Galerie, von dem er hinabgesprungen war.

Schließlich traf Rikus' Schulter auf dem harten Boden auf. Er rollte sich ab, um den Aufprall zu dämpfen. Dabei schlug er mit seinem tauben Arm auf den Boden, um der Kraft des Aufpralls entgegenzuwirken. Ob diese Bemühungen hilfreich waren, konnte er nicht sagen. Sein Kopf schlug mit lautem Krachen auf dem Steinboden auf, sein Körper wurde von Schmerz überwältigt, und der Atem schoß mit schmerzhaftem Pfeifen aus seinen Lungen heraus.

»Mein Meister wünscht Euren Tod«, zischte Umbra, und seine Worte hallten von den Steinwänden der Grube wider. Sie drangen wie aus weiter Ferne zu Rikus. »Und ich auch.«

Allein seinem Instinkt gehorchend, versuchte der Mul, sich aufzustellen. Aber er stellte fest, daß er nur imstande war, Atem in seine Lungen einzusaugen. Jeder Zoll seines Körpers stach und schmerzte. Seine Sicht war verschwommen, er empfand Übelkeit, und sein Kopf pochte vor Schmerz.

Eine scheinbare Ewigkeit lang lag er auf dem Boden und versuchte einen Sinn in den verschwommenen Farben um sich herum zu erkennen. Weit über sich sah er die braune Unendlichkeit der gewölbten Decke. Darunter war ein Lichtstrahl zu sehen, der Umbras undeutliche, schwarze Gestalt als Silhouette abbildete.

Das Schattenwesen spähte zu Rikus hinab und sprach mit tiefer, polternder Stimme. Der Mul konnte keinen Sinn hinter seinen Worten erkennen.

Rikus spürte, wie sich seine Augen schlossen. Einen Moment lang wollte er es zulassen. Nichts schien verlockender zu sein, als aus diesem schmerzgeschüttelten Körper davonzuschlüpfen. Er konnte nicht sagen, wie tief er gefallen war, aber es war wohl mehr als zweimal Gaanons Größe. Eine dünne Stimme in ihm schien zu sagen, daß sogar ein Mul nicht so tief fallen und unverletzt davonkommen konnte. Es hatte keinen Sinn, jetzt noch zu kämpfen, warum sollte er also nicht einfach seine Augen zufallen und den Schmerz damit enden lassen?

Der Mul wollte jedoch nichts davon wissen. Er hielt seine Augen geöffnet und zwang sich, sich auf den Schmerz zu konzentrieren. Solange er Schmerzen hatte, sagte er sich, lebte er.

Langsam klärte sich seine Sicht. Als er sah, daß Umbra von der Brüstung über ihm verschwunden war, rollte sich Rikus auf den Bauch und zog sich auf die Knie. Die Anstrengung ließ Wellen des Schmerzes durch seinen Rücken, seine Rippen und besonders durch seinen Kopf schießen. Er fühlte sich benommen. Seine Sicht verschwamm erneut, und er blieb auf den Knien liegen, bis das Gefühl vorüber war.

Es schien ihm, als sei er in einem Raum im Herzen der Zitadelle gelandet. In seiner Nähe markierte ein dreiseitiges Treppengeländer eine enge Treppe, die tiefer in die Festung hinabführte. An den Wänden zweigten dreizehn Gänge aus dunklem Marmor wie die Speichen eines Rades von dem kreisrunden Raum ab. Jeder Gang endete auf einer der dreizehn Galerien, die die zweite Ebene der Zitadelle umgaben.

Rikus versuchte aufzustehen. Seine Knie knickten ein, und sein Schlüsselbein knackte, worauf er in einem Ansturm brennenden Schmerzes erneut zu Boden ging. Der Mul umklammerte seinen Arm und sah, daß durch den Fall seine Schulter ausgerenkt worden war. Er konnte nicht sagen, was mit seinem Bein geschehen war, denn es pochte unter einem furchtbaren Schmerz von der Hüfte bis hinab zum Knöchel.

Der Mul wußte, daß er, wenn er jetzt gegen Umbra kämpfen würde, sicherlich sterben müßte.

Er versuchte erneut aufzustehen, wobei er dieses Mal sein ganzes Gewicht auf die Seite seines Körpers verlagerte, die nicht auf den Boden aufgeschlagen war. Zu seiner Erleichterung hielten seine Beine stand. Er nahm seine linke Hand, um Rkards Geißel aufzunehmen, steckte sie in ihre Scheide und stützte diese dann auf den Boden auf wie einen Stock. Er begann auf eine der Galerien zuzuhinken.

»Es ist zu spät, um davonzulaufen«, zischte Umbra und löste sich aus der düsteren Tiefe der Galerie.

Das Schattenwesen stand als Silhouette vor dem cremefarbenen Licht, das aus dem engen Gang hinter ihm floß. Es war jetzt nur noch um ein weniges größer als Rikus, aus seinen Wunden sickerte noch immer schwarzer Nebel, und seine blauen Augen brannten mit eisigem Funkeln.

Der Mul wandte sich einem anderen Gang zu, aber Umbra versperrte ihm den Weg, bevor Rikus entkommen konnte. »Habe ich Euch nicht behaupten hören, Ihr würdet mich töten?« frohlockte das Schattenwesen.

»Das werde ich«, antwortete der Mul mit einer Zuversicht, die er nicht wirklich empfand.

Halb hüpfend und halb hinkend bewegte sich Rikus auf die enge Treppe in der Mitte des Raumes zu, denn er erkannte, daß Umbra ihn niemals aus einem der sichtbaren Ausgänge fliehen lassen würde.

Das Schattenwesen stürmte vorwärts, und sein Zischen hallte von den Wänden wider wie das einer Schlange.

Rikus warf sich auf die Treppe zu, schrie aber bereits vor Schmerz auf, bevor er mit knapper Not die Öffnung erreicht hatte.

Der Mul tauchte in eine schwarze Grube, ließ sein Kinn auf die Brust sinken und polterte dann Hals über Kopf eine lange Steintreppe hinab. Als er auf dem Boden auftraf, hatte der Schmerz sein Bewußtsein betäubt und seine Gedanken verwirrt. Mehrere Augenblicke lang konnte er nicht herausfinden, wo oben war, denn er war in einem Teich der Dunkelheit versunken und konnte kein Licht finden.

Gerade als Rikus glaubte, er sei bewußtlos geworden, begann sein Zwergensehvermögen zu funktionieren. Die Wände und der Boden strahlten die gedämpften Blautöne kalten Gesteins aus, und er konnte erkennen, daß er in einer kleinen Halle gelandet war, in der drei dunkle Gänge aufeinandertrafen. Hier und dort hingen grüne Spinngewebe an der Decke, die mit den Spitzen ihrer Fäden fast den Boden streiften. Rote, faustgroße Krustentiere eilten auf sechs rötlichen Beinen die Fäden hinab, die gefährlichen Scheren erwartungsvoll vorgestreckt, um jegliche Beute zu ergreifen, welcher sie habhaft werden konnten. Hinter Rikus fluchte Umbra in seiner seltsamen, gurgelnden Sprache. Der Mul schaute in Richtung auf das grausige Geräusch und sah die Silhouette des Schattenwesens oben an der Treppe stehen und ärgerlich in die absolute Dunkelheit hinabspähen, die ihn von seiner Beute trennte.

Rikus zwang sich aufzustehen. Er konnte es nicht verhindern, daß er vor Schmerz stöhnte, aber er glaubte nicht, daß er das noch unterdrücken mußte. Umbra wußte ohnehin, daß er verletzt war.

»Wenn du kämpfen willst, dann komm herunter«, rief der Mul. Er benutzte seine Schwertscheide, um in weitem Umkreis die Spinnweben zu beseitigen.

Umbra reagierte nicht auf die Herausforderung. Statt dessen fluchte das Schattenwesen erneut und trat dann von der Treppe zurück. Rikus widerstand der Versuchung, die Stufen hinaufzusteigen, denn er überlegte sich, daß es besser war, wenn er unten blieb, wenn sein Feind nicht die Absicht hatte, ihn in dieser Dunkelheit anzugreifen. Als der Schattenriese auch nach einer Weile nicht zurückkam, inspizierte Rikus seinen zerschlagenen Körper. Sein Schwertarm hing schlaff und nutzlos an der Seite herab. Der Mul dachte, es müßte einfach sein, seine Schulter wieder einzurenken, aber er wußte auch, daß es wehtun würde. Während eines der Kämpfe, die Maetans Vater zu der Überzeugung gebracht hatten, daß es besser sei, ihn zu verkaufen, hatte der Mul es zugelassen, daß ihn ein junger Halbriese mit einer Steinkeule traf. Das Resultat war eine ähnliche Verletzung gewesen, und er würde niemals den Schmerz vergessen, den er hatte erdulden müssen, als der Heiler ihm den Arm wieder eingerenkt hatte.

Bevor er das Risiko einging, daß ihn der Schmerz bewußtlos machte, wie es beim letzten Mal der Fall gewesen war, wandte Rikus seine Aufmerksamkeit seinem Bein zu. Soweit er sehen konnte, war es in besserem Zustand. Der Knöchel war bis auf die Breite seiner Wade angeschwollen, aber er schien sich noch auf einer Linie mit dem Schienbein zu befinden. Er legte ein wenig Gewicht darauf, und ein dumpfer Schmerz lief bis zu seinem Oberschenkel hinauf. Es war nicht der scharfe Schmerz, den er bei mehreren Gelegenheiten gespürt hatte, wenn er sich in der Arena die Knochen gebrochen hatte. Daher atmete der Mul erleichtert auf und fuhr mit seiner Untersuchung fort. Obwohl das ganze Bein extrem schwach war, besonders um das Knie, waren keine ungewöhnlichen Schwellungen oder Ausbuchtungen zu finden. Er hatte sich den Knochen wahrscheinlich nur geprellt, als er aufgeschlagen war. Das letzte Mal hatte er eine solche Verletzung erlitten, kurz bevor er aus Tithians Sklavengruben geflohen war, als er einem Zwergenfreund erlaubt hatte, ihn bei Keulenübungen zu übertreffen.

Sich selbst verspottend, daß er ein Weichling sei, legte Rikus allmählich mehr Gewicht auf das geprellte Bein. Es schmerzte bis auf die Knochen, gab aber nicht nach – selbst als der Mul auf ihm allein stand. Er biß die Zähne gegen den Schmerz zusammen und zwang sich, sein Gewicht auf dem Bein zu belassen, bis es sich an diese Unannehmlichkeit gewöhnt hatte.

Schließlich war Rikus bereit, sich um seinen verletzten Arm zu kümmern. Er preßte auf die ausgekugelte Schulter und stieß einen furchtbaren Schrei aus, als das Gelenk sich wieder einrenkte.

Von oben rief Umbra die Treppe hinunter: »Es gibt keinen Grund zu schreien – noch nicht.«

Der Mul schaute in die Richtung, aus der die Stimme des Schattenwesens kam, und sah, daß Umbra zurückgekehrt war. In der Handfläche seiner heilen Hand brannte eine hell lodernde Flamme.

Zuerst war Rikus verwirrt, wenn auch weniger deshalb, weil er sich fragte, wie Umbra eine brennende Flamme in der Handfläche halten konnte, sondern eher, weil er nicht wußte, was der Schattenriese vorhatte. Der Mul konnte sich nicht vorstellen, daß ein solches Phantom nicht in der Lage war, im Dunkeln zu sehen, aber das schien die einzige Erklärung, bis Rikus sich daran erinnerte, wie Maetan das Wesen herbeigerufen hatte.

Ein dünnes Lächeln kräuselte seine Lippen. »Was ist ein

Schatten ohne Licht?« flüsterte er und zog Rkards Geißel. Dann preßte er sich gegen die Wand einer Nische. Der Schmerz beim Einrenken der Schulter hatte ihm Übelkeit verursacht und ihn benommen gemacht. Er hatte das Gefühl, als müsse er jeden Moment zu Boden sinken und das Bewußtsein verlieren. Verzweifelt biß er die Zähne zusammen und kämpfte darum, wach zu bleiben.

Die Flamme in Umbras Hand warf ihr Licht über den Boden der kleinen Halle, aber es schien Ewigkeiten zu dauern, bis der Schattenriese die Treppe hinabgestiegen war. Schließlich sah Rikus eine Flammenzunge um die Ecke schimmern.

Der Mul griff an, indem er sich auf ihn stürzte und sein Schwert gegen Umbras heilen Arm schwang. Als Rikus' Rumpf auf das Schattenwesen aufprallte, durchlief ihn ein furchtbares Frösteln und vermischte sich mit dem Schmerz, der seinen zerschlagenen Körper bereits belastete. Der Schattenriese fluchte und spie schwarzen Nebel aus, der Rikus' Lungen mit einem eisigen, widerlichen Geruch erfüllte.

Der Mul führte seinen Schwung fort und schnitt durch das Handgelenk der heilen Hand des dunklen Wesens. Als die Hand und das Feuer darin zu Boden fielen, schrie Umbra überrascht und schmerzgequält auf. Die Flammen brannten weiter.

»Ich sehe, daß der Skorpion seinen Stachel behalten hat«, zischte Umbra. Er griff mit den Stümpfen beider Arme nach Rikus und besprühte den Mul mit schädlichem, schwarzem Nebel, der ihn genauso frieren ließ, wie es die Berührung des Schattens getan hatte.

Rikus fiel zu Boden und warf sich, in dem verzweifelten Versuch, das Licht zu löschen, auf das Feuer.

Der Mul landete genau auf der Flamme und schrie vor Schmerz, als sie die Haut seiner blonden Brust versengte. Kurz darauf ließ sich Umbras kalte Gestalt auf seinem Rükken nieder, und eine entsetzliche Kälte sank tief in seine Haut ein. Die Treppe wurde dunkel, und alles wurde still.